Du même auteur :

Duologie « Sujets Tabous »

- *Tome 1 : Rancœur* (2022)
- *Tome 2 : Complicité Macabre* (2023)

***Brouillard** (2023)*

Réseaux sociaux :

- Instagram : le_merle_enchauteur
- Facebook : Merlin Lefrancq-Dubois Auteur

PASSIONS MORBIDES

Loi n°49-956 du 16 juillet 1949 sur les publications destinées à la jeunesse, modifiée par la loi n°2011-525 du 17 mai 2011.

© 2024 Merlin Lefrancq-Dubois

Design Couverture : Camille Chevalier (@les_chroniques_dune_gryffondor)

Édition : BoD · Books on Demand GmbH, In de Tarpen 42,

22848 Norderstedt (Allemagne)

Impression : Libri Plureos GmbH, Friedensallee 273,

22763 Hamburg (Allemagne)

ISBN : 978-2-3225-3288-9

Dépôt légal : Novembre 2024

Avant-Propos

Le Merl'imMonde

Cher lecteur,

Peut-être as-tu lu la duologie *Sujets Tabous* ou encore *Brouillard* avant d'ouvrir cet ouvrage ? Que ce soit le cas ou non, laisse-moi te parler de l'univers macabre dans lequel tu as mis les pieds : le Merl'imMonde.

Tu peux voir ce monde immonde comme un univers parallèle au nôtre. Les similitudes y sont nombreuses, qu'elles soient positives… ou négatives. Mon but n'est pas de présenter un monde totalement différent et fantastique, mais plutôt de permettre un regard extérieur à celui dans lequel nous vivons tous, grâce à des parallèles parfois pris avec humour, ou avec une douce amertume.

Car, c'est un triste constat personnel, notre monde est naturellement immonde, dans l'état actuel des choses. J'aurais beau coucher sur le papier les détails les plus sordides en provenance directe de mon imagination malade, je pense que rien n'égalera l'horreur du réel.

Trêve de philosophie. C'est un avant-propos, nom d'un chien.

Plus concrètement, ces lignes t'amènent à la vigilance. Ce roman, ainsi que les précédents et ceux à venir, place son intrigue dans cet univers diégétique, parallèle au nôtre donc, à l'instar des rêves et de l'imagination de chacun. Ainsi, tu vas retrouver des personnages passants d'une histoire à une autre, principalement le détective privé Walter Casterman fortement présent, soit comme simple clin d'œil, soit en tant que protagoniste majeur de l'intrigue.

Mais tu retrouveras également un personnage beaucoup plus sombre et insidieux. Afin de ne pas gâcher le fil rouge qui relie chaque roman, je vais te donner son surnom : l'homme en blanc. Apparition éclair dans la duologie *Sujets Tabous*, personnage important de *Brouillard*, cet être abominablement détestable aura une influence extrêmement néfaste sur différents événements. Ta mission, si tu l'acceptes, va être de découvrir son identité dans un premier temps, mais attention : il peut se cacher n'importe où.

À la page suivante, tu trouveras une frise chronologique qui te permettra de te repérer dans l'intrigue. Cependant, sache que chaque texte peut se lire indépendamment, rien ne t'oblige à tous les lire, et encore moins dans l'ordre, pour profiter pleinement de ta lecture.

Maintenant que tu as les clefs de compréhension de ce Merl'imMonde, place à la découverte d´un couple torturé et de leurs **Passions morbides**.

Frise chronologique du Merl'imMonde

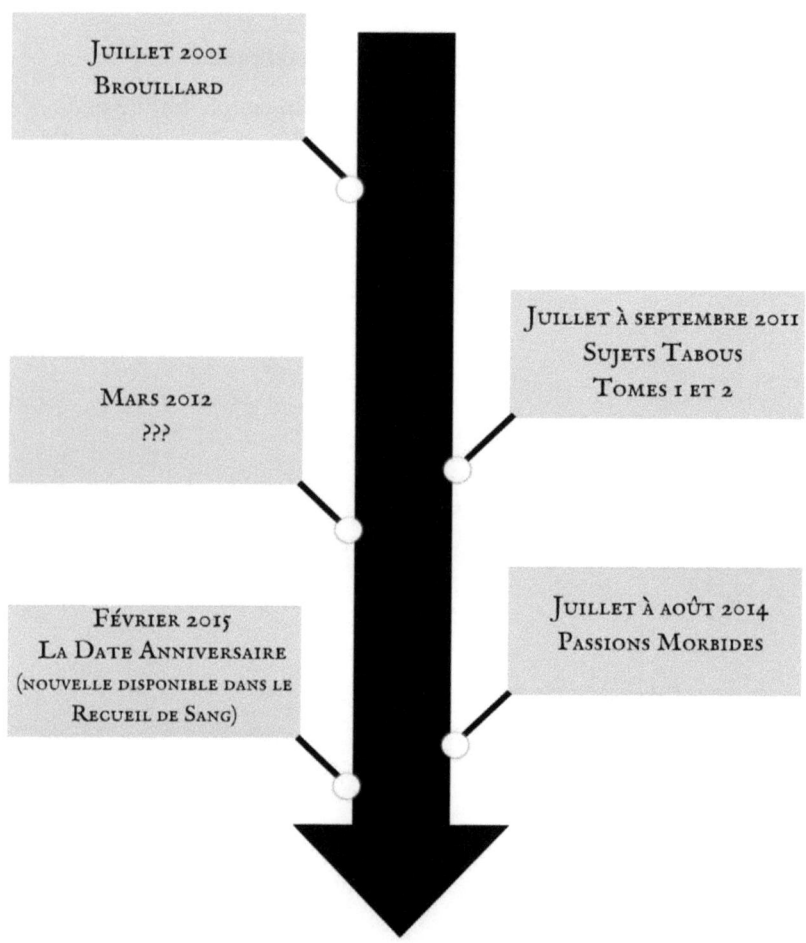

PROLOGUE

Portraits

— Gouzi gouzi, coucou mon joli !

Camille Seguin était penchée au-dessus de la poussette de son fils Rafael, au milieu du parc. Rien qu'avec des sons indéchiffrables, il semblait tenir de profondes conversations avec tout le monde, surtout avec sa mère. Un lien très fort unissait mère et fils, ils se comprenaient mieux que quiconque, mieux que s'ils avaient employé la parole comme deux êtres humains lambda – même si, présentement, Camille utilise des mots, mais ceux-ci ne sont qu'accessoires, conventionnels, inconsciemment influencés par la présence de son mari Pascal à ses côtés.

Le temps était splendide, idyllique : les oiseaux chantaient, le ciel était d'un bleu azur, le soleil brillait et réchauffait l'atmosphère de ses rayons, sans toutefois brûler la peau ou étouffer les promeneurs. Les points d'ombre offerts par les arbres environnants permettaient de courts instants de rafraîchissement très agréables. Tout semblait parfait, autour de la petite famille Seguin comme en son sein.

Quelques mètres plus loin, face à eux et en sens inverse, s'approchait une autre petite famille idéale, constituée d'amis, les Ménard. Pascale et Camille arrivaient avec, dans la poussette promenée par le père, leur fille Sohane de onze mois. À quelques nuances près, notamment le décor, il y avait un réel effet de miroir entre les deux jeunes et petites familles nucléaires.

Tout est-il déjà écrit, ou bien tout n'est que hasard et, parfois, innocentes coïncidences ? Le débat n'est pas tranché, la question reste ouverte. Chacun a sa propre opinion, et je vous épargne la mienne. Quoi qu'il en soit, par un curieux hasard, Sohane et Rafael étaient nés le même jour, durant la même heure mais à quelques secondes d'intervalle, faisant de Sohane la plus âgée des deux, et ceci dans la même maternité, en août dernier. La mise au monde de Rafael avait été très douloureuse ; pas celle de Sohane car sa mère avait choisi la péridurale. Là où la mère de Sohane avait eu besoin d'une césarienne, celle de Rafael lui avait donné naissance sans cette intervention chirurgicale délicate. Hormis ces petites différences, les deux jeunes êtres semblaient unis par des lois qui nous dépassent.

Camille, jeune homme jovial et loyal mais introverti, avait rencontré Camille, jeune femme pétillante et joyeuse mais elle aussi introvertie, à l'Université de Lille. D'abord amusés par leur prénom mixte en commun, ils étaient ensuite devenus les meilleurs amis du monde. Ensemble, ils auraient pu former un joli couple, mais leur cœur ne battait pas de cette manière – eh oui, l'amitié homme-femme c'est possible. En revanche, Camille s'était épris de Pascale, jeune femme à l'opposé de son caractère, tandis que Camille aimait Pascal, un jeune homme manquant d'intelligence – il faut bien le dire – mais sympathique de prime abord. Ces deux Pascals, curieusement, étaient eux aussi de grands amis, deux personnalités extraverties. Les deux couples officiels ensuite formés, le quatuor restait inséparable. Fait surprenant, Camille et Pascale étaient tombées enceintes la même nuit, comme si elles s'étaient donné le mot – il faut dire que les quatre amis avaient partagé un repas aux nombreux ingrédients aphrodisiaques avant de, chacun, rejoindre leur lit respectif.

Des quatre, ce furent les deux Camille qui restèrent les plus proches. Cependant, chacun étant désormais en couple, leur amitié se trouvait un peu étouffée et ils se voyaient moins régulièrement à deux, s'il fallait trouver une ombre au tableau. Mais cela ne leur posait pas de problème particulier, le lien amical qui les unissait était extrêmement bien noué.

Cette fois-ci, pas de hasard : les quatre amis s'étaient en effet donné rendez-vous dans le parc des Argales à Rieulay, voulant profiter de la splendide journée comme il en existait peu dans le nord de la France, même en été, mais aussi fêter l'anniversaire de Camille. Chaque famille était entrée par un côté différent de l'étang pour, finalement et inévitablement, se retrouver. Lorsqu'ils s'aperçurent, ils se firent des signes de la main, un sourire aux lèvres. Les deux Camille avaient la charge de leur enfant respectif, Pascal et Pascale profitèrent d'être libres pour presser le pas et se retrouver les premiers.

— Comment vas-tu ma chérie ?

— Super et toi ? Quelle magnifique journée de printemps.

Ils étaient dans les bras l'un de l'autre, restèrent ainsi à s'échanger des banalités et des débordements d'amour tandis que Camille père et Camille mère les rejoignaient. Puis ce fut d'autres embrassades et échanges niais entre chaque membre du quatuor. Les Ménard souhaitèrent un joyeux anniversaire à

Camille. Un bruit d'enfant mit un terme à leurs effusions et attira leur attention sur les tout petits. Chaque couple s'extasia sur le bébé de l'autre, échangeant de beaux compliments. Sohane et Rafael semblaient heureux d'être au cœur de leur attention, ils s'agitaient dans leur poussette, les yeux ronds et rieurs.

— Ce banc est merveilleusement bien placé, indiqua Pascal, comme une invitation déguisée à s'asseoir car il avait déjà mal aux jambes.

Sa compagne approuva et les quatre amis allèrent s'y poser, mettant les poussettes face à eux, côte à côte. Ils étaient situés à l'ombre. Pascale saisit son sac à dos pour y sortir une bouteille d'eau qu'elle proposa à son mari. Prenant exemple sur eux, Camille proposa à son mari Pascal de boire un peu d'eau également.

— Vous avez des projets pour les vacances d'été ? se renseigna Pascal après avoir bu une gorgée d'eau.

— Cette année, nous avons suffisamment économisé pour rejoindre mes parents à la Réunion pendant un mois ! annonça Pascale avec fierté.

— Mais c'est une superbe nouvelle, vous devez être contents !

Même si son mari Camille confirma avec un sourire, cela était faux : il avait beaucoup de mal à supporter sa belle-famille, là où lui n'avait plus de parents, et les îles ne l'avaient jamais spécialement attiré. L'autre Camille lui lança un regard complice, connaissant suffisamment son ami pour savoir qu'il ne voulait pas faire de vague, et que s'il acceptait ces vacances, c'était uniquement pour faire plaisir à sa femme, que lui s'effacerait comme il le faisait souvent.

— Et vous ?

— On va rester dans le coin, plusieurs membres de ma famille veulent passer nous rendre visite et nous n'avons pas les moyens de faire de même.

Nouveau regard complice des Camille : la compagne de Pascal, en froid avec sa propre famille, n'appréciait pas tellement celle de son mari, mais faisait toujours profil bas. Bien entendu, son grand confident au prénom homonyme la connaissait comme sa poche et sut interpréter son manque d'enthousiasme. Surtout qu'il connaissait son goût pour les voyages.

En somme, seuls Pascal et Pascale semblaient réellement épanouis. Les Camille laissaient les choses se faire d'elles-mêmes et restaient là à subir docilement les projets de leurs compagnons respectifs. Toutefois, ils ne s'en plaignaient pas et avaient leurs enfants pour apporter la joie de vivre. À l'inverse des Pascal, les Camille semblaient davantage proches de leurs progénitures.

D'ailleurs, qu'en était-il d'eux ? Ils s'agitaient dans leurs poussettes, réclamant de se dégourdir les jambes. Ainsi on les déposa sur l'herbe, devant les adultes assis sur leur banc, suffisamment à proximité pour qu'il ne leur arrive rien et sous la bonne garde des Camille maman et papa poule. Les deux enfants s'amusaient, gazouillaient et caressaient l'herbe de leurs petites mains, désireux de découvrir leur environnement. Ils avaient envie de s'éloigner, mais leurs parents veillaient. Enfin, les Camille seulement, car Pascale et Pascal se lançaient dans de grandes conversations à propos de leurs vacances à venir.

Sohane et Rafael se rapprochèrent l'un de l'autre. De l'extérieur, il était impossible de dire ce qui pouvait bien leur passer par la tête. En réalité, les deux petits êtres avaient un niveau de conscience supérieur à celui de leurs parents, sans réellement le réaliser eux-mêmes. Ils savaient deux choses, comme autant d'évidences : leur rencontre remontait à des temps lointains ; et dans cette vie qui leur était offerte, comme dans les précédentes, ils seront amenés à sceller un sort commun...

Première partie

Exposition

CHAPITRE 1

Rafael

— À quoi penses-tu ?

Rafael était assis sur ce même banc qui avait accueilli ses parents et leurs deux amis seize années auparavant. Évidemment, il n'avait plus aucun souvenir de ce moment. La tête basse entre ses deux genoux, les mains croisées, il fermait les yeux et pensait à sa mère Camille, déprimé. Sa petite amie Aude était assise à côté, contre lui. Sa question le sortit soudain de sa torpeur, mais il ne lui accorda aucun regard. Il s'étira et mit sa tête en arrière, regardant le ciel.

— Oh, à rien, je divague…

— Alors que je suis avec toi ? Sympa…

D'abord confus, il tourna son visage vers elle. Déjà elle s'était décollée de lui de quelques millimètres. Le regard hagard en premier lieu, ses lèvres s'étirèrent finalement en un demi-sourire. Elle ne le vit pas, regardant du côté opposé.

— J'ai beau rêvasser, je sais que l'amour de ma vie est auprès de moi, dit-il en l'entourant d'un bras.

Il la sentit toute crispée, raide comme un piquet. Elle tourna finalement son visage vers lui : ce dernier était inexpressif, froid, comme toujours. Non, juste… comme souvent. Elle se radoucit finalement.

— Bien rattrapé.

Elle se leva, quittant son étreinte. Elle lui proposa, pour ne pas dire imposa, de marcher un peu, uniquement dans le but d'éviter qu'il ne reparte dans ses pensées et sa posture déprimante. Rafael accepta, sachant dans le fond qu'il n'avait pas le choix. Quand Aude voulait quelque chose, mieux valait ne pas la contrarier.

Il faisait beau, la température était douce et agréable. Du moins pour Rafael, puisqu'Aude s'était plainte plusieurs fois du "froid" ambiant. De toute manière, elle avait l'habitude de se plaindre pour un oui, pour un non, tout en disant qu'elle était heureuse de retrouver son amoureux. Il ne faisait jamais assez beau, assez chaud, ils ne se voyaient pas suffisamment, Rafael n'était pas assez démonstratif de son amour, n'entreprenait jamais rien... Bien sûr, elle gardait les plus inavouables reproches pour elle, sauf lors d'excès d'humeur qui se faisaient toujours un peu plus fréquents. Mais Rafael n'était pas dupe.

Depuis qu'il la connaissait, il s'était posé toute une série de questions en fonction des événements et du contexte. Par ordre d'arrivée : Qui est cette fille ? Quels mystères l'entourent ? Est-elle malheureuse comme je le suis ? Les on-dit à son propos sont-ils vrais ? Pourquoi ne s'intéresse-t-elle jamais à moi ? Pourquoi prendre ma défense ? Pourquoi s'intéresse-t-elle finalement à moi ? Est-ce la femme de ma vie ? M'aime-t-elle vraiment ? Ne se fiche-t-elle pas de ma gueule ?

Il en était là désormais, à croire qu'elle était sortie avec lui par pitié ou, pire, par défi. Car depuis le décès de sa mère Camille cinq ans plus tôt, Rafael s'était complètement renfermé sur lui-même, devenu solitaire. L'approcher relevait donc d'un véritable exploit, sauf pour ceux qui prenaient un malin plaisir à le martyriser, et Aude avait la réputation d'être une petite garce auprès des autres jeunes, lycéens et même collégiens. Elle lui avait pourtant paru très douce, gentille, un peu comme lui. Il n'avait jamais cru les commérages de ses camarades, mais certains de ses derniers comportements lui offraient quelques soupçons. Toutefois, l'amour qu'il croyait éprouver lui interdisait de douter.

— T'as intérêt à penser à moi, et en bien, déclara-t-elle soudain.

Il réalisa que, dans ses pensées, il avait une nouvelle fois l'air ailleurs. Il reprit racine dans la réalité et lui répondit :

— Mais bien sûr mon amour.

— D'ailleurs, à quoi pensais-tu tout à l'heure, sur le banc ?

Son cœur se serra soudain, lui faisant mal. Pourquoi lui demandait-elle ça ? Elle devait bien s'en douter, non ? Puisqu'il pensait toujours à la même chose ces derniers temps. Était-elle vraiment à l'écoute de son chagrin, les rares fois où il le lui confiait ?

— À maman.

Elle eut un petit rire qu'il trouva très déplacé, ce qu'il exprima en crispant momentanément ses traits.

— Oh ça va hein, c'est que plus personne n'appelle sa daronne "maman" maintenant.

— Ben moi si, répliqua-t-il sèchement.

— Ouhla, décidément t'es pas d'humeur aujourd'hui.

« *Elle se fiche de moi !* pensa-t-il. *Elle n'a pas arrêté de se plaindre pour un tas de raisons futiles depuis qu'on est là alors que c'est elle qui voulait venir ici, et c'est moi qui ne suis pas d'humeur ? Elle sait pourtant que ce n'est pas une période facile pour moi, un bien triste anniversaire...* »

— Désolé mon cœur, c'est un jour difficile pour moi.

— Pourquoi ?

Il s'arrêta de marcher, craqua, tomba en sanglots. Aude fut toute surprise, resta interdite quelques secondes. Elle remarqua ensuite le regard curieux des passants, prit Rafael par la main et lui proposa de s'isoler un peu en le tirant hors du chemin, plus soucieuse du potentiel regard des autres que du bien-être de son compagnon. Un homme qui pleure, surtout en public, c'est la honte. Elle avait une réputation à tenir. Elle le prit dans ses bras, espérant que cela le calmerait.

— Je suis désolée, dit-elle, alors qu'elle ne comprenait toujours pas sa réaction.

— Morte si jeune, le jour de son anniversaire, tu te rends compte ?

Elle comprit enfin. Rafael faisant beaucoup de bruit, elle vérifia que personne ne les voyait tout en murmurant des mots de réconfort.

— Viens, rentrons, demanda-t-elle finalement, une fois qu'il ne pleurait plus.

Incapable de prendre ses propres initiatives, il accepta d'un hochement de tête puis la suivit sur un chemin à l'abri des regards indiscrets. Tout en marchant, elle sortit un mouchoir de sa poche, qu'elle lui tendit. Il s'en saisit et nettoya son visage souillé de larmes et d'un peu de morve.

Ils ralentirent leur marche une fois qu'ils eurent rejoint la route de sortie. Ils se retrouvèrent côte à côte, silencieux. Rafael reniflait parfois pour désencombrer ses nasaux. Il attirait encore quelques regards de piétons ou de conducteurs, avec son visage rougi et ses yeux humides. Aude en était très mal à l'aise. *« Pourvu que personne que je connaisse ne passe par là aujourd'hui... »*. En effet, un certain nombre de ses potes aimait squatter le parc durant l'été. Par chance pour elle, il n'y eut aucune fâcheuse rencontre.

— Désolé de m'être montré minable comme ça…

Elle ne lui dit pas que ce n'était rien, car pour elle, ce n'était pas rien.

— Ça ne se reproduira plus.

— Tu es sûr de ça ?

Ils avaient quitté le chemin menant au parc, ils se trouvèrent à la ville, bientôt en face de la maison de Rafael à proximité.

— Oui mon cœur.

— J'espère bien… parce que j'en ai marre de te voir déprimé comme ça. Ce n'est pas qu'à cause d'aujourd'hui, ça fait plusieurs jours que ça ne va pas. Tu mets une mauvaise ambiance entre nous, je n'en peux plus.

Au lieu de se défendre, Rafael culpabilisa immédiatement. Il était vrai qu'il était dépressif ces derniers temps, quelque chose n'allait pas et il ne savait pas expliquer de quoi il s'agissait. Il aurait pu reprocher à Aude des faits similaires mais n'en fit rien. Pour souffrir en silence, il ressemblait beaucoup à sa mère.

— Je suis désolé.

— Je sais bien. Bon, on s'appelle ? Je vais prendre mon bus.

— Ok, je te laisse me contacter quand tu veux, toujours rien de prévu pour l'instant.

— Moi j'ai beaucoup de choses de prévues, on se tient au courant pour se revoir. À bientôt.

— À bientôt.

Il s'apprêta à l'embrasser, mais déjà elle lui tournait le dos, se dirigeait vers l'arrêt de bus à l'opposé du chemin menant à sa maison. Rafael resta seul, incapable de bouger, le regard pointé dans sa direction, des larmes aux yeux. Voilà que des problèmes de couples s'ajoutaient à ses moroses pensées... à moins qu'elles n'aient été la cause première de son mal-être ? Il y réfléchissait, parfois.

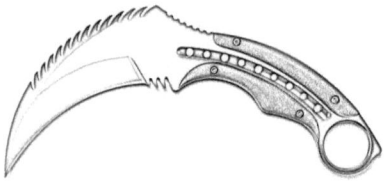

À dix-neuf heures six, il attendait la réponse à un texto envoyé à Aude dans lequel il s'excusait d'avoir gâché leur moment. Elle n'avait pas encore répondu, il ne savait dire si elle ignorait son message pour l'instant ou bien si elle ne l'avait simplement pas lu. Mais la connaissant, et au vu du temps écoulé entre le moment où il avait envoyé le message et le présent, il penchait plutôt pour la première solution et en fut terriblement contrarié.

S'il essayait de penser à autre chose, c'était pire, car seul le souvenir de sa mère Camille pouvait prendre le relais de ses préoccupations. Il se sentait désespérément seul, abandonné par la fille qu'il aime, orphelin de mère et mal soutenu par un père qui préfère éviter le sujet, s'abrutir de boulot et fuir ce fils qui lui rappelle l'amour de sa vie. Ce dernier n'était pas encore rentré du travail, il n'allait certainement pas tarder. Rafael pleura un bon coup avant de se décider à sortir du canapé pour dresser la table et préparer le dîner. S'occuper était un bon moyen de faire le vide.

Alors qu'il était dans la cuisine en train de couper des légumes sur la planche prévue à cet effet, son mobile vibra dans sa poche arrière. Il lâcha son couteau pour le récupérer, impatient et inquiet de découvrir son message.

C'est rien mon amour, n'en parlont plus. Prend soin de toi, je t'appele vite. Je t'aime.

Malgré ce message relativement rassurant (et contenant trois horripilantes fautes de grammaire), il n'était pas dupe : Aude mettait de plates ponctuations partout lorsqu'elle se montrait distante, une manie inconsciente qu'il avait bien remarquée depuis le temps. Il le lui avait d'ailleurs fait un jour la remarque, et elle avait veillé à ne plus le faire. La présence de points en bout de phrase était maintenant d'autant plus révélatrice de son humeur durant la rédaction.

Plus abattu que jamais, il retourna à la découpe de ses légumes. Plein d'une énergie nouvelle offerte par la colère, il s'appliquait avec force et rapidité. Il était écœuré de la vie, de la tournure que prenaient les récents événements. Une boule lui obstrua la gorge.

Des images de l'accident vinrent hanter son champ de vision, tels des flashs de lumière. La tête à l'envers, l'horrible vision de sa mère aux yeux vides de vie, du sang s'écoulant de sa bouche, les cheveux flottant au-dessus de sa tête, le front sanguinolent. Les airbags ne s'étaient pas enclenchés lorsque le camion avait embouti la voiture, la faisant faire un triple tonneau avant qu'elle n'atterrisse sur le toit. Que Rafael soit encore en vie relevait du miracle, il était donc peu probable que ledit miracle se produise deux fois. Le conducteur à l'arrière, ayant assisté à l'accident, avait sorti Rafael *in extremis* avant que la voiture n'explose. Même s'il savait qu'elle était morte avant l'explosion, il pleurait le fait que son corps ait péri à tout jamais dans les flammes.

Sa respiration était bruyante, il soufflait plus qu'il ne respirait. Pourquoi la vie était-elle si injuste ? Depuis l'accident, son existence partait en lambeaux, même le modeste bonheur qu'il avait su construire avec Aude. Peut-être qu'il n'avait cherché qu'à combler un vide que l'on ne peut remplir, dans le fond. Eh bien, il ressentait désormais ce vide plus qu'à aucun autre moment.

Un coup maladroit eut vite fait de faire dévier le couteau et lui entailler un petit bout de chair de son auriculaire gauche. Quelques centimètres plus près, il se serait amputé du doigt. Il laissa échapper un cri de douleur amplifié par le chagrin, lâcha le couteau comme s'il s'agissait d'un objet de mort et porta son doigt blessé à sa bouche. Cela faisait bien longtemps qu'il n'avait pas ressenti de douleur, pas depuis l'accident. Il en avait oublié ce que cela faisait.

Cependant, ce qu'il ressentit était tout de même différent de ses souvenirs. Différent en quel sens ? Il n'en savait rien. En revanche, il était certain d'être un douillet depuis sa plus tendre enfance, le moindre petit bobo devenait un danger mortel et une douleur insurmontable. Il n'accueillit pas cette douleur-ci avec cette ampleur qui lui était autrefois caractéristique. Au contraire, ce n'était pas si pénible que ça, peut-être même source de… non, ça ne serait pas logique. Il sortit le doigt de sa bouche pour observer la plaie quelques secondes : elle ne saignait déjà plus. Il resta un certain temps à l'observer, comme s'il s'agissait d'une œuvre d'art.

Il sursauta lorsqu'il entendit la porte d'entrée s'ouvrir. Son père avait terminé sa journée de travail. Pour prendre soin de sa plaie, et surtout pour grappiller encore un peu de temps loin de son paternel, il se faufila rapidement vers la salle de bain, verrouillant la porte derrière lui.

CHAPITRE 2

Sohane

— À quoi penses-tu ?

— À rien du tout, j'ai la tête complètement vide, là.

Accompagnée de sa meilleure amie Tex, Sohane était allongée sur le dos à même le sable de la plage. Sa peau métissée brunissait davantage grâce au bronzage offert par les rayons du soleil. Il se faisait tard, les touristes commençaient à plier bagage, la plage se vidait peu à peu. Les deux amies se trouvaient déjà dans un coin isolé afin d'éviter l'insupportable foule, mais le simple fait de l'entendre disparaître leur donnait l'impression de pouvoir mieux respirer.

— Oh, désolée de t'avoir dérangée.

— C'est rien. T'as une voix agréable. Avec le bruit des vagues au loin, on pourrait croire que tu es une charmante sirène.

— Pff, t'es conne toi, des fois, pouffa Tex.

— Je sais.

— Et tu es très belle aussi, surtout là comme ça, très peu vêtue sur le sable, ajouta-t-elle après l'avoir observée quelques secondes, relevant ses lunettes de soleil pour l'occasion.

— Je sais.

Tex éclata de rire, Sohane sourit légèrement, gardant ses yeux clos, le visage faisant face au ciel bleu.

— Ahlala, pourquoi tu ne ferais pas partie de la communauté LGBT plutôt que de la soutenir ? demanda son amie sur un ton implorant.

— Je te l'ai déjà dit, ce n'est pas une question d'orientation sexuelle, même si je peux t'avouer que je te trouve très belle et séduisante, moi aussi. Mais entre nous, il s'agit d'amitié : c'est tellement plus beau comme ça. Tu nous imagines en couple ? Ce serait la fin de notre superbe relation.

— J'avoue... Tous mes amis célibataires ont beau se plaindre, ils sont beaucoup plus heureux comme ça ! Et puis, avec leurs amis, c'est pas prise de tête.

— Voilà, tu vois. Personnellement, je prends exemple sur la relation qu'entretenait mon père avec sa meilleure amie. Enfin, je prends exemple sur ce qu'il me racontait de cette relation qui paraissait parfaite à ses yeux. La dernière fois que j'ai vu la Camille en question, c'était il y a neuf ans, avant que ma mère ne décide et n'impose que l'on vive définitivement ici. Je m'entendais très bien avec le fils de cette Camille d'ailleurs, je m'en souviens, Rafael il s'appelle. Enfin bref, tout ça pour dire que c'est mieux les amis. Les couples, ça craint. Si mon père avait été célibataire, ok je ne serais pas née, mais lui serait encore en vie... Les amis, c'est mieux, répéta-t-elle pour conclure.

Le ton de sa voix s'était fait plus sombre, prêt à se rompre. Tex comprit que Sohane allait rapidement se mettre à broyer du noir, une fois de plus. Évoquer son père, aujourd'hui décédé, était toujours une épreuve pour elle. Parler de sa mère également, d'une certaine façon. Bien décidée à lui éviter une déprime, elle déclara :

— Tu pourrais peut-être devenir ma *sex friend* !

Cette fois-ci, elle avait attiré le regard de Sohane qui haussa un sourcil unique.

— T'es grave toi, tu lâches jamais l'affaire ! T'as le feu au cul ou quoi ?

Nouvel éclat de rire de Tex. À cet instant, elles eurent une projection de sable sur le visage. Tex cracha, Sohane grogna. Elles se redressèrent toutes deux et découvrirent deux jeunes adolescents de quatorze ans environ qui riaient bien de la situation. Ils s'enfuirent, complètement hilares, en les traitant de sales gouines. Visiblement, ils avaient discrètement écouté une partie de la conversation.

— P'tits cons ! gueula Tex dans leur direction.

— Voilà que les jeunes ados s'y mettent, c'est pitoyable… Viens on bouge, je t'invite au resto.

— Tout pour ne pas rentrer tout de suite chez toi, hein ?

— Exactement ! Allez, viens.

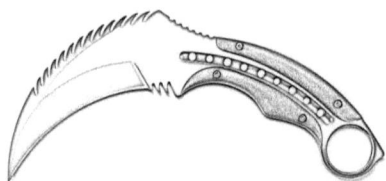

— C'est à cette heure-ci que tu rentres ? s'emporta Pascale lorsqu'elle vit sa fille arriver. Tu aurais pu au moins m'envoyer un message pour me prévenir, c'est dingue ça !

— J'ai dîné avec Tex, répondit simplement Sohane, blasée.

— Je me doute que tu as encore traîné avec cette fille... Elle a une mauvaise influence sur toi.

Sa fille ne releva pas cette dernière phrase, se contenta de partir en direction du couloir menant à la salle de bain en levant les yeux au ciel. Mais Pascale l'interpella.

— Quoi encore ? souffla-t-elle, agacée.

— J'ai eu Pascal au téléphone tout à l'heure, tu vois qui ? Le père de ton ancien copain Rafael.

— Ouais...

— Eh bien tu vas être contente, toi qui te plains toujours de te sentir piégée sur cette île : j'ai pensé que nous pourrions retourner en France pour les vacances, histoire de changer d'air et de nous remémorer de bons souvenirs.

Pour une fois, Sohane approuvait la nouvelle idée de sa mère, sans même qu'elle n'eut besoin de développer davantage, seul le plaisir de quitter l'île lui suffisait. Cependant, elle ne voulait pas se montrer reconnaissante envers elle alors elle contint sa joie, même si l'illumination sur son visage la trahissait.

— Dis plutôt que tu veux retrouver ton ancien ami. Et on partirait quand ?

— J'ai consulté les sites internet pour nous organiser une vraie fiche de voyage : on partirait mercredi prochain, le 16, pour prendre l'avion de 21h05 qui nous ferait arriver à 05h30 à Paris. On prendrait l'hôtel pour nous remettre tranquillement du long voyage puis, le lendemain ou le surlendemain, ça dépend de si nous avons envie de visiter la capitale, nous pourrons remonter dans le Nord, ton oncle Yohan a gentiment proposé que nous nous installions chez lui autant de temps que nous le désirons, il vit à proximité de Pascal et Rafael. Mais si ça t'embête, on pourra prendre un gite ou encore une location.

— Ok, je vois… bon ben go, hein, c'est parti pour de vraies vacances.

— Je suis heureuse de voir que ça te fait plaisir.

Sohane ne répondit pas à cette remarque, elle reprit le chemin de la salle de bain. Une fois à l'abri des regards, elle se dévêtit intégralement, se frotta légèrement pour faire tomber sur le parquet le sable encore sur elle qui la démangeait, puis entra sous la douche. Elle n'y resta pas longtemps, par souci écologique. Elle était propre après tout, le but était surtout de se débarrasser du sable et de se rafraîchir avec de l'eau tiède, presque froide.

Maintenant toute fraîche, elle entoura sa tignasse bouclée dans une serviette qu'elle noua. Ensuite, enfila son peignoir de bain pour circuler dans le couloir et rejoindre sa chambre. Une fois dans son espace intime, elle s'écroula sur son lit, bras écartés, les yeux fixés sur l'ampoule basse consommation du plafond. Après un coup d'œil sur son ordinateur portable, elle hésita : et si elle consultait sa page YouTube, à l'affût de potentiels nouveaux commentaires ? Non, pas ce soir, elle était fatiguée.

Ainsi allait-elle revoir son ami d'enfance. Cette idée la fit sourire. Ensemble, ils s'étaient toujours bien amusés. Elle avait pas mal de souvenirs précis. Ces derniers étaient heureux, hormis celui peu flatteur des adieux, lorsqu'ils s'étaient vus pour la dernière fois avant son départ définitif vers la Réunion.

Il n'y avait pas que les deux enfants qui étaient tristes, le quatuor d'adultes aussi se prêtait à de vives effusions de sentiments. Ils s'étaient promis de se revoir. Ce qui n'était jamais arrivé car, peu de temps après leur emménagement sur l'île, son père Camille était…

Elle pleura tout à coup, sans prévenir. Elle n'aimait pas pleurer, mais c'était inévitable lorsqu'elle pensait à lui et aux circonstances tragiques responsables de son décès. En 2006, soit un an après qu'ils se soient établis à la Réunion, une terrible épidémie de Chikungunya, maladie grave transmise par les moustiques, avait frappé l'île. Sur les 244 000 personnes contaminées, 204 moururent, dont Camille. Sohane avait encore l'affreuse image de son père tordu de douleur, raide et courbé.

Quelques années après, on leur avait appris que Camille Seguin était elle aussi décédée. Du quatuor, ne restaient plus que les Pascal, qui ne s'étaient pas encore revus depuis.

Quand ses larmes furent taries, elle chercha à se changer les idées, tant pis pour la fatigue. Elle échangea quelques petits messages avec Tex, notamment pour lui dire qu'elle aussi allait voyager pendant les vacances alors qu'elle pensait initialement se retrouver seule et malheureuse sur l'île durant tout l'été. Tex plaisantait à propos de sexualité, comme toujours. Sohane parvenait à en sourire, même si ce domaine était encore très mystérieux pour elle et qu'elle ne comprenait pas toutes les allusions étranges de son amie.

Après un échange de « *Bonne nuit* », Sohane éteignit son portable. Elle se leva de son lit et s'apprêta à appuyer sur l'interrupteur lorsqu'un souvenir émergea. Elle resta immobile quelques secondes, puis alla récupérer un objet qu'elle avait récupéré sur la plage la veille puis planqué sous son matelas. L'admira ensuite. Elle ne savait pas pourquoi elle le dissimulait, comme s'il s'agissait d'un objet de grande valeur ou, et il s'agissait plutôt de cela, interdit.

C'était un couteau de poche pour randonneur, sans doute égaré par un touriste. Le manche en caoutchouc était vert mousse, la lame gris foncé, élégamment taillée et bien affûtée. Il était en excellent état. Sohane l'analysa sous tous les angles en y accordant un soin religieux. Elle rangea la lame après en avoir compris le mécanisme puis la déplia, répéta l'opération avec une fascination qu'elle ne pouvait expliquer. Si sa mère la voyait, elle la prendrait certainement pour une folle.

Elle constata que la lame était froide en la plaquant contre le dos de sa main. La sensation provoquée était plutôt agréable.

L'idée saugrenue d'établir ce contact avec d'autres parties de son corps émergea dans son esprit. Doucement, elle saisit l'un des coins de son peignoir et découvrit son sein droit. Le plat de la lame glissa doucement, tout d'abord sur le cou, puis petit à petit vers sa poitrine. Le contact froid, paradoxalement, lui donna très chaud. Soudainement confuse par ce qu'elle venait de faire, elle remit convenablement son peignoir tandis qu'elle rougissait.

À nouveau, elle observa le couteau qu'elle trouvait très beau, particulièrement esthétique. Ce type d'objet l'avait toujours fascinée, en quelque sorte. Elle se rappela la collection de couteaux de Tex et se dit qu'elle pourrait peut-être en faire une, elle aussi, et qu'elle tenait là sa première pièce de collection. Cette pensée lui fit plaisir. De plus, à condition que son couteau se situe dans son bagage à soute, elle pourrait l'emmener lui et les éventuels nouveaux avec elle. Elle comptait bien en parler à l'avenir dans une nouvelle vidéo sur sa chaîne.

Une question sortie de nulle part s'imposa d'elle-même, à mesure qu'elle songeait aux couteaux : était-ce jouissif de planter quelqu'un avec un tel objet ? Mystère, qu'elle ne souhaitait évidemment pas percer à jour.

CHAPITRE 3

Retrouvailles

Comme Rafael s'y était attendu, son père Pascal avait tout d'abord fait comme si la journée anniversaire de Camille et sa mort était une journée tout à fait ordinaire, un certain malaise sous-jacent en plus. Il en avait été écœuré mais s'était abstenu de la moindre remarque.

En revanche, une heure après son arrivée, il l'avait surpris en pleine conversation téléphonique, les yeux pétillants. Quand il avait raccroché, il lui avait annoncé la venue prochaine de Pascale et sa fille Sohane, rappelant au passage à quel point les deux enfants étaient proches et s'amusaient bien par le passé. Rafael devait le reconnaître, il n'avait aucun souvenir précis de son amie d'enfance, mais il se rappelait qu'il appréciait grandement jouer avec elle.

À la suite de cette annonce, Pascal l'avait invité à consulter ensemble les vieux albums photos de famille, ce qu'ils n'avaient plus fait depuis bien longtemps. Bien évidemment, Rafael avait accepté avec plaisir. Cela allait être l'occasion de se souvenir un peu mieux de son amie et, surtout, de sa mère et des moments passés auprès d'elle. Comme chaque famille a le don de ne conserver que les photos rattachées à de bons moments, la séance souvenir fut un réel plaisir et même la source de quelques fou-rire entre père et fils, fait suffisamment rare pour être souligné. Rafael avait été ému comme cela n'était plus arrivé depuis que sa mère avait perdu la vie. C'était donc sur une note positive qu'il était parti se coucher.

Les quelques jours qui s'écoulèrent par la suite furent sans réel intérêt. Il n'avait pas encore revu Aude, cette dernière trouvait toujours un prétexte pour ne pas passer un nouveau moment avec lui. Malgré ses tactiques pour que leurs rendez-vous manqués paraissent comme un simple concours de circonstances fâcheuses, Rafael voyait clair dans son jeu et savait parfaitement qu'elle l'évitait. Le début de ses vacances était vraiment pourri, pensait-il. Comme seule occupation, il s'abandonnait à la composition musicale sur téléphone portable à travers une application capable de créer des parties instrumentales, tout instrument de musique confondu. Il n'avait eu qu'une formation éphémère en musique, cependant il avait toujours eu une très bonne oreille musicale. Caractéristiques de son état mental, ses compositions reflétaient une ambiance sombre, déprimante, voire inquiétante. Elles avaient été la source d'un intérêt feint de la part d'Aude au début, durant sa période de séduction.

Il était justement en train de composer en ce dimanche 20 juillet 2014, jour de l'arrivée de Pascale et Sohane chez eux. Il était quinze heures quatre, elles n'allaient pas tarder. Il se dépêcha d'enregistrer sur son ordinateur sa dernière création, reliant son smartphone par un câble adapté.

Rafael attendait les retrouvailles avec un subtil mélange de plaisir, de curiosité, d'appréhension et d'abattement : plaisir de retrouver une amie d'enfance, curiosité de (re)découvrir leurs visiteuses, appréhension du fait de ne plus rien savoir d'elles et abattement d'accueillir du monde. Profondément solitaire, légèrement anthropophobe sur les bords, il avait une sainte horreur des visites, même s'il s'agissait de connaissances proches. Autant dire que les avantages de recevoir Pascale et sa fille étaient bien minces comparés à la corvée que cela représentait.

La sonnette retentit dans toute la maison, le faisant sortir de ses pensées en sursautant. Immédiatement après, son rythme cardiaque s'accéléra violemment, il eut la nausée comme chaque fois qu'il éprouvait un fort stress. Discrètement, il s'approcha de la fenêtre de sa chambre avec son fauteuil mobile de bureau pour essayer de les apercevoir sur le pas de la porte, mais à peine y parvint-il que déjà son père les faisait entrer, ainsi il n'eut pas le temps de bien les apercevoir. Tant pis, même si cela l'aurait modestement rassuré.

— Rafael ? Elles sont là ! l'appela Pascal.

— Oui j'arrive ! cria-t-il, autant pour se faire entendre que relâcher la pression.

« *C'est bon, je sais qu'elles sont là, je ne suis pas sourd... quel impatient* ». Prenant son courage à deux mains, il se leva de son fauteuil et sortit de sa chambre, sans bruit. Il rejoignit l'escalier et le descendit lentement, veillant à ne pas attirer l'attention. Une fois dans le hall d'entrée, seul, il n'avait plus qu'à ouvrir la porte menant au salon, son père y ayant déjà invité leurs hôtes.

Avant d'entrer, il tendit l'oreille : son père parlait fort, une voix de femme plutôt grave qu'il reconnut vaguement lui répondait avec la même exaltation, mais il n'entendait pas son amie d'enfance. Peut-être était-elle aussi timide et réservée que lui ? Difficile à dire, ses souvenirs étant trop flous. De plus, elle avait peut-être changé depuis la dernière fois qu'ils s'étaient vus. Pour mettre un terme à ses questions, il n'avait qu'à ouvrir la porte, mais quelque chose le bloquait. Il se trouva gêné et stupide à rester derrière la porte sans réagir.

Dans ses pensées, il ne fit pas attention que Sohane demandait le chemin des toilettes. Alors qu'il se décidait enfin à ouvrir la porte et que sa main saisissait la poignée, il fut pris de court car cette dernière s'abaissa toute seule. Dans un élan de panique, il recula brusquement, le cœur bondissant dans sa poitrine. La porte s'ouvrit vers lui et en face apparut Sohane qui tressaillit légèrement lorsqu'elle l'aperçut.

Si elle avait été telle quelle lorsqu'ils s'étaient quittés des années plus tôt, il ne l'aurait certainement pas oublié. Elle ne correspondait pas aux critères d'un canon de beauté et Rafael n'avait pas un "genre" particulier non plus. Mais son apparition lui provoqua le même effet que s'il s'était retrouvé subitement devant une déesse. Il n'était certainement pas le genre d'adolescent à s'attarder sur le physique d'une personne, à la qualifier de "canon" ou de "sexy", mots dont raffolaient ses insupportables camarades en chaleur, futurs machos en puissance. Dans ce cas précis, cependant, son attention était totalement captée par sa peau bronzée, ses yeux verts, ses cheveux brun foncé en coiffure afro, son nez fin et ses lèvres discrètes. Sous son expression étonnée et ses traits déformés par la surprise, elle lui inspirait beaucoup de tendresse. Le visage épuré de tout maquillage, si ce n'était un peu de mascara pour faire ressortir ses yeux, il pouvait l'admirer tel qu'elle était au naturel. La robe bordeaux qu'elle portait lui seyait à merveille et mettait en valeur les courbes et les formes de son corps élancé.

Mais bien au-delà de la simple beauté qu'il lui attribuait, il y avait un étrange sentiment, quelque chose de totalement nouveau pour lui. Son cœur battait toujours aussi fort, mais ce n'était plus désagréable comme autrefois. Il se sentait pétrifié, mais non pas de peur. Le temps semblait s'être arrêté, se trouvait suspendu dans l'air.

Sohane ne s'était certainement pas attendue à tomber sur Rafael ainsi, la seule personne qu'elle souhaitait sincèrement revoir, l'une des principales raisons qui l'avait motivée à accepter la proposition de sa mère, avec celle de quitter son île. Ce qui la frappa principalement, c'était à quel point il entrait en contradiction avec le souvenir qu'elle avait de lui. Il ne s'agissait plus d'un petit garçon chétif, mais d'un jeune homme qui lui parut immédiatement plus mature et rassurant que les autres adolescents de son âge. Il dégageait beaucoup de charme, mais aussi un profond chagrin intérieur dans lequel elle se reconnut pleinement. Sans le savoir, elle ressentit corporellement et psychiquement les mêmes impressions que lui, sans parvenir à les expliquer elle non plus. Il était loin, le temps de leur enfance : ils avaient tous deux bien changé, et étaient prêts à vivre de nouvelles expériences qui leur étaient encore inconnues dans l'innocence de l'enfance.

— Rafael ? fit-elle, étonnée.

— Oui Soh-Soh.

C'était sorti tout seul, une réminiscence soudaine : le surnom par lequel il l'appelait par le passé, histoire de la taquiner gentiment. L'entendre de sa bouche lui procura une joie immense qui la surprit elle-même.

— Tu te souviens de ça ? dit-elle en riant doucement.

— Faut croire, répondit-il timidement.

Ils restèrent un petit temps à se dévisager, le visage illuminé. Avant que le silence ne devienne vraiment gênant, elle se lança :

— Qu'est-ce que tu as changé... Tu vas bien ?

Sans qu'il n'ait le temps de répondre, son père les interpella, les ayant repérés depuis le canapé.

— Mais regardez qui va là ! s'exclama Pascal.

— Mon Dieu, Rafael ! s'écria Pascale. Comme tu as changé.

Timidement, gêné par la remarque de leur invitée, il la salua d'un signe de main en murmurant un « Bonjour » quasi inaudible. Elle ne lui avait pas laissé un souvenir mémorable, mais il la reconnut facilement grâce aux photos consultées la semaine précédente. Physiquement, Sohane avait seulement hérité de sa couleur de peau, mère et fille étaient diamétralement différentes sur tous les autres aspects. Il l'ignorait encore, mais leurs personnalités aussi étaient parfaitement divergentes.

— Après neuf ans, c'est normal, répondit sa fille à la place de Rafael, d'un ton ironique.

— Tu es devenu un beau jeune homme, poursuivit-elle sans prendre en compte la remarque de sa fille.

— Merci...

— Reste pas planté là, rejoins-nous ! l'invita son père en désignant une chaise libre.

Rafael regarda Sohane qui lui barrait le chemin. Elle le réalisa et s'excusa en lui laissant la place. Il la remercia, passa devant elle et rejoignit la place désignée.

— Tu ne devais pas aller aux toilettes ? demanda Pascale à Sohane qui regagnait sa place, d'un ton coquin.

— Pour les amis, ça peut toujours attendre, répondit-elle en observant Rafael, un demi-sourire aux lèvres.

— Ce n'est pas nous qui allons vous contredire, intervint Pascal, l'air songeur. Tu te souviens, Pascale, comment nous étions soudées ?

— Un peu que je m'en souviens ! Unis comme les doigts de la main. Les Pascals dans la place ! rappela-t-elle leur devise en venant claquer sa main contre celle de Pascal qui s'était préparé en riant.

Rafael et Sohane échangèrent un regard amusé, s'empêchant de rire face au spectacle absurde de leurs parents. Tandis que ces derniers continuaient à parler entre eux, comme s'ils étaient seuls dans la pièce, les deux adolescents n'écoutaient que d'une oreille avec cette désagréable impression de ne pas être à leur place, ce qui ne changeait pas grandement de leur habitude. Sans même que leurs parents ne s'en rendent compte, Sohane demanda à Rafael de lui rappeler le chemin des toilettes, ne pouvant plus se contenir, mais surtout cherchant un prétexte quelconque pour s'éclipser. Il se proposa de l'accompagner.

Il l'attendit près de la porte des toilettes, entendit le bruit et en fut tout gêné, d'autant plus que ça coulait longtemps, longtemps… Enfin, elle tira la chasse d'eau et ressortit en poussant un soupir de soulagement.

— Aaah, ça fait du bien.

— J'imagine, tu avais l'air d'en avoir besoin, dit-il en pouffant. Et puis ça fait une excuse parfaite pour fuir ce traquenard préparé par nos parents.

— Eheh, je confesse, tu as vu juste dans mon petit jeu. Bon, tu n'as pas répondu à ma question.

— Euh, quelle question ?

— Bah, comment vas-tu !

— Ah ! Bah bien, écoute, bien... et toi ?

— Ouais ça va, ça va...

Vous savez, quand vous dites que vous allez bien alors que c'est totalement faux, par convention, pour éviter d'aborder les sujets qui fâchent ou pour vous en persuader vous-même ? Eh bien c'était exactement le cas pour les deux adolescents, ce que l'un l'autre remarqua immédiatement.

— Donc ok, c'est pas la grande forme, ajouta Sohane en riant jaune.

— Ouais voilà ! Bon, nos parents semblent en pleine conversation, on va peut-être éviter de les déranger, qu'en dis-tu ?

— Oui, tu as raison, vaut mieux les laisser tranquilles. Tu me fais une petite visite guidée ? J'aime bien découvrir de nouveaux lieux.

— Autant te prévenir qu'il n'y a rien de bien palpitant ici, mais pourquoi pas ! Suis-moi.

— Avec plaisir.

Ainsi, il lui fit un petit tour du rez-de-chaussée, sans bien sûr passer par le salon occupé. Il jouait les guides de musée et s'arrêtait sur des éléments de déco qu'il n'appréciait pas en les présentant comme des chefs-d'œuvre dans le seul but d'amuser Sohane. Rares étaient les personnes réceptives à son humour qu'il qualifiait lui-même de minable, elle le rassurait en se disant bon public et que son humour était équivalent au sien.

Après avoir tout vu, il lui annonça qu'il ne restait plus que sa chambre et celle de son père, à l'étage. Malgré sa réticence marquée à lui montrer son espace intime, elle insista en le taquinant. Il finit par accepter, s'excusant d'avance pour les potentiels vêtements qui traineraient par terre. Riant, elle le suivit dans les escaliers.

— Voici mon antre, annonça-t-il en lui ouvrant la porte.

Elle le remercia avec une galanterie caricaturale avant d'entrer, faisant la référence en levant les plis de sa robe imaginaire. La chambre était particulièrement spacieuse avec ses seize mètres carrés. En guise de mobilier : un lit d'une place avec une petite table de nuit dans un coin, un bureau sur lequel était disposé un ordinateur portable, une trousse et quelques feuilles de l'autre côté, une petite armoire pour ses vêtements et une grande bibliothèque bien remplie. Les murs blancs et la sobriété de la décoration contribuaient à agrandir les lieux. La seule petite excentricité décorative qu'il se permettait était un poster représentant Titi le canari, une guitare électrique dans les bras, portant des lunettes de soleil en étoile. Il y avait aussi, effectivement, quelques vêtements à terre. Mais au moins, le sol était propre.

— Oh mon dieu, tu l'as encore ! s'écria-t-elle en désignant le poster du doigt, des étoiles plein les yeux, s'approchant pour le contempler de plus près.

— Tu t'en souviens ?

— Un peu mon n'veu, c'est moi qui te l'ai offert ! Tout mon argent de poche y était passé, j'avais harcelé mes parents pour m'en donner afin de te l'offrir le jour de notre anniversaire.

— Bah mince alors, je ne me souvenais absolument pas de la manière dont j'avais acquis ce poster… pour être franc, j'ai très peu de souvenirs de notre enfance et de notre amitié, et j'en suis le premier désolé.

— Tu n'as pas à l'être, Rafi. Je suis ici pour un petit bout de temps, on va avoir le temps de nous redécouvrir, surtout que nous ne sommes certainement plus les mêmes qu'avant.

— Rafi, je me rappelle...

— Ah tu vois, pas besoin d'attendre longtemps !

À ce moment, Rafael reçut un texto, le vibreur dans sa poche arrière l'ayant prévenu. Il s'excusa le temps de voir le nom de l'expéditeur : "Aude mon amour". Il rangea son téléphone.

— Tu peux répondre hein, ça ne me dérange pas.

— À moi, ça dérange, dit-il en ricanant. Revenons à ce poster : j'y ai toujours accordé un grand soin et beaucoup d'amour, la preuve en est qu'il a traversé les ans. Je comprends mieux pourquoi j'y suis autant attaché maintenant.

— Tu sais, ce n'était pas grand-chose, dit-elle en rougissant.

— Ben si quand même ! Bien que j'aie peu de souvenirs précis, je me souviens qu'on était très proches tous les deux. Si toi tu te rappelles mieux notre enfance, ça me plairait bien que tu m'en parles. Surtout que j'ai regardé des photos avec mon père, mais il n'y en avait pas beaucoup nous concernant.

— Avec plaisir Rafi, on va même faire ça tout de suite ! T'es prêt à te rappeler tous les sales coups que je t'ai fait ?

CHAPITRE 4

Aude

Elle se demandait pourquoi il ne lui répondait pas, alors qu'il avait l'habitude de le faire dans les dix minutes suivant son message, au plus tard. Pourtant, elle y avait mis les formes nécessaires pour rattraper le coup. Que pouvait-il bien se passer ? La situation lui échappait, elle n'aimait pas ça.

Assise derrière le meuble de sa grande salle de bain, en face d'un miroir, elle se maquillait un peu trop avec un immense soin, se préparant pour sa soirée entre amis. Son maquillage n'avait jamais été du goût de Rafael, mais elle s'en fichait royalement, comme de tous ses avis en règle générale. Ce petit jeu qu'elle jouait avec lui avait commencé à l'ennuyer. Cependant, maintenant qu'elle ressentait une certaine résistance de sa part, son intérêt se ravivait. Il lui en fallait peu.

Voilà, elle était désormais prête. Un dernier regard de vérification, puis elle s'apprêta à partir.

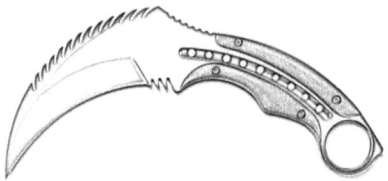

— Hey, Aude ! s'exclama Étienne lorsqu'il lui ouvrit la porte d'entrée de la maison où se déroulait la soirée.

— Heyyy, cria-t-elle autant par enthousiasme que pour couvrir la musique de la maison sortant des enceintes, le volume poussé au maximum.

Elle lui déposa un baiser sensuel sur la joue en se collant à lui. Étienne frissonna, tout émoustillé. Après qu'il l'eut traitée de coquine, elle rit aux éclats et entra dans la maison, secouant déjà la tête au son de la musique techno. Son copain referma la porte derrière elle et s'empressa d'aller lui chercher un verre. La forte consommation d'alcool et autres drogues plus ou moins dures était un passage obligé dans les soirées qu'elle organisait ou auxquelles elle participait. De seize à vingt-cinq ans, le public profitait davantage de ces événements pour copuler ou se mettre minable en toute connaissance de cause.

Aude s'approcha de certains proches pour signaler sa présence et les saluer. Très populaire, elle connaissait beaucoup de monde, mais peu faisaient l'objet d'un intérêt pour elle. Malgré la large superficie de la maison, il en manquait pour accueillir convenablement tous les invités de la fête clandestine. Elle circulait difficilement dans la foule, se frottant à beaucoup de monde. Le salon était le lieu principal où tous se réunissaient pour danser – enfin, se dandiner de façon absurde et totalement aléatoire – et boire.

Quelqu'un porta une main à sa jupe. Elle ne connaissait qu'un seul garçon qui oserait agir ainsi : Jonas. Souriante, elle se retourna vivement. À sa grande surprise se tenait devant elle Louis, un sourire coquin aux lèvres.

— Putain t'es con !

— Ah, et c'est maintenant que tu t'en rends compte ?

— Si Jonas t'avait vu, tu serais mort.

— J'en avais trop envie, tant pis pour Jonas.

— Tant pis pour moi ?

L'intéressé venait de se frayer un chemin à travers la foule afin d'accéder à eux et poser sa main sur l'épaule de Louis. Le visage de ce dernier devint blême.

— Oui, tant pis pour toi si je viens te voir en dernier, lui dit Aude afin de rattraper le coup.

— *Soo seeexyyy*, siffla Jonas en guise de réponse.

Il dégagea Louis en lui poussant l'épaule et vint se coller contre Aude avant de pencher la tête et l'embrasser langoureusement. Elle entoura son torse de ses bras. Louis, face à la scène, se massa l'épaule en enviant son pote. Finalement, ils se décollèrent.

— T'as pas intérêt à me faire attendre, poupée. Surtout que je suis assez grand pour que tu m'aperçoives de loin.

— Ça ne suffit pas, tu as vu tout ce monde !

— Ouais, Étienne a fait fort pour ce soir. Tiens, quand on parle du loup.

— Yo ! Tiens, ma belle, dit-il en tendant un gobelet rempli à Aude. Pas trop fort la musique ? hurla-t-il.

— À peine, à peine. Merci pour le verre. Et merci à notre fournisseur officiel, ajouta-t-elle en trinquant avec Jonas, faisant couler de l'alcool par terre.

— Eh, attention ! s'étrangla Étienne, ça tache !

— Moi je connais d'autres choses qui tachent...

À cette intervention de Louis, les trois autres éclatèrent de rire et huèrent comme des idiots – ce qu'ils étaient, vous en conviendrez.

— Sacré Louis, toujours le mot qu'il faut, commenta Étienne. Mais plus sérieusement, s'il vous plaît, faites attention. C'est chez moi, c'est moi qui serai de corvée de ménage, donc moins vous en ferez, plus ça sera simple de tout cacher à mes darons.

— T'es pas drôle, grommela Aude. On t'aidera à tout nettoyer si tu veux. Bon, la prochaine fête, c'est chez moi ! C'est plus grand en plus.

— Et avec davantage d'espaces intimes, ajouta Jonas en venant serrer Aude par l'arrière à la taille.

Elle rit avant de pencher la tête en arrière pour l'embrasser sensuellement. Les observant, Louis et Étienne restèrent bouche bée, hypnotisés par la scène. Louis siffla en ajoutant que c'était très "chaud", faisant cesser le couple.

— Tu t'es bien rincé l'œil, c'est bon ? grogna Jonas, le ton faussement colérique.

— Ah mais clairement mon poto ! Rafael ne sait pas ce qu'il manque, pourquoi il n'est pas là au fait, ton petit chéri ?

— Ah, ah, ah, très drôle, ironisa Aude.

— Mais c'est vrai ça, il est où, face de poux ? renchérit Jonas. Sans doute dans sa tanière en train de pleurer comme une fillette en songeant à sa vie de merde. « Maman ? Maman t'es où ? T'es morte ou quoi ? Ah bah oui en fait, t'es morte, pourquoi t'es morte ? Bouh-ouh-ouh… ».

En l'écoutant ainsi imiter exagérément Rafael, les trois autres étaient pliés de rire. Étienne lui demandait d'arrêter au risque de se pisser dessus.

— Oui c'est sans doute ça, il n'a même pas pris la peine de répondre à mon dernier message, ce crevard. Non mais franchement, quel abruti, il me saoule avec son allure de suicidaire ! Qu'il passe à l'acte une bonne fois pour toutes alors ! Il faut vraiment que je t'aime, toi, pour avoir accepté ton pari stupide qui dure encore et encore, conclut-elle en s'adressant à Jonas.

— Quand tu lui révéleras tout, tu verras que ça avait valu le coup d'attendre.

— Vous ne croyez pas qu'il serait cap de se suicider pour de bon quand il se rendra compte de la supercherie ? demanda Étienne, faussement effrayé par l'idée.

— Je n'aurais qu'une chose à dire dans ce cas : bon débarras ! beugla Louis. Ce type sait pas s'amuser, d'façon.

— Moi je dis : aucun risque qu'il se suicide. S'il devait le faire, eh bien il l'aurait fait depuis bien longtemps, affirma Aude, croyant mieux le connaître qu'elle ne le connaissait réellement.

— Qu'il passe à l'acte ou non, ça n'est pas notre problème. Le suicide, c'est une histoire personnelle, sinon on parlerait de meurtre. Enfin bref, assez parlé de ce merdeux, il serait capable de nous plomber à distance, ce con ! Place à la fête !

CHAPITRE 5

Introspection

Avant de s'endormir dans son lit étroit et inconfortable, au vieux matelas défoncé, Rafael se décida à consulter le message d'Aude et à y répondre. Sohane et sa mère étaient restées très longtemps en leur compagnie, partageant le déjeuner mais aussi le dîner. Il était 23h34, cela faisait une trentaine de minutes qu'elles avaient pris congé de leur hospitalité.

> *Je peut enfin me libérer demain en fin d aprem mon amour, troooop bieeeeen ! Déso de pas avoir été là + tôt... Ca te dit un ciné ? Y a une comédie super marrante à l'afiche, sa te changeré les idée ! Dit moi vite, je t'enbrasse mon amour <3*

La tête ailleurs, il dut lire plusieurs fois avant de saisir l'entièreté du message, sans éprouver aucun plaisir, le moindre soulagement. Contrairement à d'habitude, il ne fut pas même choqué outre mesure des grossières erreurs de grammaire et d'orthographe, réellement récurrentes chez Aude et toujours désagréables à lire pour Rafael. Il se demandait parfois ce qu'il lui trouvait, mais pas cette fois-ci. Il n'avait de pensées que pour son amie d'enfance.

Il répondrait plus tard. Il était beaucoup plus intéressant, enrichissant et joyeux de se remémorer encore et encore les souvenirs rappelés par son amie. Un détail le chiffonnait cependant : l'impression que ces souvenirs ne lui appartenaient pas, qu'il les avait simplement fantasmés, envoûté par la narration captivante de Sohane et le désir de croire à ces instants de bonheur – ce dont il manquait cruellement aujourd'hui, au point de se convaincre qu'il n'a jamais été heureux. La source de cette impression : la contradiction entre les enfants qu'ils étaient alors, et les jeunes adultes qu'ils sont devenus aujourd'hui. Ce qu'il avait éprouvé à ses côtés durant la journée était à mille lieues de ce qu'il pouvait ressentir pour elle dans sa jeunesse.

Revenant au message reçu, il pensa au fait que les comédies n'étaient réellement pas son truc, qu'elle le savait d'ailleurs très bien. Il devait bien admettre qu'il avait apprécié certaines d'entre elles, mais ce n'était pas son genre de cinéma – difficile de rire, lorsque l'on a l'impression d'être pris pour un con par sa petite amie, quand on n'a pas d'amis, quand on vit avec un père qu'on ne supporte plus dans une maison miteuse, quand on ressasse sans cesse le décès de sa mère... Se disant régulièrement qu'il avait une vie de merde – pardonnez l'expression, c'est la sienne, pas la mienne –, les films comiques lui paraissaient un peu dérisoires.

Visiblement, il n'arrivait pas à s'endormir. Il avait décidé de rejoindre Morphée dès lors qu'il se serait glissé sous les couvertures, mais une énième insomnie guettait. Le temps défilait lentement, longuement, tandis qu'il changeait régulièrement de position dans son lit, la tête pleine d'idées noires malgré la belle journée passée. Peut-être était-il dépressif ? Il se le demandait sérieusement, ayant plusieurs raisons de le penser à sa disposition.

Il ralluma son téléphone portable, éteint à la suite de l'extinction automatique programmée pour minuit. Au moins pouvait-il se divertir en composant un peu. Il déroula ses écouteurs et les plaça dans ses oreilles, songeant qu'il n'avait pas même parlé de sa passion musicale à Sohane. Bien qu'elle soit timide comme lui, c'était surtout elle qui avait parlé. Rafael avait, quant à lui, beaucoup écouté, buvant littéralement ses paroles parlant de souvenirs, de son amie Tex, de sa vie à la

Réunion, peu enviable malgré ce que cela pouvait laisser paraître, etc.

Il ouvrit son application *GarageBand* sur son IPhone et reprit son projet en cours, intitulé *Thanatos*, une petite production plutôt anxiogène avec des sons stridents, des percussions agressives ou encore des cris enregistrés et modifiés par ses soins. À la suite de ce chaos d'une minute, il souhaitait intégrer un long silence qui se ferait petit à petit combler par un air mélancolique au violoncelle, l'un de ses instruments préférés. Inspiré, ce fut cette partie qu'il s'apprêtait à composer.

Sauf qu'il eut la désagréable surprise de constater que ses écouteurs ne fonctionnaient plus, aucun son n'en sortait, alors qu'il avait enclenché le début afin de le réécouter. Après plusieurs essais, il dut se rendre à l'évidence. Déjà que le haut-parleur intégré à son téléphone était hors d'usage… Rageur, il grogna et balança ses écouteurs à l'autre bout de sa chambre, avant de se mettre à pleurer sans trop savoir pourquoi. Il craignait d'oublier l'air de violoncelle qui lui était venu à l'esprit d'ici l'achat de nouveaux écouteurs. C'était la pensée de Sohane qui le lui avait inspiré, il aurait voulu l'écrire immédiatement mais ne faisait pas suffisamment confiance à son oreille pour s'en sortir sans l'écouter. Il en était terriblement frustré, abattu et découragé, abandonnant l'idée.

Après quelques minutes durant lesquelles ses larmes coulaient toutes seules, une idée étrange lui traversa l'esprit. La jugeant absurde, il essaya de la chasser, sans succès. Elle était tenace, imposante, il devait lui accorder de l'importance.

Pourquoi avait-il amené dans sa chambre, planquée sous son matelas miteux, l'une des lames de rasoir usées de son père ? Il n'en avait aucune idée, mais c'était pourtant bien le cas. En plus, ce n'était pas très hygiénique, il l'avait récupéré dans la poubelle. Comme s'il avait prévu de l'utiliser pour une quelconque raison dans un futur incertain, il l'avait cependant nettoyée et désinfectée.

Quoi qu'il en soit, il la récupéra après avoir appuyé sur l'interrupteur à proximité, faisant jaillir une lumière qui l'aveugla momentanément. Soigneusement tenue entre son pouce et son index, il la fixa comme s'il discutait avec elle, lui disant peut-être : « *Non, ce n'est pas une bonne idée, non non non... Pourquoi veux-tu que je fasse ça ?* ».

Déjà, la lame était hors de sa vue, occupée à lui entailler la peau. Il n'était pas question de tester ses limites ou émettre d'inconscients appels à l'aide – encore que... – : le but était de retrouver cette sensation étrange de la semaine dernière, lorsque son petit doigt avait été blessé accidentellement. Sous le coup de l'émotion, il n'avait pas eu le temps de l'analyser, mais elle ne lui avait pas paru si désagréable qu'elle l'aurait dû.

Les yeux clos afin d'ouvrir ses autres sens, il trouva rapidement ce qu'il cherchait, après trois millimètres d'avancée de la lame dans la chair de son avant-bras. Une petite voix intérieure lui suppliait d'arrêter, là où une autre avait soif de découverte et scrutait le plaisir. La douleur ne lui apportait pas de souffrance, mais un soulagement, un réconfort inattendu.

Toujours un peu plus loin. Le sang chaud coulait, il le sentait sur tout son avant-bras. Mais il s'en fichait royalement, toute son attention concentrée sur le plaisir procuré. À mesure que la lame progressait, le plaisir montait crescendo, jusqu'à une forme d'extase qu'il n'avait jamais éprouvée jusqu'alors. Ses battements cardiaques s'accéléraient, sa respiration se faisait plus rapide et saccadée, puis il entra en érection. Pensa à Sohane. Toutes ses pensées se confondant, se mélangeant dans un tourbillon qui lui fit tourner la tête.

Il rouvrit les yeux, découvrit son bras ensanglanté puis, dégoûté par cette vision mais surtout par ce qu'il venait de faire et de vivre, retira la lame et se précipita pour récupérer un mouchoir en papier sur sa table de nuit et le presser sur sa plaie. Elle n'était pas très longue, seulement trois centimètres, mais suffisamment profonde pour saigner abondamment. En laissant son mouchoir contre la plaie, il ferma à nouveau les yeux pour s'empêcher de voir ce spectacle peu réjouissant.

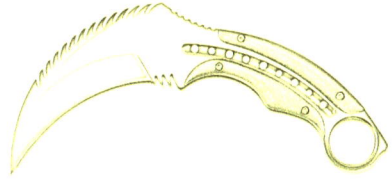

Le lendemain matin, Sohane se réveilla dans l'une des chambres d'amis de la maison de son oncle Yohan. La pièce était bien trop grande pour elle, on ressentait les moyens aisés du propriétaire des lieux. Mais cela lui importait peu, le principal pour elle était d'avoir un bon lit, et elle n'avait pas de raisons de se plaindre du sien, un lit de luxe de deux places. Cependant, parce qu'elle broyait du noir, elle trouvait encore quelque chose à redire : l'odeur du linge qui ne lui plaisait pas. Elle prit conscience que cela relevait de son humeur du moment et pensa à autre chose.

Rafael lui vint immédiatement à l'esprit. Bien qu'il ait énormément changé avec l'âge, elle lui reconnaissait le même regard qu'avant. Hormis cela, il n'avait plus grand-chose à voir avec ses souvenirs. À moins que cela soit dû au fait qu'elle le voyait différemment, maintenant qu'elle avait mûri et que ses désirs avaient évolué.

Malgré tout, elle était toujours autant persuadée qu'elle le connaissait depuis toujours, depuis des vies antérieures entendait-elle, tout comme elle le lui affirmait étant petite. Ce détail, elle l'avait gardé pour elle la veille, préférant ne pas le lui rappeler trop tôt, de peur qu'il ne la prenne pour une folle. Totalement séduite par le jeune homme qu'il était devenu, elle tenait à soigner son image pour lui plaire, technique de séduction classique mais subconsciente dans son cas.

Sohane était très inquiète pour lui. Il avait gagné en maturité, certes, mais perdu en joie de vivre. Dans ses souvenirs, il riait constamment, aimait faire de l'humour et débordait d'énergie. Bien que son impression de le connaître depuis plusieurs vies restait persistante, elle n'était pas parvenue à le reconnaître. Là était tout le paradoxe qui la laissait perplexe. Sa perception de Rafael était devenue très complexe, ambiguë et, par certains aspects, fascinante. Cela expliquait l'importance qu'il prenait dans son esprit, avec le charme et la beauté qu'elle lui trouvait.

Tout en songeant à l'investigation qu'elle comptait effectuer afin de découvrir comment l'aider, elle sortit de son lit. Elle n'avait pas le courage d'affronter la présence de sa mère et de son oncle, un homme qu'elle connaissait très peu. Pour le moment, elle les trouvait aussi superficiels, extravertis et hypocrites l'un que l'autre. Elle savait qu'ils ne s'appréciaient pas et se jalousaient mutuellement. Elle avait d'ailleurs été surprise que sa mère accepte qu'elles logent chez lui. Sans doute était-ce le moyen le moins onéreux et que cela justifiait un petit sacrifice. Pourtant, elles n'étaient pas en manque d'argent.

Afin de gagner du temps, elle alla à la salle de bain en premier lieu et s'y enferma plus de temps qu'elle n'en avait besoin, traînant à effectuer le peu d'activités qui lui étaient nécessaires. Elle profita également de ce moment pour répondre à quelques messages sur l'application Instagram et publier une story précisant qu'elle n'était plus très active sur YouTube ces derniers temps malgré les vacances, mais qu'elle n'oubliait pas ses abonnés chéris et que dès qu'elle aurait une inspiration, elle reviendrait à la charge. Sa chaîne de vidéos était sa seule manière de calmer sa frustration de ne jamais avoir eu l'occasion d'accomplir son rêve d'enfant : devenir comédienne. Elle y parlait d'un peu de tout et de rien. Ce qui comptait, c'était d'avoir le plus d'abonnés et d'avoir l'impression d'être aimée et écoutée.

Résultat, elle resta aussi longtemps que sa mère qui, contrairement à Sohane, prenait un soin religieux à se maquiller, recouvrant chaque millimètre carré de la peau du visage de toutes sortes de cosmétiques. L'adolescente, elle, n'en appliquait presque jamais, malgré les remarques et critiques incessantes d'une bonne partie de son entourage. Elle jugeait qu'il s'agissait uniquement d'une norme sociale imposée, ayant pour conséquence une certaine uniformisation de la gent féminine, ainsi qu'une forme de dépendance qui détruit la notion de beauté naturelle. Toute une histoire qu'elle avait appris à ne plus ébruiter pour éviter les trop nombreux reproches déjà reçus.

Enfin, elle rejoignit Pascale et Yohan au rez-de-chaussée. Une fois au bas des escaliers qui débouchaient au salon, elle ne vit personne mais entendit du bruit provenant de la pièce attenante à travers la porte close. Elle s'y dirigea et l'ouvrit.

Elle atterrit dans la cuisine spacieuse et moderne. Yohan était en train d'expliquer à sa sœur qu'il désirait briser le mur séparant cette pièce de la salle de séjour afin d'en faire une cuisine ouverte, tout en s'attelant à la découpe de légumes sur une planche à découper en bois, anticipant la préparation du déjeuner. Aussi étrange que cela puisse paraître, l'attention de Sohane fut en premier lieu attirée sur ce couteau à la lame particulièrement longue, tranchant des tomates juteuses qui déversaient leur contenu liquide et rouge sur la planche et la lame.

— Aaah, voilà la marmotte qui se réveille ! s'exclama Pascale, coupant la parole à son frère et ramenant sa fille à la réalité par la même occasion.

— Bonjour, répondit-elle placidement, secouant sa main en guise de salut.

— J'imagine que tu as super bien dormi dans ton lit, c'était le mien avant et il est top !

— Alors pourquoi l'as-tu changé ? demanda Pascale d'un ton taquin.

— J'en voulais un plus grand, répondit-il, mal à l'aise.

Tandis que Pascale riait aux éclats, caractéristique de sa fausse personnalité exubérante, et s'engageait dans des moqueries, Sohane observait à nouveau le couteau, comme hypnotisée par ce dernier. Sans doute pour supporter les moqueries de Pascale – et aussi l'imaginer à la place de ses tomates, par la même occasion –, Yohan continuait sa découpe avec énergie. Sohane revenait à sa question obsédante de la semaine dernière, la couleur rouge du légume l'y aidant : qu'est-ce que cela ferait de transpercer la peau d'une personne à l'aide d'un couteau ? Cela ne pouvait qu'être plaisant, au vu du nombre de meurtres sordides à l'arme blanche que le monde pouvait comptabiliser. Pour répondre à cette question, elle se résolut à découvrir des films d'horreur, genre de cinéma qu'elle avait toujours fui en raison de son caractère impressionnable. Jusque-là, ses choix s'étaient plutôt portés sur des films plus légers, un peu niais même, tel qu'elle se l'avouait avec le recul.

— Tu as besoin d'aide en cuisine ? se proposa-t-elle spontanément, mettant ainsi un terme aux propos vexants de Pascale.

— Hein ? Oh, non merci ça va aller, j'ai terminé là, il n'y aura plus qu'à faire chauffer.

Déçue, elle observa son oncle verser les morceaux de tomates dans une cocotte et déposer la planche, ainsi que le couteau, dans l'évier. Il retira son tablier et invita Pascale et Sohane à sortir un peu, voulant profiter du soleil.

— Bonne idée, allons nous préparer, s'exclama Pascale. Mais avant, je dois passer aux toilettes.

— Moi aussi, précisa Yohan. Je vais t'accompagner, sinon tu vas encore te perdre, la charria-t-il.

Tandis qu'ils s'en allaient, Pascale riant jaune, Sohane se retrouva seule dans la cuisine. Vite, elle n'avait pas de temps à perdre : irrésistiblement attirée, elle se dirigea vers l'évier afin d'y observer de plus près le couteau. Pour un simple ustensile de cuisine, il était extrêmement bien décoré, original, avec un manche en nacre blanc. Elle le trouvait même particulièrement esthétique. Sous adrénaline et une certaine forme d'excitation, son cœur tambourinait violemment dans sa poitrine.

D'abord hésitante, elle saisit le couteau par le manche, encore chaud de la prise de son oncle. Elle tourna l'objet dans sa main, observa la lame de si près qu'un geste maladroit eut tôt fait de lui crever un œil. L'avoir en main lui procurait davantage d'effets que ceux produits par son couteau personnel. Une autre forme d'excitation vint s'ajouter à celle initiale. Stressée comme si elle transgressait un terrible tabou – une partie d'elle en était persuadée et craignait que ça n'aille beaucoup plus loin –, elle se mit à transpirer et à trembler, sa respiration devenant hachée.

Avant que son souffle ne se coupe définitivement, un bruit de porte qui claque la sortit de sa transe, faisant violemment bondir son cœur. Elle lâcha le couteau et s'éloigna furtivement de l'évier, évitant ainsi que quelqu'un ne la découvre à proximité de l'objet interdit, source de convoitise.

CHAPITRE 6

Adieu, innocence

Rafael restait bloqué dans son inconfortable lit qui lui provoquait des courbatures à la longue. Il avait le goût de rien, pensait à ses écouteurs, à la musique, à Aude, à Sohane, à son expérience de la nuit... tout cela à la fois, dans un chaos total capable de lui donner la migraine. Il était pétrifié, la tête lourde et chaude. S'il se levait là, maintenant, tout de suite, il risquerait de tomber en syncope. Il préférait encore subir ses courbatures, source de... douleur ? Et était-ce réellement douloureux ? Affolé par la réponse à cette question, il trouva un bon argument pour enfin sortir du lit. Heureusement, il ne s'évanouit pas.

L'esprit pas totalement clair, il se décida à répondre au message d'Aude. Sa réponse était froide, involontairement distante, il se surprit même à faire lui aussi des erreurs de grammaire. Il accepta sa proposition, se disant qu'une séance de cinéma pourrait peut-être lui changer les idées. Elle lui répondit assez rapidement, disant qu'elle l'attendait à l'arrêt de bus pour 16h30. Il lut sa réponse distraitement.

Il s'installa à son bureau, alluma son ordinateur portable avec l'intention de consulter son compte bancaire sur internet. Par chance, il avait encore suffisamment d'argent pour pouvoir retirer du liquide au distributeur et s'acheter des écouteurs bon marché, il s'en contenterait. Il consulta ensuite un fichier mp3 de sa dernière composition *Thanatos*, ici il pouvait l'écouter.

Lorsque la minute de musique s'écoula, il s'imagina à nouveau l'air de violoncelle qui lui était apparu durant la nuit. Il lui en restait le souvenir, heureusement. Après son étrange expérience de la lame de rasoir, dans l'idée de ne plus y penser, il avait essayé de composer tout de même, sans le retour sonore. Ainsi, il lui restait une trace écrite sur le téléphone qu'il pourrait exploiter et améliorer, dès qu'il aurait de nouveaux écouteurs. Toujours peu sûr de lui, il était persuadé qu'elle avait beaucoup de défauts, mais cela restait mieux que rien. Contre toute attente, le résultat lui plut.

Il éteignit son ordinateur lorsque la voix de son père résonna depuis l'escalier :

— Rafael, tout va bien ?

— Oui, j'arrive !

Son père devait s'inquiéter, il n'avait pas l'habitude que son fils reste autant de temps dans sa chambre, plus habitué à le voir réveillé très tôt à cause de ses fréquentes insomnies – dont il ne s'était, soit dit en passant, jamais préoccupé, ce qui avait toujours choqué Rafael. Pascal aimait son fils, mais maladroitement, et manquait cruellement de fibre paternelle. Cela était devenu évident après le décès de Camille.

Pensant à ce qu'il pourrait bien faire de sa journée, en attendant de rejoindre Aude, il consulta la météo par la fenêtre : encore une belle journée ensoleillée, il devait faire très bon dehors. Et s'il proposait à Sohane de le rejoindre ? Ils s'étaient échangé leur numéro de téléphone, c'était l'occasion Cette idée lui donna le sourire. Cela l'étonna : ces moments étaient bien rares. Tout en marchant, il pianotait un message sur son clavier, cherchant ses mots avec un soin particulier. Lorsqu'il eut terminé et appuyé sur la touche *envoyer*, il se retrouva dans son salon où se trouvait Pascal.

— Bonjour fils, bien dormi ? dit-il sans un regard pour lui.

— Ouais, vite fait. Et toi ?

— Très bien, merci.

Rafael se souvint soudain que son bras blessé était à découvert. Il prit peur et le plaqua contre son torse afin de cacher le large pansement. Visiblement, son père n'avait rien remarqué, la tête plongée entre deux pages de son journal. Il fit demi-tour afin de retourner dans sa chambre pour y récupérer un tee-shirt à manche longue. Tant pis pour la chaleur, le plus important était de camoufler sa honte. Il se changea puis reçut un SMS. Le consulta :

> *Excellente idée ! :D C'était trop court hier, ahah ! Ok pour 14h, hâte de revoir le parc de notre enfance... et toi bien sûr ! À toute :)*

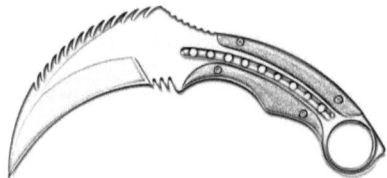

Comme il le lui avait indiqué, elle prit la ligne de bus numéro 7 qui l'amena à une cinquantaine de mètres de chez lui. Rafael l'attendait à la sortie, provoquant une courte confusion auprès du chauffeur qui s'attendait à l'accueillir comme passager. Sohane se plaça devant lui, le saluant d'un bonjour plein d'entrain. Rafael semblait aussi heureux de la retrouver, mais ils restèrent l'un devant l'autre comme deux idiots, n'osant ni se prendre dans les bras, ni même se faire la bise. Afin d'arrêter ce moment gênant, Sohane s'exclama :

— Bon bah, je te suis ! Tu connais mieux la route que moi.

— Comment ça ? Je pensais que, de nous deux, c'était toi qui avais conservé le plus de souvenirs.

— Personne n'est parfait, s'excusa-t-elle presque, rougissante.

— Encore heureux, ça serait d'un réel ennui sinon, la taquina-t-il en osant essayer de la chatouiller à son aisselle droite à l'aide de son index.

— C'est pas f... mais arrête ! s'écria-t-elle en riant nerveusement, d'un geste brusque en arrière. À propos de souvenirs, pourquoi a-t-il fallu que tu te souviennes de mon point faible ?

— Grâce à toi, je me suis remémoré pas mal de détails.

— J'aurais mieux fait de me taire hier, ironisa-t-elle.

— J'te l'fais pas dire, conclut-il en tentant à nouveau ses guilis.

Elle rit, et lui aussi. Décidément, lui qui ne riait jamais, voilà qu'en deux fois qu'il se trouvait en sa présence, Rafael s'amusait, l'esprit loin de ses tracas quotidiens. Sohane était comme un bol d'air frais, davantage que sa petite amie. Les deux adolescents se chamaillaient encore avec leurs chatouilles, faisant fi des quelques passants, retombant en enfance, période déjà loin derrière eux.

Quinze minutes plus tard, ils se trouvaient à l'entrée du parc des Argales de Rieulay. Sohane n'avait aucun souvenir du chemin, jusqu'à ce qu'elle franchisse l'entrée piétonne. Rafael ne s'était pas gêné de la charrier, elle qui, la veille, se vantait exagérément de sa mémoire d'éléphant. Elle tentait de se rattraper en énumérant désormais beaucoup d'autres souvenirs : par exemple, désignant précisément l'une des barrières d'entrée, elle rappela à Rafael leur concours de saut qui avait mal tourné pour lui. Il niait en riant, elle pointait sa mauvaise foi en riant... le bonheur, quoi.

À un moment, durant leur promenade, Rafael refusa d'emprunter un chemin qui intriguait beaucoup Sohane. Cet événement anodin la surprit pourtant, car il avait exprimé son refus avec une véhémence qu'elle n'avait jamais vue chez lui. En réalité, s'il voulait fuir ce chemin, c'était qu'il menait à l'endroit où il avait échangé son premier baiser avec Aude, comme s'il s'agissait d'un souvenir qu'il voulait effacer. D'ailleurs, il avait totalement dissimulé l'existence d'Aude à son amie d'enfance. Pourquoi ? Il se posait lui aussi la question. Sa petite amie était pourtant le seul rayon de soleil dans sa petite vie, non ?

Conscient d'avoir refroidi l'ambiance, il s'était habilement rattrapé à l'aide de l'humour, profitant de voir qu'un homme avait le pantalon particulièrement bas pour murmurer à Sohane :

— Mets-y une pièce.

D'un regard, elle lui annonçait ne pas avoir compris où il voulait en venir. Après qu'il lui eut montré d'un index discret la raie du cul visible du promeneur d'en face, l'information finit par atteindre son cerveau et elle éclata de rire, incapable de se contenir.

— Mais t'es un vrai moque d'gens ! réussit-elle à articuler tant bien que mal.

Le passant à l'origine de son fou-rire, ainsi que d'autres, se retourna sur eux, le regard interrogateur et surtout méprisant. Mais en cet instant, se ridiculiser en public était le cadet de leurs soucis. Grâce à son rire communicatif, Rafael la rejoignit petit à petit dans sa folie. N'en pouvant plus, Sohane se tint les côtes, commençant à sérieusement manquer d'air.

— Attention à ne pas littéralement mourir de rire, plaisanta Rafael, très légèrement inquiet tout de même.

Elle parvint à se calmer avec le temps, essuyant ses yeux mouillés de larmes d'un revers de manche. Elle conclut que cela faisait longtemps qu'elle n'avait pas eu un fou-rire pareil, son ami annonça qu'il était dans le même cas de figure. Sur ce, ils reprirent leur promenade, l'incident de tout à l'heure déjà loin dans leur mémoire.

D'une marche lente, même s'ils étaient plus concentrés sur leur conversation que sur le paysage, ils eurent le temps d'emprunter tous les chemins possibles – hormis celui tant et inexplicablement redouté par Rafael, soigneusement évité par ce dernier. Malgré leur timidité respective, les deux adolescents parlaient encore et encore, autant l'un que l'autre. Leur journée d'hier ne leur avait visiblement pas suffi. Ils discutaient de tout et de n'importe quoi – sauf d'Aude et de leurs récentes expériences respectives, sujets religieusement évités comme le chemin –, le tout avec une joie manifeste. Les deux enfants qu'ils étaient se retrouvaient, avec toutefois quelque chose de différent. Une part de leur innocence passée avait disparu, les deux êtres ne se voyaient plus de la même manière, plus avec les mêmes envies.

Ils se retrouvèrent assis sur l'un des bancs publics du parc après deux heures de marche, ayant bien épuisé leurs jambes à perpétuellement avancer sans prendre la moindre pause. Le parc n'étant pas si étendu que cela, la durée de leur promenade s'expliquait par le fait qu'ils soient parfois passés aux mêmes endroits à deux ou trois reprises.

— J'espère que je n'aurai pas d'ampoules aux pieds, dit Sohane après un long soupir. Déjà que je me suis promenée avec ma mère et mon oncle ce matin.

— Désolé, je ne me suis pas rendu compte que je risquais de t'épuiser avec tous mes détours.

— Ah mais il n'y a aucun problème Rafi, c'était un plaisir ! Bien plus que ce matin j'vais te dire. Mais c'est vrai que tu sembles habitué aux longues marches, comparé à moi. Regarde-toi : t'es encore en pleine forme ! Je ne comprends pas comment tu fais. Et puis quels mollets ! s'exclama-t-elle, les apercevant sous son short.

— C'est que je marche souvent, ça m'aide à me vider la tête... et surtout à penser à ma mère Camille, elle aimait beaucoup les balades et m'emmenait avec elle.

En prononçant ces paroles, il eut un petit pincement au cœur. Nostalgique, il ferma les yeux pour se replonger plus facilement dans sa mémoire. Lorsqu'il les rouvrit, surpris par le silence de son amie, il la découvrit le regard perdu au loin, troublée. Il fut tout d'abord rassuré de ne pas être observé comme une bête curieuse, puis ensuite intrigué par son comportement.

— Tu semblais très proche de ta mère Camille... eh bien moi, j'étais très proche de mon père Camille. C'est drôle quand même, quand on sait que nos deux parents Camille étaient les meilleurs amis du monde, un peu comme nous l'étions quand ils étaient encore en vie. Avec une certaine jalousie à peine dissimulée, ma mère me parle parfois de leur relation à tous les deux comme s'ils avaient été un couple, tellement ils étaient fusionnels.

— Mon père m'en a parlé aussi, il les décrivait de la même façon. Ils semblaient si parfaits. Nous n'avons décidément pas de chance de n'avoir plus que les Pascal dans nos vies maintenant, se permit-il d'ajouter, sachant ce que Sohane pensait de sa mère.

— J'te l'fais pas dire, confirma-t-elle, amère. Leur perte a été une réelle épreuve à surmonter pour nous deux. Depuis que mon père est mort, j'ai l'impression d'être désespérément seule, sans repères. C'est plus qu'un père que j'ai perdu : c'est un ami, un confident, une boussole, un soleil…

Elle s'arrêta là, refusant de pleurer devant lui. Et pourtant, cela lui aurait fait du bien. Rafael se reconnaissait parfaitement dans ces paroles, ce qu'il confirma sans mots, il suffisait de le regarder pour comprendre.

— Tu vois, avec lui, j'aurais pu me confier à propos des couteaux.

Cette phrase sortie de nulle part prit Rafael au dépourvu, lui qui était en pleine nostalgie. Ses traits se crispèrent d'incompréhension contre son gré et il osa un regard vers son amie, la tête tournant lentement dans sa direction. Visiblement, elle éprouvait le besoin de se confier mais, légèrement honteuse, elle fixa l'horizon afin de ne pas se confronter à son regard.

— Tu trouves pas que c'est un bel objet ? Je ne suis pas la seule à le dire, il y a pas mal de livres et de forums à ce sujet. D'ailleurs, la passion pour les couteaux de collection est plus courante qu'on ne le pense, il y a de nombreux cultelluphilistes.

— Culte... quoi ?

— Cultelluphiliste, j'ai appris le nom savant, juste pour me la péter, dit-elle en ricanant, gênée.

— Tu as raison ! Donc tu collectionnes les couteaux ? s'intéressa-t-il afin de la mettre plus à l'aise, sentant bien qu'elle était bizarre en abordant ce sujet.

— Pas vraiment, je n'en ai qu'un... mais je compte bien en avoir d'autres à l'avenir !

— Mais c'est vrai, tu as raison, ce sont de beaux objets. Certains sont vraiment pas mal, même si je ne m'y connais pas trop. Il existe les couteaux papillon par exemple, il me semble.

— Oh oui, ils sont trop beaux ceux-là ! Et il y a de quoi faire avec, question figures, j'ai vu pas mal de vidéos sur YouTube.

— En tout cas, y a pas de mal, je pense, à aimer les couteaux.

— Non... Après, tu ne me croiras peut-être pas, mais je me suis demandé quelles sensations ça doit procurer de planter quelqu'un... y a sans doute plus de mal à ça, qu'à simplement collectionner les couteaux.

Les deux adolescents ne se regardaient pas, très mal à l'aise. Sohane était en train de se demander ce qu'il lui prenait d'ainsi déballer à voix haute ses pensées. Rafael, de son côté, faisait un parallèle avec sa propre étrange expérience et ses impressions. En écoutant les confidences aux allures d'aveux, il ressentit le besoin de s'exprimer également, mais aussi de montrer son soutien.

— Tu semblais surprise que beaucoup soient passionnés par les couteaux, peut-être serais-tu également surprise d'apprendre le nombre de personnes qui se seraient posé la même question que toi. J'imagine que chez les amateurs de slashers, la question se pose naturellement.

— Slasher ? C'est quoi ?

— C'est un sous-genre du cinéma d'horreur mettant en scène un tueur, souvent masqué, qui assassine majoritairement et en masse des adolescents à l'arme blanche, si on s'arrête aux clichés du genre.

— Oh, d'accord... J'avoue que j'ai très peu de connaissances à ce sujet, les films d'horreur m'ont toujours fait peur.

— C'est vrai : quand tu me disais vouloir être comédienne, tu t'imaginais jouer dans des pièces comiques, voire romantiques, mais certainement pas effrayantes. En même temps, il n'y a pas beaucoup d'horreur dans le théâtre. Perso j'en ai vu quelques-uns, des slashers je veux dire, mais ce que je préfère c'est lire des livres sur le sujet. En repassant chez moi, je pourrai t'en prêter un si tu veux.

— Ce serait très gentil, j'adore lire en plus.

— Moi aussi, ça permet de s'évader. Encore un point commun, dis donc ! On en a un autre que tu ne connais pas encore... Enfin, pas tout à fait, mais presque : toi tu te demandes ce que l'on éprouve à planter quelqu'un, moi je me demande ce que ça fait de se faire planter.

— Ah oui ?

— Eh oui, je me le demande depuis peu. Parfois, je me dis que ce n'est pas si désagréable de souffrir. Physiquement, je précise. Ça permet peut-être d'extérioriser notre souffrance intérieure. Alors, qui est le plus bizarre de nous deux ? conclut-il, ironique.

— Moi.

— Non, moi.

— Non, moi.

— Oui, toi.

— Hé !

Ils pouffèrent, un peu plus détendus maintenant. Ils échangèrent un regard qui se fit plus intense que prévu. Décidément, ils ne se voyaient plus de la même manière.

— C'est drôle qu'on se confie comme ça l'un à l'autre, dit-elle, songeuse, son regard toujours plongé dans ses yeux bruns. J'ai l'impression de pouvoir tout te dire, c'est un peu comme si on se connaissait depuis…

— Plusieurs vies ? termina-t-il pour elle, un demi-sourire se formant sur ses lèvres.

Une lueur de surprise passa dans ses yeux verts, ses traits exprimèrent son étonnement.

— Tu te souviens de ça ?

— Oui. C'est même l'un des rares souvenirs de nous deux qui m'est toujours resté.

Cette nouvelle l'émut énormément, d'autant plus qu'il ne semblait pas enclin à se moquer de ce souvenir. Car c'était bien ce qu'elle ressentait, à plus forte raison en cet instant. Si elle n'avait pas été aussi timide et intimidée, elle lui aurait sauté dans les bras, peut-être même aurait-elle osé un baiser sur ses lèvres attirantes. Elle se contenta de le regarder fixement, profondément, réciproquement. Plus besoin de prononcer le moindre mot, leurs yeux parlaient pour eux. Un vibreur mit un terme à la magie qui s'opérait. Gênée et rougissante, Sohane détourna le regard.

— Vas-y, je t'en prie.

Dans le fond, elle ne voulait pas qu'il quitte son attention pour son portable, mais une part d'elle préférait sauter sur l'occasion d'interrompre le trouble qui l'avait saisie, ne se sentant pas encore suffisamment prête pour y succomber.

Rafael, se disant lui aussi que c'était mieux ainsi, s'excusa et consulta son téléphone.

— Oh, c'est rien, il s'est juste éteint : plus de batterie.

— Ah, si ce n'est que ça ! Bon, ça te dit qu'on rentre chez toi ? J'ai hâte de découvrir ce fameux livre sur le cinéma d'horreur dont tu m'as parlé.

— Bien sûr, on a bien profité de toute manière.

Ils laissèrent là le banc public, ce lieu source de nouveaux souvenirs que les deux adolescents se remémoreront à leur guise. Durant leur trajet de retour, Sohane développa un peu plus à propos de la chaîne YouTube qu'elle tenait, tandis que Rafael raconta l'incident de ses écouteurs défectueux, des nouveaux bon marché qu'il était parti acheter le matin même, et de ses projets musicaux en lui faisant écouter des extraits. Désireux de lui en laisser la surprise, il ne parla pas de la petite mélodie qu'elle lui avait inspirée. Par ailleurs, à mesure qu'il lui parlait et qu'il en apprenait plus sur elle, ses sentiments évoluant en parallèle, cette mélodie se faisait plus claire et complète dans son esprit.

Après le vibreur, ce fut la présence d'Aude, furieuse sur le trottoir à l'arrêt de bus, qui brisa leur moment. Lorsque Rafael la surprit au détour d'un carrefour, il se figea et perdit toute contenance. Sohane remarqua en premier lieu son état, avant de remarquer cette fille qui venait vers eux avec un visage déformé par la colère, raide comme un piquet.

— Mais putain t'étais où ? Ça fait une demi-heure que je t'attends !

— Oh mon dieu, le cinéma...

— Bah ouais, le cinéma. Pff... C'est qui celle-là ?

Son ton était piquant, Sohane se sentit littéralement agressée. Son regard passait d'Aude à Rafael dans une rapide alternance.

— Aude, je te présente Sohane.

— Et ? Tu me dis ça comme si c'était une évidence.

Face au désarroi de son ami, Sohane prit les devants et vint saisir la main d'Aude en la serrant et en la secouant doucement, la prenant ainsi au dépourvu.

— Sohane, une amie d'enfance. Et toi, t'es qui ?

Elle se voulait volontairement provocante, comme pour prendre sa revanche sur le ton qu'Aude avait adopté envers elle depuis qu'elle l'avait rencontrée.

— Je suis Aude, sa petite amie.

Elle insista lourdement sur la prononciation de son statut, sachant d'instinct qu'elle allait blesser cette jeune femme qu'elle avait tout de suite perçue comme une rivale – même si, dans le fond, elle se fichait royalement de son petit ami. Bien que son petit effet ait fonctionné à la perfection, Sohane ne laissa rien transparaître.

— Eh bien enchantée, Aude.

Elle aurait voulu ajouter que Rafael ne lui avait jamais parlé d'elle, mais elle pensa aux retombées que cela pourrait engendrer et s'abstint au dernier moment.

— Je t'avais dit que Sohane revenait de la Réunion, on avait plein de choses à nous dire et mon portable n'avait plus de batterie, je n'ai pas vu l'heure, glissa Rafael pour se justifier un peu.

— Aaah, oui, cette Sohane ! Enfin, ça n'excuse pas vraiment que tu m'aies laissée là toute seule, mais bon, pour une fois, passons. Il n'est pas trop tard pour une autre séance, mais pour un autre film du coup.

Sohane comprit parfaitement le sous-entendu. Afin de ne pas en rajouter au malaise visible de Rafael, elle préféra s'éclipser :

— Je vais vous laisser à votre programme, j'ai déjà bien pris de ton temps, Rafael. Oh, et puis mon bus arrive justement, tiens. Eh bien au revoir Aude, peut-être à bientôt. Au revoir Rafael, on se tient au courant.

Elle était en synchronisation avec le bus. À peine avait-elle terminé de parler et rejoint l'arrêt que la porte s'ouvrit devant elle et qu'elle put rentrer à l'intérieur, sans laisser à Rafael le temps de prononcer le moindre mot, préférant lui cacher ses yeux qui s'humidifiaient progressivement.

CHAPITRE 7

La musique

— Ma chérie ? À table, c'est prêt.

— J'n'ai pas faim !

La répartie, si sèche de sa fille, lui ôta toute envie d'insister et la laissa immobile quelques instants au bas des escaliers, stupéfaite. Elle tenta un timide « Tu es sûre ? » sans obtenir de réponse : peut-être n'avait-elle pas entendu la question faiblement prononcée, ou bien faisait-elle la sourde oreille. Capitulant, elle partit rejoindre son frère dans la salle à manger.

Dans sa chambre, allongée sur le ventre sur son lit, Sohane pleurait à chaudes larmes, la tête contre son oreiller pour étouffer les sons. Ainsi, Rafael avait une petite amie ? Pourquoi ne lui avait-il rien dit ? Ne se sentait-il pas suffisamment proche d'elle pour lui confier ce genre d'information ? Tout cela la dépassait. Ce qui était sûr, c'était que la nouvelle était difficile à avaler. Pourtant, elle ne croyait rien attendre de lui, alors qu'il soit en couple ou célibataire ne devait pas réellement l'importer. Et pourtant... cette réalité l'avait terriblement bousculée.

« *Ressaisis-toi, c'est juste un ami après tout, ça ne change rien qu'il ait une petite amie... qu'est-ce que j'espérais, après tout ? Aucune importance, non, vraiment aucune... Pourquoi ne pas me l'avoir dit dans ce cas ? Mensonge par omission, ça promet comme amitié, tiens... Je suis cruellement déçue... Mais enfin, pourquoi je m'énerve contre lui ? Il n'a rien fait de mal...* »

Elle aurait pu voir les choses sous un angle plus positif : s'il ne lui avait rien dit, peut-être que cela signifiait que sa petite amie n'avait pas tant d'importance que cela à ses yeux. Cependant, en proie à un immense et incontrôlable chagrin, une telle pensée ne lui effleura pas même un peu l'esprit. Une seule chose comptait : Rafael n'était visiblement pas libre. Elle en arrivait à croire que ce qu'elle avait ressenti depuis qu'elle l'avait revu n'était qu'illusion ou, pire, un ensemble de sentiments non réciproques. Une impression de gâchis vint s'ajouter à sa peine et ses larmes redoublèrent d'intensité.

À la tristesse s'ajouta la colère : colère contre sa vie qu'elle déplorait et colère de se laisser ainsi démonter. Sous pression, toujours pleurante, elle s'allongea d'abord sur le dos, mettant son poignet droit contre son front. Puis, après avoir lâché un terrible juron en grognant, elle fouilla nerveusement sous son matelas à la recherche de son couteau. Oubliant que la lame était dépliée, elle se piqua un doigt sur le bout pointu. Dans un cri mélangeant douleur et rage, elle bondit hors de son lit et saisit le matelas afin de le renverser contre le mur derrière son lit, ce qu'elle parvint à faire avec une simplicité confondante au vu du poids.

Son arme désormais à vue d'œil, elle put le saisir correctement, serrant puissamment son poing autour du manche. Impulsivement, furtivement, violemment, elle planta la lame dans la face arrière de son matelas. La retira rapidement. La planta à nouveau avec force. Répéta l'opération à de nombreuses reprises, tel un boxeur acharné ou un cruel assassin. Bientôt, son matelas se trouva éventré, blessé, inutilisable, se vidant de la mousse à mémoire de forme qui le composait comme de ses organes vitaux. Même si elle était sportive, Sohane se fatigua à force de s'acharner. Elle soufflait, ressentait une douleur dans son avant-bras et son poignet.

Elle cessa enfin d'extérioriser sa rage, ayant épuisé tout son stock d'énergie et s'étant épuisée elle-même. Ne lui restait que son précédent chagrin qui s'exprima par de nouvelles larmes. Elle laissa tomber son couteau à terre afin de libérer ses mains et de s'en servir pour couvrir son visage. En pleine introspection, elle se trouvait pathétique et une terrible honte l'envahit.

On sonna à la porte, la sonnerie retentit dans toute la maison. Malgré ses pleurs, Sohane l'entendit et son attention fut captée. Il ne manquait plus que ça : une visite. À tous les coups, il s'agissait d'une connaissance de sa mère et cette dernière exigerait sa présence. Il ne fallait pas que quelqu'un découvre son matelas ou elle-même dans cet état misérable. Vite, elle le remit sur le sommier afin de cacher la face meurtrie puis amassa la mousse à terre afin de la dissimuler sous son lit. Elle se moucha avec un mouchoir usagé récupéré dans la poche de son jean tout en vérifiant que l'illusion était parfaite, puis s'approcha discrètement de la porte de sa chambre pour l'ouvrir. À pas de loup, elle se dirigea vers l'escalier en prenant soin de ne pas se faire entendre, son ouïe à l'affût. Quand elle reconnut la voix de Rafael, son cœur fit un bond dans sa poitrine.

— Elle te manque déjà ? demandait sa mère, amusée.

— C'est juste que... euh... enfin... je lui avais promis un livre, je n'ai pas eu l'occasion de le lui donner.

— Oh d'accord, dans ce cas je vais le prendre pour elle, je crois qu'elle est souffr...

— Rafael ! s'écria Sohane dans un cri du cœur totalement instinctif et incontrôlé, contredisant ce que croyait sa mère.

Le visiteur et Pascale, après avoir sursauté, levèrent les yeux pour l'apercevoir au sommet des escaliers. De là où elle était, dans la pénombre, impossible de voir qu'elle avait pleuré. Elle qui en avait terriblement voulu à Rafael pour son mensonge par omission, croyant même temporairement qu'il avait joué la comédie, elle souhaitait désormais le voir, toute animosité disparue comme par magie. Confuse de sa réaction soudaine et de l'effet produit, elle reprit d'une voix plus faible :

— Euh, c'est que... j'avais juste pas faim maman, je peux recevoir Rafael dans ma chambre au moins.

— Ok, ok ! Bon ben vas-y Rafael.

— Merci madame.

— Oh je t'en prie : Pascale.

Il accepta d'un timide hochement de tête, même s'il y avait de grandes chances qu'il oublie d'accéder à sa requête à l'avenir. Il était très impatient et extrêmement anxieux à l'idée de rejoindre son amie, très gêné après les événements survenus au terme de leur dernière rencontre.

Sohane, prenant peur tout à coup en le voyant monter les escaliers d'un pas nonchalant, opéra un demi-tour afin d'éviter son regard et de gagner encore quelques secondes de solitude. Elle rentra dans sa chambre en laissant sa porte ouverte afin d'indiquer le lieu à Rafael qui avançait très, trop, lentement. Elle se plaça dos à la porte ouverte, la tête légèrement penchée en avant, les bras croisés. Jeta un dernier regard vers le lit afin de vérifier qu'il ne restait pas de preuve de sa crise de violence. Au son des pas de son ami, elle en déduit qu'il avait franchi la dernière marche. Encore quelques pas, et il serait là. Un fantasme la prit, l'effraya et lui plut à la fois : elle imaginait se faire entourer de ses bras frêles et déjà fort poilus malgré son jeune âge, ainsi que ses lèvres sur son cou. Non : elle lui en voulait, ce genre de pensée n'était vraiment pas bien à propos.

À défaut de son corps, ce fut son regard qu'elle sentit sur elle, lorsque ses pas s'étaient tus en même temps que les battements de son cœur. Elle éprouva un frisson, seul mouvement que son corps lui permit.

— Je ne te dérange pas ? s'exprima-t-il enfin après un silence en apnée qui leur avait paru interminable.

— Non, non... répondit-elle péniblement, n'osant pas se retourner.

« *Il le faudra bien, pourtant* », se disait-elle, tout en redoutant que l'on voie qu'elle avait pleuré. Ses yeux devaient certainement être rouges et humides, de grosses poches contenant encore des larmes juste en dessous. Elle se retourna et lui fit un sourire gêné et timide. Elle vit une lueur de compassion passer dans ses yeux, il avait repéré ce qu'elle craignait à coup sûr. De son côté, voyant son malaise, il entra rapidement dans le vif du sujet.

— Je t'ai apporté le livre sur le cinéma d'horreur dont je t'ai parlé.

Il tendit sa main qui agrippait deux livres. Surprise, Sohane les prit en remarquant :

— Mais, y en a deux ?

— Ah oui, c'est vrai, suis-je bête, dit-il en riant nerveusement. C'est parce qu'en t'en parlant, j'avais un livre précis en tête sur le cinéma d'horreur en général, mais en parcourant le tiroir de mon bureau je suis tombé sur ce livre (il le désigna en posant un index sur la tranche) qui parle plus particulièrement des slashers, comme je pense que ça devrait plus te plaire. Enfin voilà, heureusement que tu adores lire comme moi.

— C'est clair.

Afin d'éviter un nouveau moment gênant, elle s'empressa de lire la quatrième de couverture du bouquin sur les slashers et à le feuilleter un peu. Tandis qu'elle venait de tomber sur une image gore tirée de l'un des volets de la saga *Vendredi 13*, Rafael s'exprima :

— Je tiens à m'excuser pour tout à l'heure, Aude a un fort caractère.

— Un caractère de cochon tu veux dire ! ironisa-t-elle, le ton plus colérique qu'elle ne l'aurait voulu, se sentant obligée de faire une remarque et exprimer son mécontentement.

— N'est-ce pas ce que ça veut dire en général, fort caractère ?

Elle ne s'attendait certainement pas à une telle remarque. Ce n'était pas tant le fait qu'il ait dit à voix haute ce qu'elle pensait tout bas qui la surprenait, mais plutôt celui qu'il partageait son idée à propos de sa petite amie avec un certain détachement. Peut-être était-il malheureux avec elle ? Cela expliquerait pourquoi il ne lui en avait jamais parlé – ah, voilà, l'idée lui traversait enfin l'esprit.

— Elle n'est pas facile, je te l'accorde, poursuivit-il face à son silence. Je suis désolé en tout cas pour tout à l'heure.

— Tu n'as pas à t'excuser pour elle.

— Peut-être, mais j'aurais pu mieux réagir et te défendre. Ce n'est pas ta faute si j'ai oublié notre rendez-vous.

— T'en fais pas Rafi, vraiment. Je m'en suis remise.

Elle était consciente que son visage prouvait le contraire, sa phrase n'étant là que pour faire bonne figure.

— En tout cas, te voilà au courant pour Aude, puis je lui ai parlé à elle aussi, la situation est claire pour vous deux maintenant. J'aurais dû t'en parler plus tôt, ça aurait été plus simple.

— À ce propos, pourquoi tu ne m'en avais encore jamais parlé ?

Aussitôt posée, aussitôt regrettée. Elle se trouvait conne, aussi, de lui demander cela alors qu'ils ne discutaient que depuis deux jours et qu'il n'était absolument pas obligé de lui raconter sa vie, n'ayant aucun compte à lui rendre. Mais maintenant que la question était posée, Sohane en attendait la réponse, impossible pour elle de faire machine arrière.

— Je sais pas, c'est compliqué… J'avoue que l'on traverse une sorte de crise, ou je ne sais quoi. Je n'avais pas spécialement envie d'aborder ce sujet, pas avec toi… enfin, avec personne, hein.

Il fuyait son regard, marmonnait plutôt qu'autre chose, les mains trifouillant machinalement dans ses poches, mal à l'aise. Au fond de lui, il connaissait la réelle raison de son mensonge par omission mais ne souhaitait pas l'exprimer devant elle, pas encore – il n'en était pas à un secret près, après tout.

— Je suis désolée pour toi. Puisque je sais maintenant, et si tu en as besoin, n'hésite pas à m'en parler. Ça sera toujours un plaisir de discuter avec toi, peu importe le sujet.

— Merci Soh-Soh.

Ils avaient tous deux l'irrésistible besoin d'un contact physique, peu importe lequel. Alors elle prit les devants en venant le prendre dans ses bras, telle une amie qui trahit son statut en en souhaitant secrètement un autre. Rafael reçut son câlin avec plaisir et tendresse, l'entoura en retour. Ils se surprirent à se bercer mutuellement de droite à gauche. Une sensation de bien-être les enveloppa, puis une envie d'aller plus loin. Lorsque la situation finit par les troubler de trop, ils se séparèrent, tous les deux rougissant.

— Bon ben je vais te laisser, j'ai une idée de composition, prétexta-t-il sans toutefois mentir.

— Ah c'est chouette, surtout que c'est trop beau ce que tu fais. Merci encore de m'avoir fait écouter ça cet après-midi.

— Il n'y a pas de quoi.

Sohane s'apprêtait à renchérir. Cependant, ne souhaitant pas l'embarrasser, elle se résigna à le laisser partir. C'est alors qu'il s'approcha d'elle et lui déposa un baiser tendre sur la joue, presque au coin des lèvres. Il lui souhaita une bonne lecture puis sortit de sa chambre d'un pas mi-précipité, mi-traînant. Elle était restée interdite tout ce temps, incapable de réagir. Une fois de plus, son cœur avait manqué un battement.

Elle laissa ses fesses tomber sur son lit défait, ne remarquant pas la perte drastique de volume et, par la même occasion, de confort de son matelas. Le regard perdu au loin, les deux livres sur le cinéma toujours en main, elle resta dans la même position durant plusieurs minutes. Des tas de pensées se bousculaient en même temps dans son esprit, le tri devenant difficile à faire dans tout ce capharnaüm.

Comme pour se raccrocher à quelque chose de réel et concret, elle se concentra sur les livres qu'elle tenait en main. Mettant l'un des deux sur le côté, elle garda celui traitant des slashers sur ses genoux et commença à le feuilleter. Rafael restait dans un coin de son esprit tandis qu'elle fut happée par un chapitre consacré aux armes conventionnelles ou plus originales des *boogeymen* du cinéma d'exploitation.

À propos des couteaux, arme blanche classique ayant fait ses preuves dès les débuts du genre, notamment avec Michael Myers et son basique mais efficace couteau de cuisine : elle découvrit qu'il s'agissait de l'objet phallique par excellence. Cette idée la fit pouffer nerveusement. Elle la renvoya également à son interrogation capitale : était-il jouissif de pénétrer les chairs avec un couteau ? Pensée décidément obsédante et tenace, comme l'était celle de Rafael. Ce n'était plus qu'une question de temps avant que ces deux pensées fusionnent en un étrange et dangereux mélange.

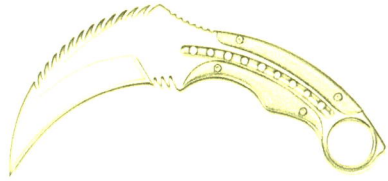

De retour chez lui après avoir eu la chance d'entrer dans le dernier bus de la journée, Rafael évita soigneusement son père qui, heureusement, était concentré sur un film à la télévision, pour accéder directement à sa chambre, Sohane en tête. Quand il repensait à l'élan de bravoure – ou de bêtise, il hésitait encore – qui l'avait poussé à déposer ses lèvres sur le visage de Sohane, le sang lui montait aux joues et il se sentait à la fois honteux et satisfait de s'être ainsi lancé.

Il avait réellement une idée de composition derrière la tête. La mélodie était similaire à son inspiration de la nuit, mais elle s'était faite plus claire à mesure que la journée s'était écoulée, et qu'il avait passé du temps avec Sohane. Le petit air de violoncelle s'était métamorphosé en air de boîte à musique, car son amie lui avait rappelé qu'elle avait toujours eu un faible pour les sonorités de cet instrument. Puis tout un développement symphonique composé de cordes et de timbales s'ajouta à la conception globale qu'il imaginait.

Très emballé, presque surexcité, il démarra son application et installa ses nouveaux écouteurs, inaugurés avec Sohane dans l'après-midi. Il ouvrit un nouveau projet qu'il intitula *Sohane*, préférant reprendre ce qu'il avait commencé dans la nuit depuis le début. D'une inspiration sans limites, avec des doigts rapides pianotant sur le clavier virtuel de son téléphone, les notes s'enchaînaient et se mélangeaient avec une rapidité et une fluidité incroyable, les différentes parties qu'il imaginait se superposaient en une certaine harmonie du premier coup, sans qu'il ait besoin d'effectuer de retouches. Rien ne semblait pouvoir l'arrêter – tout comme votre humble serviteur tandis qu'il écrit ces lignes. À ce rythme-là, il aurait terminé avant de s'endormir. De toute manière, il ne pourrait pas rejoindre Morphée avant d'avoir terminé.

Malgré l'élan de positivisme et de joie qui lui servait de Muse, sa composition en elle-même était plutôt pessimiste et sombre, presque inquiétante avec sa tonalité mineure et son tempo *lento*. Mais c'était ainsi que Rafael l'avait imaginée : telle qu'elle correspondait à son style pessimiste et sombre, presque inquiétant. De plus, Sohane était réceptive à ce que dégageaient ses compositions, de ses propres dires. Il tenait à ce que ce cadeau soit des plus personnels.

Cadeau ? Mais oui ! L'idée lui était venue spontanément. C'était bientôt leur anniversaire en commun, avec la certitude qu'elle serait toujours présente en France à cette date. Il aurait terminé sa composition et le lui dédierait à cette occasion. Cette idée, en plus de dessiner un beau sourire sur ses lèvres, lui offrit un élan supplémentaire pour sa création.

Après trois quarts d'heure de composition et quelques réglages, son œuvre fut enfin achevée. Vidé de toute son énergie, laquelle il avait entièrement consacrée à son projet, il rejoignit son lit et s'endormit comme une masse, avec encore et toujours Sohane en tête. Il l'ignorait peut-être, mais Sohane pensait à lui au même instant, leurs âmes plus que jamais liées entre elles.

Deuxième partie

Développement

CHAPITRE 8

Découvertes sensorielles

Par sa fenêtre ouverte, les rayons du soleil matinal pénétrèrent dans la chambre de Sohane et vinrent se poser sur son visage. Ce réveil naturel lui fit du bien et elle ouvrit doucement ses paupières, battant des cils en attendant de s'accoutumer à la lumière du jour.

Elle avait lu d'une traite son essai cinématographique sur les slashers avant de s'endormir. Ayant une bonne mémoire, elle se considérait déjà comme étant incollable sur le sujet sans même avoir vu un seul de ces films, manque culturel qu'elle comptait bien régler au plus vite. Si possible auprès de Rafael. Et si elle lui proposait d'aller au cinéma, même s'il y était justement allé la veille ? Non, elle ne voulait pas se montrer trop entreprenante… mais elle en avait irrésistiblement envie. Elle n'hésita pas bien longtemps.

Il fut très rapide à lui répondre :

Salut Sohane :) C'est une super idée, mais il risque d'y avoir du monde comme hier, le cinéma par ici est toujours plein... Par contre, on peut se faire une séance DVD si tu veux, j'ai quelques bons slashers avec moi :D

Ravie par la proposition, elle sourit béatement. Elle marqua son enthousiasme dans sa réponse et lui demanda où et quand ils pouvaient prévoir ça.

Il y a un lecteur DVD chez moi, et mon père travaille la journée ! Mais un slasher*, c'est mieux le soir, et il n'y aura pas de bus pour ton retour, chez moi il n'y a pas assez de lit ou de matelas pour t'inviter à dormir...*

Oh, ainsi il aurait eu envie qu'elle passe la nuit chez lui ? Dommage que cela ne soit pas possible... En revanche, chez son oncle, ça l'était. Pleine d'une assurance qu'elle ne se connaissait pas, elle bondit du lit, s'habilla en vitesse sans prendre la peine de se laver et alla rejoindre sa famille au salon.

— Bonjour maman, bonjour tonton !

— Bonj...

— Avec Rafael on aimerait bien se faire une séance DVD ce soir, il pourrait venir et ensuite dormir ici ? débita-t-elle en coupant la parole sans s'en rendre compte.

— D'abord, bonjour. Ensuite, j'allais justement inviter Pascal et Rafael, si cela leur disait, à dîner ici ce soir, et comme on risque de discuter longtemps ça vous laisserait le temps de regarder un film ou deux.

Yohan la regardait, abasourdi, car elle ne lui avait pas touché un seul mot de ses intentions. Il était tout de même le propriétaire des lieux, il aurait aimé être tenu au courant. Mais il ne désirait pas entrer en conflit avec sa sœur, il n'en avait pas le courage, pas aujourd'hui.

— Ah, ok. Mais il pourrait dormir ici après ?

— Il ne faudrait pas abuser de l'hospitalité de ton oncle, dit-elle, presque choquée alors qu'elle ne valait pas mieux.

— Tu peux toujours lui demander : si Rafael le souhaite, il pourra rester ici, intervint Yohan, trop heureux de pouvoir contredire sa sœur.

— Merci tonton !

Elle rejoignit immédiatement sa chambre, tout en pianotant sa réponse à Rafael. Elle lui exposa son projet et prévint donc que son père et lui auront très rapidement des nouvelles de Pascale qui leur proposera de passer la soirée ensemble. Rafael lui envoya une réponse enthousiaste, indiquant les quelques titres de films qu'il emmènera afin qu'ils aient du choix et précisant qu'il espérait pouvoir rester la nuit chez elle, afin qu'ils se voient plus longtemps. En lisant sa longue réponse, Sohane avait des étoiles plein les yeux et des papillons dans le cœur.

À nouveau allongée sur son lit, les mains croisées sur sa poitrine, le regard dirigé vers le plafond, elle rêvassait. Elle n'avait qu'une hâte : être déjà au soir, Rafael à ses côtés. Il y avait la télévision dans sa chambre, peut-être que son oncle accepterait qu'elle y monte le lecteur DVD afin qu'ils y soient tranquilles à deux ? Elle ne manquerait pas de le lui demander en redescendant. Que son ami se retrouve dans son intimité, ce n'était pas pour lui déplaire.

Soudain, une petite voix intérieure vint lui provoquer un soupçon de remords. En effet, elle était là à s'imaginer des plans romantiques, ce qui n'était pourtant pas son genre, alors que Rafael n'était pas officiellement libre. Elle n'oubliait pas

Aude et refusait de passer pour une briseuse de couple ou la responsable d'un cocufiage. Cela ne l'empêchait pas de garder espoir quant à la possible évolution de la situation à son avantage, d'autant plus que Rafael semblait éprouver les mêmes sentiments qu'elle et qu'il lui avait avoué qu'ils traversaient une crise de couple avec Aude.

En tout cas, il n'y avait aucun mal à fantasmer, n'est-ce pas ? Alors qu'elle ne l'avait jamais fait, ses pensées se centrèrent sur le physique de jeune homme de Rafael. Bien sûr, elle lui avait immédiatement trouvé plein de charme, mais désormais elle le trouvait également magnifique et attirant. Son corps réagit à ses pensées, l'envahissant d'une agréable chaleur.

Elle récupéra son couteau, cette fois-ci planqué dans la housse de son oreiller. Il était vrai que cet objet pouvait être considéré comme phallique. Le sexe de Rafael était-il similaire à son couteau ? Cette idée l'amusa beaucoup, avant qu'une autre ne prenne sa place et la fasse rougir. Si son dernier fantasme se matérialisait, cela serait sans doute douloureux, mais elle était certaine que Rafael ferait ça bien, avec douceur. Bien que son idée soit particulièrement glauque, elle lui était hautement érotique et l'émoustilla.

Elle s'imagina ensuite en train d'entailler sa chair, tandis qu'il se laisserait faire, la regardant sans peur, avec même un sourire aux lèvres, du désir dans le regard. Elle ferma les yeux et mima ses pensées en tranchant du vide devant elle. Presque en transe, elle eut très chaud, de plus en plus chaud. Son imagination devenant insuffisante, elle porta une main sous son jean et commença à se caresser en gémissant doucement.

Des bruits de pas sur les marches d'escalier la sortirent de son fantasme et mirent fin à son excitation d'un coup, comme si elle avait reçu un seau d'eau glacée en plein visage. Paniquée, elle retira vivement sa main puis remit son couteau à sa place secrète avec précipitation. Sa mère ouvrit sa porte sans prévenir, elle ne se doutait absolument pas de ce qu'il venait de se passer.

— Mais enfin, maman ! cria-t-elle, frustrée et en colère face à son manque de respect.

— Désolée, je ne pensais pas que tu y étais.

— C'est encore pire ! Sors d'ici ! ordonna-t-elle sèchement.

Sa mère, en sortant, pensa qu'elle devait avoir ses règles.

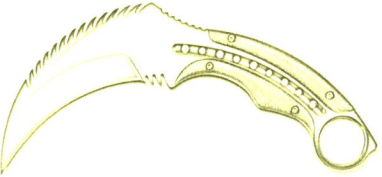

> Hey, sa te dis de passer la soirée et la nuit chez moi ce soir ?

Rafael soupira. Une nouvelle fois, sa proposition tombait mal. D'un autre côté, il avait des prétextes à sa disposition pour refuser ses offres qu'il n'avait aucune envie d'accepter. Pourquoi n'était-il plus aussi emballé qu'avant par sa relation amoureuse ? Était-ce à cause du comportement suspect d'Aude, du sentiment qu'il avait de se faire manipuler, du rabaissement constant qu'il subissait de sa part, ou bien du retour de Sohane dans sa vie et de l'incroyable bouleversement sentimental qui en était découlé ? Face à ce bilan, il réalisa que les raisons ne manquaient pas et qu'elles s'additionnaient. Il lui envoya une réponse courte dans laquelle il indiquait qu'il était indisponible, sans donner plus de détails et sans compenser par une nouvelle proposition.

Il s'occupa de convertir sa composition *Sohane* en fichier mp3, après avoir à nouveau écouté l'ensemble pour vérifier que tout était bon. Ce n'était absolument pas par vanité qu'il ressentait du plaisir et beaucoup d'autres émotions à l'écoute de son œuvre, mais parce que celle-ci semblait être sortie directement de son âme, ou bien influencée par l'esprit même de Sohane sans qu'elle s'en soit rendu compte.

Il reçut la réponse d'Aude comme une intrusion désagréable, son portable vibrant entre ses mains. Comme il s'en doutait un peu, les propos furent froids, elle semblait davantage vexée que contrariée. Rafael, au caractère naturellement empathique et attentionné, regretta la façon dont il traitait sa petite amie – même s'il n'éprouvait plus aucun amour pour elle, ce qu'il préférait inconsciemment ignorer pour le moment.

Comme pour se rattacher à des idées plus positives, il pensa à Sohane. Là, sa joie revenait, elle était même supérieure à celle éprouvée lorsqu'Aude lui avait annoncé qu'elle ressentait des sentiments pour lui. Non, il rejeta ce souvenir, ce n'était vraiment pas le moment. Il préféra s'imaginer une scène similaire en remplaçant sa petite amie par Sohane. Sans doute serait-il le plus heureux des hommes si cela se produisait. Après une telle annonce, il pourrait enfin laisser parler son désir de la toucher, l'enlacer, l'embrasser, la caresser...

Il se perdit dans ses pensées, ferma les yeux et se laissa bercer par la vague de désir qui l'envahissait, une vague chaude qui commençait déjà à le faire transpirer. Complètement affalé sur son fauteuil de bureau, la tête penchée en arrière, il porta une main à son sexe qui se gorgeait de sang, avant de la glisser dans son pantalon, sous son boxer, et saisir son pénis durcissant.

Son esprit déshabilla Sohane consciencieusement, en prenant tout son temps. Malgré l'érotisme de la scène qui se déroulait sous ses paupières closes et de l'excitation qu'elle lui provoquait, il lui manquait quelque chose, cette même chose lors de ses rapports sexuels – plutôt catastrophiques, mais heureusement rares – avec Aude. Cela faisait très peu de temps qu'il avait découvert cette chose qui lui faisait encore défaut.

Il accentua les pressions qu'il effectuait habituellement lors de ses masturbations, suffisamment pour ressentir une douleur qui n'en était pas vraiment une. Jusque-là, ses courtes et rares expériences masochistes avaient fini par l'effrayer. Cette fois-ci, il se sentait au-dessus de cette peur dissuasive, désirait se laisser guider par cette force étrange qui réclamait la meurtrissure de son corps.

Il pressait de plus en plus fort et rapidement, à la base, venant saisir ses testicules par la même occasion. Sohane et ses impressions se mélangeaient dans son imaginaire, se confondaient : ce n'était plus lui qui s'infligeait une souffrance volontaire, mais elle. Toujours plus, il pressait, pressait, pressait, frénétiquement. Il n'allait pas tarder à éjaculer, sur ses propres vêtements, mais il s'en fichait. Seules comptaient son obsession et son expérience sensorielle. Une nouvelle étape avait été franchie, tout comme la ligne rouge.

CHAPITRE 9

Tentation

Elle était impatiente de se trouver au soir, lorsque Rafael et son père, mais surtout Rafael, seraient là chez son oncle pour passer un temps ensemble et, peut-être, une nuit entière. La matinée lui avait servie à s'organiser pour les accueillir avec le soutien et la supervision de Yohan. Il l'avait aidée à installer un second lit d'appoint dans sa chambre, ensemble ils avaient fait les courses (Sohane se souvenait du plat préféré de Rafael et l'avait suggéré) puis nettoyé la maison. Sa mère Pascale, elle, s'était contentée de regarder des émissions abrutissantes à la télévision tout en donnant des directives et conseils aussi inutiles qu'agaçants.

En début d'après-midi, Sohane s'installa dans le grand jardin à l'ombre d'un tilleul afin de lire, et même terminer, le livre sur le cinéma d'horreur. Cette lecture lui donnait l'impression qu'elle était passée à côté de quelque chose dans sa vie, car au-delà de la peur que lui procurait ce genre de film, il y avait des thématiques et des questions purement cinématographiques très intéressantes qu'elle découvrit et qui la fascinèrent.

Cela lui inspira une nouvelle vidéo pour sa chaîne YouTube : elle avait déjà parlé de théâtre et de son rêve jamais réalisé bien sûr, mais aussi de cinéma, deux sujets qu'elle considérait comme étant étroitement liés, alors pourquoi pas s'attaquer aux slashers ? Elle attendrait de découvrir son premier film du genre avec Rafael, en espérant qu'elle serait suffisamment concentrée sur le film et non pas sur les beaux yeux de son ami, sur les bras avec lesquels il l'entourerait sûrement pendant le visionnage pour la rassurer ou juste par envie... Elle avait arrêté là son fantasme, culpabilisant à nouveau vis-à-vis d'Aude. Il ne fallait pas que de telles choses se produisent ce soir, même si elle en mourait d'envie.

À défaut d'une nouvelle vidéo sur sa chaîne, elle se filma en story sur Instagram, dans un espace naturel à proximité, la Tourbière de Vred, pour s'éloigner de sa famille. Même s'il faisait un temps idéal, il y avait très peu de visiteurs, le lieu était presque vide. Sohane fut donc à l'aise pour se filmer et aussi pour éventuellement sortir son couteau, discrètement tout de même.

— Bonjour mes chers abonnés ! J'ai enfin pu quitter mon île, vous savez à quel point ça me tenait à cœur de changer d'air. Et puis, vous voyez, rien à regretter niveau temps, il fait super beau ici !

Elle filma le ciel afin de démontrer ses dires avant de couper sa vidéo. Elle en démarra une nouvelle tandis que la première se téléchargeait.

— Il n'est pas avec moi pour le moment, mais j'ai trouvé un ami d'enfance, et vous ne vous doutez certainement pas du bien que cela fait ! Tiens, je vais l'ajouter en ami si jamais il a un compte, songea-t-elle tout haut.

Elle effaça la vidéo et la refit, gênée d'avoir pensé à voix haute sans réaliser que ces abonnés verraient cela, peut-être même Aude par mégarde. Alors elle avait également modéré ses propos. Elle démarra une troisième story :

— Comme précisé hier, je ne vous oublie pas sur ma chaîne YouTube ! Je vous ai déjà beaucoup parlé de théâtre et de cinéma, mais jamais de cinéma d'horreur. Il faut une première fois à tout, comme on dit ! Mais en attendant cet instant, je vous propose de découvrir ceci.

Elle laissa la vidéo se poster sur son profil tandis qu'elle vérifiait que personne ne verrait son couteau. Enfin elle put le sortir et faire une énième story où elle présenta son objet, presque émerveillée. Elle annonça qu'elle comptait en faire collection et demandait conseil pour s'en procurer, réclamant qu'on la contacte en MP. Même ainsi, elle se faisait peu d'illusions : sur ses deux cents abonnés et quelques, récoltés en trois ans, seule une poignée de personnes discutait réellement avec elle et s'intéressait à ses publications. Cela la contrariait fortement mais elle faisait bonne figure, avec l'espoir qu'un jour, elle gagnerait vraiment en popularité, qu'on l'écouterait avec un réel intérêt.

— Bon, je vais vous laisser mes loulous, n'hésitez pas à réagir à mes stories, ça me fait toujours très plaisir ! Vous trouverez un petit sondage à la fin de cette vidéo. Des bisous !

Afin de clôturer sa série de courtes vidéos très amateurs, elle se prit en photo en faisant une grimace puis ajouta le sondage dont elle avait parlé : savoir si cela plairait à ses abonnés qu'elle développe un peu plus cette histoire de couteau. Un passant la regarda de manière bizarre, jusqu'à ce qu'elle réalise qu'elle avait toujours son objet, lame dépliée, dans la même main que celle tenant le téléphone. Confuse, elle referma et rangea son arme. Le passant vit bien qu'il n'avait rien à craindre d'elle, mais n'en fut pas rassuré pour autant. Après l'avoir dépassée, il se retournait de temps en temps, là découvrant partir la tête basse, vérifiant déjà si quelqu'un avait répondu à son sondage.

De retour chez son oncle, où ce dernier et sa mère se disputaient pour X raison, elle s'isola dans sa chambre, observa le second lit près du sien. Elle remercia le ciel que la pièce soit suffisamment grande pour accueillir une seconde personne, puis se demanda si elle résisterait à la tentation de se glisser sous ses couvertures pour le rejoindre durant la nuit. « *Non, quand même, nous ne sommes pas des animaux* », pensa-t-elle.

Elle vérifia une énième fois si l'on avait répondu à son sondage : une dizaine de vues, aucune réponse. Dépitée, elle chercha ensuite le potentiel profil de Rafael. Il avait un compte mais aucun post associé, ne contenant aucune photo de profil et ayant moins d'une cinquantaine d'abonnés. Pourtant c'était bien lui, le nom et les informations décrites dans la bio correspondaient parfaitement. Elle l'ajouta tout de même, se disant que s'il découvrait son abonnement, il deviendrait plus actif. Un message garantissant son identité et précisant qu'elle avait hâte de le voir ce soir avait très vite été envoyé.

La curiosité la poussa ensuite à regarder les profils abonnés à son compte. Les trois quarts tournaient autour de la musique ou du cinéma d'horreur. C'est alors qu'elle le vit : le profil d'Aude. Reconnaissable à son maquillage qu'elle jugeait grossier et vulgaire, l'impression qu'elle dégageait sur la photo ne plut pas du tout à Sohane. Jalousie ? Peut-être vis-à-vis de Rafael, sûrement à cause du nombre de ses abonnés supérieur au sien. Aude était très active sur ce réseau social, à hauteur d'une publication par jour où elle décrivait avec force détails ses journées, activités et amis : Aude à la plage, Aude en soirée (énormément de ce genre de post), Aude qui danse, Aude en séance manucure... Mais aucun post avec Rafael à ses côtés. Ah, si, tout compte fait : un. Aude et Rafael au parc des Argales de Rieulay, joue contre joue. Voyant cette photo, son sang ne fit qu'un tour et son cœur tambourina violemment dans sa poitrine.

Au lieu de se dire que ce post suspect ne semblait là que pour donner l'illusion d'un amour, elle se laissa envahir par la jalousie. Dégoûtée, elle laissa tomber son portable sur son lit et s'interdit d'y retoucher à nouveau jusqu'à ce que Rafael n'arrive, ce qui ne devait plus tarder.

Justement, on sonna à la porte. Si tôt ? Ce n'était pas le moment. Récupérant son téléphone afin d'y fermer l'application, transgressant déjà l'interdiction auto-infligée, elle découvrit une notification d'un nouvel abonnement puis une réponse de Rafael :

> Moi aussi j'ai hâte... tellement hâte que je suis déjà là !

Ainsi, c'était bien eux. Cette idée balaya d'un coup sa mauvaise humeur. Elle se précipita vers la salle de bain afin de se rafraîchir. Dès qu'elle sortit de la pièce, elle tomba nez à nez avec Rafael qui avait rejoint l'étage sans bruit. Il tenait un tote bag à la main, ce dernier contenant quelques DVD pour leur soirée.

— Surprise ! s'exclama-t-il.

— Salut ! répondit-elle en fonçant dans ses bras, impulsivement, le serrant comme un ours en peluche à la taille.

Il se laissa entourer par elle. D'abord immobile, raide et surpris, puis attendri et heureux, se laissant aller avec joie. Il lui rendit son étreinte une fois la gêne passée.

— Tu sais que c'est impoli de débarquer en avance ? ironisa-y-elle en se séparant de lui.

— Oh pardon mademoiselle, je peux partir et revenir plus tard si tu veux, la taquina-t-il.

— Le mal est fait, tant pis. Ton père est là ?

— Non pas encore, j'étais trop pressé de venir te voir alors j'ai prévenu ta mère que je prenais de l'avance, eheh. J'ai amené les films ! J'espère que tu fais confiance à mon choix ?

Sohane avait entendu mais pas écouté, s'étant mentalement attardée sur cette remarque qu'il était « trop pressé » de la voir. Était-ce vrai ? Bien sûr, elle pouvait le croire sur parole. Face à l'absence qu'il lut dans ses yeux, il insista.

— Hein ? Oh oui, pardon, les films ! Oui, je te fais confiance, bien entendu. Je suis impatiente de découvrir ces films d'horreur avec toi. Il faudra sans doute que tu me prennes dans tes bras, car je risque d'avoir peur.

Elle se surprit elle-même à avoir osé dire cela. Sans doute que le fait d'avoir découvert son impatience à la revoir lui avait donné une bonne dose de confiance en elle. Rafael ne répondit pas, approuvant l'idée d'un simple regard, tandis que le sang montait aux joues de Sohane. Aux siennes aussi, d'ailleurs.

— Bon alors, tu me les montres, ces DVD ? finit-elle par dire, rompant le silence qui s'était déjà installé.

C'est ainsi qu'il lui présenta quelques œuvres de son cru, en fonction de ses préférences à lui mais aussi de leurs différentes caractéristiques : *Souviens-toi, l'été dernier* pour son intrigue, *La fiancée de Chucky* pour son ton humoristique et décalé, le cultissime *Halloween, la nuit des masques* pour son statut de pionnier du genre – selon les points de vue –, *Scream* premier du nom pour son aspect méta et sa préférence personnelle, *Les griffes de la nuit* pour l'originalité meurtrière de son *boogeyman*… entre autres films plus ou moins connus.

Ce n'était pas parce qu'il était méta ou bien le préféré de son ami que son choix se porta sur le film de Wes Craven, mais bien pour son arme du crime : un couteau, qu'elle trouvait particulièrement esthétique à en juger la jaquette du DVD – contrairement à l'ordinaire couteau de cuisine de Michael Myers. Honteuse de l'avouer, elle prétexta lui faire plaisir en choisissant sa préférence pour se justifier. Rafael la prit au dépourvu en lui demandant : « Et pour voir des meurtres au couteau aussi ? ». La voyant blâmer, il se reprit.

— Il n'y a pas de honte à avoir, en plus je me doutais que ce film te plairait particulièrement en le sélectionnant. Je me souvenais juste de la conversation d'hier, alors c'est normal de te proposer un film qui correspond à tes critères et qui pourrait étancher ta soif de curiosité, conclut-il en lui faisant un clin d'œil.

— Eh bien tu as bien choisi ! Puis après on pourra en regarder un autre, si je ne suis pas morte de trouille d'ici là, dit-elle en pouffant.

— Je serai là pour te protéger, t'inquiète.

Leurs cœurs respectifs battaient la chamade, c'était à leur en donner le vertige. Jamais il ne leur serait venu à l'idée qu'ils éprouveraient des sentiments aussi enivrants l'un pour l'autre lorsqu'ils étaient enfants. Ils auraient pu s'embrasser là, tout de suite, mais cela n'aurait pas été correct. Était-ce une si bonne idée qu'ils se couchent dans la même pièce, avec un lit de deux places à disposition, bien que ce dernier ne soit plus autant rembourré ? Les deux adolescents attendaient ce moment avec impatience et angoisse, curieux mélange dû au fait qu'ils s'imaginaient briser l'interdit.

— Les enfants ? Qu'est-ce que vous faites ? cria Pascale depuis le bas de l'escalier.

— On choisit notre film pour ce soir, répondit sa fille en criant aussi, autant pour se faire entendre que par agacement, ce qu'elle exprima en levant les yeux au ciel devant Rafael.

— Venez discuter un peu avec nous, vous pourrez profiter d'être ensemble pendant le film, là j'ai fait des crêpes !

— Ok, on arrive, se résigna Sohane.

D'un signe du regard, elle l'invita à la rejoindre au rez-de-chaussée. Durant leur descente des marches, Rafael, dans un chuchotement, singea Pascale pour la faire rire, insistant sur le mot "enfant" pour bien marquer qu'ils n'en étaient plus. Sohane parvint difficilement à contenir son fou-rire. Lorsque sa mère les vit, elle ne remarqua rien.

Ils burent un soda trop sucré, mangèrent des crêpes pleines de grumeaux, en compagnie de Yohan et Pascale. Cette dernière, alors qu'elle n'avait pas mis la main à la pâte – sauf celle à crêpe – pour accueillir leurs invités comme il se doit, s'obligeait à faire la conversation par convention alors qu'elle n'en avait aucune envie. Les échanges furent donc superficiels, elle ne s'intéressait pas aux réponses de Rafael à ses questions, ramenant fatalement tout à elle. Sohane sentait une certaine rage monter lorsqu'elle découvrait le petit jeu de sa mère. Elle avala ses crêpes plus vite que de raison avant d'inviter Rafael dans le jardin.

À cet endroit, sous le même tilleul que Sohane quelques heures plus tôt, ils discutèrent des réseaux sociaux et de la chaîne YouTube. Désormais, pour approfondir le sujet, elle lui montrait ses vidéos en direct en guettant sa réaction. Rafael exprimait un intérêt certain pour tout cela. Forcément, elles concernaient la nouvelle élue de son cœur. Il l'y trouvait rayonnante, passionnante, impliquée, professionnelle, et j'en passe. Croulant sous les compliments, son amie devint rouge pivoine et ne sut plus où se mettre, ne cessant de répéter qu'il exagérait. Elle en aurait pleuré de joie.

Comble du bonheur, elle découvrit en lui montrant son profil Instagram qu'il y avait enfin des réponses à son sondage, qui plus est positives. Rafael en profita pour répondre lui-même avec son propre compte. Il lui expliqua ensuite qu'il n'était pas trop réseaux, mais que pour elle il ferait un effort, qu'il avait hâte de découvrir ses nouvelles vidéos, surtout celles concernant son avis sur les slashers et l'évolution de sa collection de couteaux.

Pascal arriva peu de temps après, alors qu'ils s'étaient allongés l'un près de l'autre à même la pelouse, heureux et profitant de ce moment privilégié, presque en transe. Ils avaient pour eux deux soleils : celui extérieur, mais aussi un intérieur, plus brûlant et beau encore. L'arrivée du dernier invité du jour fut perçue comme une indésirable intrusion. Ils n'eurent qu'une hâte : que la soirée avec les adultes se termine et qu'ils commencent leur propre soirée, la vraie. Et la nuit qui allait suivre...

Ils prirent l'apéro, n'écoutant que d'une oreille ce que les trois adultes racontaient. Assis sur le canapé, la proximité leur procurait d'agréables frissons. L'un comme l'autre, dans son coin, se sentait comme un couple qui cherche à cacher leur relation aux autres, même si ce n'était pas le cas. « *Pas encore...* », se disaient-ils.

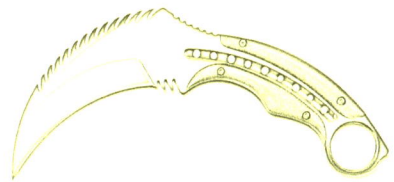

Sohane sursauta au *jump scare* final, celui où l'on voit Ghostface fendre l'air devant l'écran avec son célèbre poignard buck 120, juste avant que ne démarre le générique de fin. Contre son gré, Rafael rit du spectacle. Elle fit mine d'être vexée en lui donnant un gentil coup de poing sur le bras et en le sermonnant, ce qui le fit rire plus encore.

— Tu as aimé au moins ?

— Ne te l'ai-je pas déjà suffisamment dit pendant le film ? Évidemment que j'ai aimé, surtout la fin ! J'étais vraiment une poule mouillée avant, j'ai raté quelque chose dans ma vie. Ton soutien ne m'était pas nécessaire au final.

— Eh oui, tu aurais pu te passer de mes bras, tenta-t-il.

— Ça aurait été dommage.

Elle ne savait pas vraiment ce qu'elle espérait en disant cela. Quoi qu'il en soit, c'était la réponse que Rafael voulait entendre. Ils s'observèrent intensément, le désir palpable dans l'air. Ils étaient muets, sourds à la musique du générique et aux éclats de rire provenant du rez-de-chaussée, aveugles à leur environnement et à l'écran de télévision qui était leur seule source d'éclairage. Il n'existait plus qu'eux en cet instant, rien ne venait les troubler ou parasiter leur osmose... si ce n'est la pensée d'Aude, apparue alors que Rafael approchait ses lèvres des siennes.

Lorsqu'il s'arrêta dans son propre élan, au même instant, Sohane mit doucement sa main entre eux, paume face à lui. Les deux adolescents s'étaient ravisés en même temps, luttant férocement contre leur envie première. Cela était mieux ainsi, pensaient-ils.

— Ton père est encore là ?

— Oui visiblement... Il pourrait me ramener à la maison, tout compte fait.

— C'est vrai... Merci pour la découverte, ça m'a vraiment beaucoup plu, surtout en ta compagnie.

— Plaisir partagé, répondit-il avec un sourire triste.

Fuyant son regard, elle alla récupérer le DVD dans le lecteur, rangea ce dernier dans son boîtier, éteignit les appareils électroniques puis alla rallumer le plafonnier de sa chambre. Pour ne pas rester inactif, Rafael remit convenablement les draps du lit sur lequel ils s'étaient assis pour regarder le film. Ils n'allaient finalement pas dormir ensemble. Cela était mieux ainsi, pensèrent-ils à nouveau.

— On s'appelle ?

— Bien sûr Sohane. Je compte profiter de ta présence aussi longtemps que possible. J'ai juste quelque chose à régler avant.

— Je comprends. Rentre bien.

— Dors bien.

À défaut de céder à leur tentation première, ils se prirent dans les bras, car il leur fallait au moins un contact physique. L'un comme l'autre serrait plus que de raison, traduisant ainsi la peur d'échapper à l'autre. Cela ne leur faisait pas de mal, au contraire. Ce qui était douloureux, c'était la séparation, même momentanée.

Avant qu'ils ne se mettent à sangloter comme deux idiots, ou bien qu'il leur devienne impossible de se séparer, Rafael sortit de la chambre et referma la porte derrière lui, la claquant presque. Il avait laissé son sac à DVD dans la pièce, mais s'en ficha. Jamais il n'aurait trouvé le courage de rentrer à nouveau dans cette chambre pour la soirée.

Sohane ne pleurait pas, ne bougeait pas, presque sonnée, figée sur place. Elle finit par s'allonger sur son lit, observant du coin de l'œil celui qui resterait désespérément vide pour la nuit.

Elle récupéra son couteau dans sa taie d'oreiller puis, le serrant contre elle comme un doudou, essaya de s'endormir.

Alors que Rafael avait rejoint le rez-de-chaussée, il trouva Pascale et son père seuls dans le salon, un énième verre de vin à la main, corps contre corps sur le canapé. À s'y méprendre, on aurait dit un petit couple en état d'ébriété. Trop abattu pour s'en préoccuper, Rafael ne se fit aucune remarque, se contentant d'entrer dans la pièce. Son père parut effrayé en remarquant sa présence, comme s'il était pris en flagrant délit de péché.

— Oh Rafael, tu m'as fait peur ! s'exclama-t-il en se décollant de son amie. Où est Sohane ?

— Elle était très fatiguée, je vais finalement te rejoindre à la maison, on passera une nuit film d'horreur une prochaine fois.

Leurs deux parents se regardèrent, surpris par la nouvelle, mais ne cherchèrent pas à comprendre. Pascal consulta sa montre-bracelet et, remarquant qu'il était plus tard qu'il ne l'aurait cru, confirma qu'ils allaient se mettre en route. Il était complètement saoul, cela se voyait à son comportement et au vertige violent qui le prit lorsqu'il se leva du canapé. S'il avait eu son permis, Rafael aurait pris le volant. Il ne manquait plus qu'ils aient un accident sur la route pour clore en beauté cette soirée…

CHAPITRE 10

Quiproquos

Jamais il n'aurait dû dire à Sohane qu'il avait quelque chose à régler. Maintenant, elle allait espérer, peut-être au point de lui mettre la pression, même s'il en doutait, mais il ne se sentait vraiment pas le courage et l'énergie de mettre un terme à sa présente relation de couple. Il n'avait jamais rompu, n'en connaissait pas les codes. N'étant pas un goujat, il ne pouvait pas la quitter par message. Par appel ? Pas terrible non plus, mais diablement tentant. En face ? Il n'osait affronter une telle altercation. Finalement, il n'y a pas de bonne manière de rompre.

Il en était à ce stade de réflexion, au réveil : regretter sa résolution de la veille. C'était plus confortable de laisser la situation telle qu'elle était, quitte à ce qu'elle se dégrade et pourrisse d'elle-même. Mais pouvait-il se permettre de laisser stagner les choses ? Il était amoureux de Sohane, c'était désormais une évidence, cela ne valait-il pas le coup de faire quelques sacrifices ? D'un autre côté, son âme sœur rejoindrait bientôt la Réunion et ils seraient séparés pendant un temps indéterminé et certainement long, beaucoup trop long. Il ne se sentait pas non plus le courage d'entretenir une relation à distance. Face à ses nombreux dilemmes moraux, il attrapa la migraine.

Vilain coup du sort, son père toqua pour lui annoncer qu'Aude était au pas de leur porte, qu'elle était venue à l'improviste pour lui faire une surprise. Son rythme cardiaque s'accéléra drastiquement. Était-ce le signe qu'il devrait lui parler ? Non, pas aujourd'hui, pas comme ça, alors qu'elle vient le voir avec de bonnes intentions. Décidément, ce n'était pas le moment. Voilà ce qu'il préférait croire, par commodité. Ce n'était qu'un homme, après tout, pas le genre d'être réputé pour son courage et ses initiatives.

Ce fut à contrecœur qu'il se prépara, demandant à son père de la prévenir qu'il arrivait au plus vite. Pour gagner du temps, il ne prit pas de douche, se contenta d'enfiler des vêtements propres et de se rafraîchir dans la salle de bain avant de mettre du déodorant. Cela lui prit cinq minutes à tout casser. Cinq minutes avec la peur au ventre, la nausée et une boule de nerf dans la gorge, sans oublier la migraine qui s'aggravait.

— Hey, mon amour ! fit-elle en venant l'embrasser alors qu'il lui ouvrait la porte.

— Que me vaut cet honneur ?

— J'avais très envie de te voir ! J'espère que ça te fait plaisir ?

— Bien entendu, mentit-il alors qu'elle l'embrassait à nouveau.

— Viens, je t'emmène au centre-ville de Douai, j'ai envie de t'offrir de bons écouteurs, meilleurs que ceux que tu as dû acheter en catastrophe.

— C'est très gentil, ça. Mais maintenant que j'en ai acheté, tu sais, ce n'est pas vraiment la peine…

— Taratata, j'insiste ! Je veux te faire plaisir mon amour, c'est non négociable.

Décidément, ce n'était pas le bon moment pour rompre.

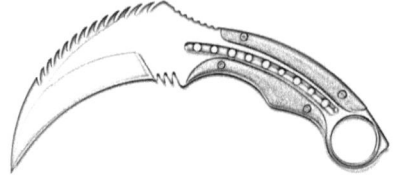

Il lui fallait un nouveau couteau.

Cela compenserait son intense frustration de la veille et comblerait, du moins en partie, un terrible et vertigineux vide émotionnel difficile à remplir. Ne sachant absolument pas dans quel magasin elle pourrait s'en procurer, elle décida de commander par internet. En plus, il y aurait un large choix. Il lui fallait juste vérifier l'adresse exacte où elle se trouvait et s'assurer que personne n'intercepterait le colis à sa place. Elle profitera que son ordinateur soit allumé pour tourner sa nouvelle vidéo pour sa chaîne puis la publier.

Tandis que ce dernier se mettait en route, elle songea à Rafael. Elle espérait qu'il réglerait rapidement leur problème. Il allait forcément se dépêcher, il ne pouvait certainement pas supporter cette situation plus longtemps, ne pouvait sûrement pas faire autrement. Leur amour était plus fort que tout. Mieux valait une rupture difficile qu'un cocufiage ou, pire, un renoncement à la merveilleuse histoire qui se profilait sous leurs yeux. Elle en était persuadée, même en connaissant la lâcheté courante de la gent masculine. Rafael était forcément différent des autres.

Dès que son ordinateur le lui permit, elle parcourut les sites internet à la recherche de sa deuxième pièce de collection. Elle fut surprise du prix élevé de la plupart. Heureusement que sa famille avait des moyens aisés et que son compte en banque s'en ressentait. L'entente mère-fille n'était peut-être pas au beau fixe, mais Sohane ne pouvait pas se plaindre de manquer d'argent de poche, qu'elle utilisait très peu finalement.

Elle fit une courte vidéo pour sa story Instagram dans laquelle elle filme son écran d'ordinateur tandis qu'elle parcourt les différents sites, ayant fait une présélection, ouvre plusieurs onglets qu'elle présente les uns après les autres. Elle regarda ensuite l'état d'avancement de son sondage : 13 votes pour, 2 votes contre. Elle en fut aux anges. Elle publia les résultats, annonçant avec amusement qu'elle avait déjà commencé à développer le sujet des couteaux grâce à sa précédente story.

Elle sortit sa petite caméra, qui lui servait pour ses vidéos YouTube, de sa valise restée dans la chambre. Installa tout convenablement pour commencer à filmer et présenter son premier *slasher*. Elle y parla de l'intrigue, de son ressenti et de son désir de poursuivre l'aventure dès que l'occasion se représentera. Si elle avait été objective, elle aurait su que la qualité de sa vidéo, autant sur le fond que sur la forme, était des plus médiocres. Mais elle n'avait pas le recul nécessaire pour s'en rendre compte et préférait ignorer les commentaires négatifs, s'accrochant désespérément à ceux de Tex, la seule à en faire des positifs. Par pitié, il fallait l'avouer. Le pire commentaire qu'elle avait pu recevoir jusque-là : « Complètement barge c'te meuf, encore une névrosée sur internet ». Même si elle l'avait fait supprimer, il lui revenait en tête, parfois, dans ses heures les plus sombres.

Il ne fallait pas réfléchir beaucoup pour comprendre que Sohane était psychologiquement fragile. Même si certains le signalaient en commentaire de manière peu agréable, voire avec pure méchanceté, peu s'en rendaient réellement compte, pas même Tex qui était sa principale confidente. Les abonnés à sa chaîne étaient plutôt là pour rire un bon coup face à la détresse et le manque d'attention que dégageait la jeune youtubeuse, certainement pas pour y trouver du contenu de qualité.

Cela ne l'empêchait pas de continuer à entretenir sa chaîne, la preuve en était la nouvelle vidéo qu'elle postait actuellement.

Quand elle eut fini, elle décida de se rendre à Douai, grande ville la plus proche, afin de faire un tour pour se changer les idées : car la douloureuse pensée de Rafael et de son couple actuel refaisait surface avec force. Il lui fallait consulter les horaires et stations de bus sur son téléphone, maintenant que son ordinateur était éteint, la vidéo étant postée et la commande de couteaux effectuée.

Tout en cherchant sur internet, tournant en rond dans sa chambre, elle reçut une notification d'Instagram qui la laissa stupéfaite quelques secondes : Aude l'avait ajouté dans ses abonnements et lui avait envoyé un message faussement enjoué où elle l'invitait à en faire de même. Curieuse, elle arrêta de marcher et ouvrit la notification mais pas le message, afin de ne pas laisser un "vu" qui la trahirait. Tombant sur son profil, un nouveau post fraîchement publié la saisit violemment, la faisant chavirer et l'obligeant à s'asseoir. Une photo d'elle et de Rafael tenant un emballage d'écouteurs, ensemble et tout sourire, visiblement dans un centre-ville. Le texte accompagnant la récente photo commentait : « Sortie en amoureux en ville <3 ». Sohane reçut l'information comme un coup de poignard en plein cœur. Cela ne se pouvait pas, Rafael ne pouvait pas la trahir ainsi.

Mais était-ce vraiment de la trahison ? Ils ne s'étaient rien promis après tout, et ce n'était pas avec elle qu'il était en couple. Elle ne parvenait pas à réfléchir, la haine lui voilait les yeux. Elle revint finalement sur son idée première de trahison, puisqu'il lui avait dit qu'il lui restait « quelque chose à régler ». Si c'était cela qu'il entendait par là, il se fichait réellement de sa gueule.

L'envie de sortir s'évapora, à plus forte raison qu'elle risquait de tomber sur eux, ce qui aurait été pire que tout. Quelques larmes s'échappèrent contre son gré tandis qu'elle gardait le regard braqué sur cette photo qui lui torturait l'esprit. L'une d'elles tomba sur son écran et troubla le visage de Rafael. Elle se demanda pourquoi Aude s'était abonnée à son compte, peut-être pour la narguer. Pour cacher son trouble, elle répondit un message faussement gentil et s'abonna en retour. Cependant, elle ne manqua pas de les bloquer afin de leur interdire l'accès à ses stories, à Aude mais aussi à Rafael.

Sans trop savoir comment il avait atterri là, Sohane observa son couteau qu'elle tenait en main. Avec les images du film de la veille, elle parvint plus facilement à imaginer ce que cela ferait de planter quelqu'un. Sa victime fantasmée : Aude.

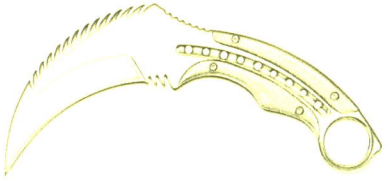

— C'est quoi, ça ?

— Bah une clef, ça ne se voit pas ?

— Oui, mais une clef pour quoi ?

— Pour ouvrir la porte de notre chambre d'hôtel, pardi !

Face au regard circonspect de Rafael, Aude s'expliqua davantage : se plaignant de leur manque fréquent d'intimité, l'idée de l'hôtel lui était venue, car là ils seraient tranquilles, sans risque de se faire déranger ou interrompre par quiconque. Elle ignorait que Rafael n'en avait aucune envie, déjà qu'il avait dû jouer la comédie avec elle depuis le début de la journée afin d'éviter la conversation qui fâche... Avec l'hôtel, ça faisait beaucoup à supporter, même si ça lui paraissait tout de même plus simple que d'avouer qu'il souhaitait mettre un terme à leur relation. Comme il manquait d'enthousiasme, le visage d'Aude se décomposa.

— Cette idée ne te plaît pas ?

— Si si, bien sûr mon amour, c'est juste que ça me fait bizarre de réserver une chambre d'hôtel comme ça, en pleine journée, juste pour... enfin...

Bien décidée à ne pas le laisser lui échapper, elle se montra très attentionnée et compréhensive, tout en cherchant à le convaincre qu'ils en avaient bien besoin et qu'ils allaient pouvoir profiter comme ils en avaient rarement l'occasion. Elle obtint le dernier mot, comme toujours. Une nouvelle victoire personnelle à ajouter à sa longue liste. Ainsi, ils se mirent en route pour l'hôtel. De l'extérieur, il paraissait plutôt chic, ce qui n'arrangeait en rien la gêne de Rafael. À l'intérieur, c'était pire. Aude s'enregistra au guichet puis récupéra la carte magnétique correspondante à leur chambre, la 10. Une fois que tout fut prêt, elle invita Rafael à la suivre.

— J'ai aussi réservé un déjeuner, comme ça on pourra rester très, très, très longtemps, annonça-t-elle d'un ton aguicheur tandis qu'ils marchaient dans les couloirs.

À peine avaient-ils pénétré dans la chambre qu'elle plaqua une main sur sa nuque pour amener son visage vers le sien, fermant la porte derrière eux d'un simple coup de pied. Son agressivité due à la précipitation plut à Rafael, ce qu'il regretta. Une seule personne comptait pour lui en cet instant : Sohane. Il avait l'impression de la trahir en couchant avec Aude, aurait tant préféré que ce soit elle qui se trouva nue à l'embrasser et à le plaquer contre le mur.

Alors il eut une vision : il regardait Aude, mais c'était Sohane qu'il voyait, sauvage, excitée par son corps. Totalement envoûté par cette confusion, son désir grimpa en flèche. Leurs caresses devinrent plus intenses, ses gestes firent comprendre à Aude qu'il aimait être bousculé et plaqué contre les murs, alors cette dernière s'exécuta, y trouvant du plaisir. C'était comme quand elle avait des rapports avec d'autres hommes : énergique, sauvage. Elle se disait que cette fois, peut-être, Rafael parviendrait à la faire réellement jouir.

Il se retrouva à même le sol sur le dos avec Aude qui l'enfourchait, son pénis en elle, s'agitant d'avant en arrière. Les deux jeunes gens gémissaient bruyamment, Rafael ne se reconnaissait plus, lui qui n'usait jusqu'à maintenant que de tendresse durant leurs ébats. Seule l'impression de voir Sohane le stimulait.

Le parquet sous lui était inconfortable, mais la douleur ressentie l'excitait encore plus. Dans le feu de l'action, tout en gémissant, il réclama qu'on l'étrangle. La première fois, Aude ne l'entendit pas. Alors il réitéra sa requête. Entre deux gémissements, elle lâcha un stupide « Quoi ? » qui prêtait à rire. Comme elle n'en fit rien, il lui prit les mains et les plaça autour de son cou. Sachant cette pratique courante, qui n'était pas pour lui déplaire, elle lui obéit. Cela lui plut bien moins que ce à quoi il s'attendait, car ça l'empêchait uniquement de respirer, sans réellement lui faire ressentir de douleur.

Remarquant ses longs ongles, il lui demanda ensuite, tout en suffoquant par l'effort et la pression qu'elle exerçait sur son œsophage, de planter ses ongles dans sa chair. Cette fois-ci, son comportement inquiéta Aude, d'autant plus qu'il essayait lui-même de se griffer en saisissant ses poignets. Lui faisant mal, elle se libéra furieusement.

— Tu fais dans le BDSM maintenant ? demanda-t-elle à bout de souffle, le ton mi-amusé, mi-surpris.

Pour toute réponse, il lui reprit les poignets. Elle se débattit quelque temps, plus excitée du tout, tandis qu'il attendait la jouissante souffrance qu'elle pourrait lui offrir si elle se décidait à lui faire mal.

Ce qu'elle finit par faire, mais pas comme il s'y attendait : en le giflant.

En effet, il avait bien malheureusement soufflé le nom de Sohane dans un murmure, suffisamment fort pour qu'elle l'entende. Elle se sépara de lui avant qu'il n'éjacule, son sperme retomba en petits jets sur lui-même.

— Sohane ? Nan mais t'es sérieux là ?

Elle était verte de rage et s'étranglait presque en criant. Plus honteux que jamais, Rafael resta allongé sur le dos, incapable de réagir, reprenant difficilement son souffle.

— T'as couché avec cette salope, hein ?

— Non... gémit-il péniblement, osant affronter son regard.

Elle était debout, nue, le visage rougi par la colère, donnant à sa peau le même teint que son rouge à lèvres. Avec des gestes rageurs, elle récupéra un à un ses vêtements sur le sol et son soutien-gorge sur la poignée de porte.

— C'est dégueulasse Rafael, dégueulasse...

— Je ne t'ai pas trompé, jura-t-il, toujours incapable de se relever.

— Tu en as très envie alors, répliqua-t-elle sèchement.

— Je te jure que non ! insista-t-il en se mettant à pleurer.

Allongé ainsi, nu, sanglotant, dégoulinant de sueur et de sperme, à mentir effrontément pour fuir ses responsabilités, il se trouva plus minable que jamais. Sans doute était-il pathétique également, car même Aude éprouva de la pitié en le voyant ainsi. Même si, dans le fond, elle se fichait pas mal de ce qu'il pouvait ressentir. Toutefois, elle prendrait très mal le fait qu'il la quitte : ça, c'était à elle de le faire, comme l'exigeait son plan.

— Sohane est juste une amie, mais je l'ai trop vue en peu de temps alors je dois penser inconsciemment à elle, c'est tout, ce n'est pas ce que tu crois. Je suis désolé, ça ne se reproduira plus, je te le promets.

Sans dire un mot, elle s'habilla en vitesse après l'avoir écouté geindre. Il pensait qu'elle ne répondrait jamais, jusqu'à ce qu'elle soit prête à partir.

— Y a intérêt que ça ne se reproduise plus. Ok, n'en parlons plus. Par contre, tu comprendras que je préfère m'en aller maintenant. Tout est déjà réglé, tu n'auras qu'à partir et rendre la carte au comptoir. Je t'appelle. Ne t'en fais pas, je te pardonnerai, ce n'est qu'une question de temps.

Sans lui laisser le temps de répliquer quoi que ce soit, elle sortit en claquant la porte derrière elle. Il se retrouva seul avec ses remords, subissant le courroux de leur voisin de chambre mécontent du raffut dont ils s'étaient rendus responsables.

CHAPITRE 11

Premier conflit

Sohane avait mal dormi. Après avoir découvert la photo la veille, elle s'était enfermée dans sa chambre pour sangloter. Gare à ceux qui la dérangeraient durant cette triste journée, sa mère et son oncle en avaient déjà fait les frais, même si Pascale ne s'en était pas préoccupée outre mesure. Comme une désespérée, elle s'était filmée pour exprimer face caméra ce qu'elle ressentait tout en pleurant, publiant ensuite la vidéo sur sa story Instagram, offrant ainsi à ses abonnés un spectacle hautement pathétique et malheureusement pitoyable.

Découvrant par ce biais sa détresse, Tex l'avait immédiatement appelée pour lui demander des explications. Incapable de parler à cause de ses larmes et de la boule de chagrin obstruant avec douleur sa gorge, elle avait vite mis fin à l'appel en parlant très peu. Puis elle s'était excusée par message, disant qu'elle la recontacterait lorsqu'elle irait mieux.

Au début, elle avait eu l'innocent espoir que ses papillons dans le ventre provoqués par les retrouvailles avec Rafael, son âme sœur, auguraient enfin un bonheur qu'elle croyait jusqu'alors inaccessible. Mais la triste réalité lui était tombée en pleine gueule, la fouettant au passage, venant arracher son cœur pour ensuite le jeter par terre et le piétiner : l'amour est extrêmement douloureux. Ce terrible sentiment, comme l'argent pour beaucoup, réclamait toujours plus, exigeait un perfectionnisme impossible, engendrant ainsi une frustration perpétuelle et immuable où chaque contrariété devenait une épreuve insurmontable.

De nombreuses fois, elle avait eu envie de lui écrire ou de l'appeler, tantôt pour lui demander ce qu'il se passait, tantôt pour l'insulter, savoir pourquoi il faisait ça. Sauf qu'elle ne trouva jamais la force et le courage de l'affronter. Alors elle s'était laissé sombrer dans une spirale négative, se torturant inutilement l'esprit. Selon les moments, elle lui cherchait des excuses, ou bien il devenait le pire des salauds à ses yeux. Pas d'étape intermédiaire. Jamais elle n'aurait d'avis tranché, même s'il s'expliquait, car il pouvait très bien lui mentir, à plus forte raison s'il s'amusait avec elle. Vu le côté garce évident d'Aude, cela n'aurait pas été étonnant qu'ils lui jouent ensemble un sale tour. Le coup de l'abonnement était gros quand même, tout avait été planifié, c'était désormais une évidence pour Sohane. Ne lui restait plus qu'à savoir si Rafael avait joué un rôle actif dans cette entreprise de destruction mentale.

Vidée, épuisée par son insomnie et le tourment, elle descendit à la salle à manger où Pascale et Yohan prenaient leur petit-déjeuner, telle une zombie lobotomisée. Au niveau de désespoir où elle en était, elle pensait qu'ils lui permettraient de se changer les idées, que leur compagnie lui ferait même du bien.

— Tu te sens mieux ? l'interrogea son oncle, inquiet par son état apparent qui, pourtant, était moins alarmant encore que son état d'esprit.

— Tu n'as pas bonne mine, ajouta inutilement Pascale avec un détachement confondant.

— Un peu mieux merci, mais je couve sans doute quelque chose.

— Tu devrais peut-être rester couchée, lui suggéra sa mère, plus soucieuse de ne pas choper une maladie.

— Je vais juste boire un jus de fruits, ça me fera du bien.

— Comme tu voudras.

Yohan fut le seul à réagir, passé le temps de réaliser que Pascale ne bougerait pas le petit doigt pour sa fille. Après lui avoir servi un verre et fait son plus beau sourire, il annonça qu'il partait chercher le courrier. Cela fait, il fit un détour par l'étage avant de les rejoindre. Sohane n'avait pas encore touché à son jus d'orange, gardait la tête basse tandis que Pascale, ignorant totalement la présence de sa fille, avait la tête plongée dans son journal lui servant presque de paravent contre elle et ses microbes potentiels. Yohan n'avait jamais réellement eu d'affinités avec sa sœur, mais là elle le décevait particulièrement.

— Si tu n'en veux pas, ce n'est pas grave, tu peux le laisser ou même le prendre avec toi dans ta chambre. Ne te fatigue pas à descendre si tu as besoin d'aide, tu peux m'en réclamer en m'envoyant un petit message. Je suis tellement accro à mon téléphone et collé à lui H24 que je verrai tout de suite ton message, dit-il en ricanant.

— Merci tonton.

Sa voix était brisée, elle déchira le cœur de son oncle. Ce fut à cet instant qu'il comprit le fond du problème, pour avoir lui-même sombré dans un état similaire par le passé, à son âge d'ailleurs, si ses souvenirs étaient exacts. En même temps, comment oublier son premier chagrin d'amour ? Il l'observa monter dans sa chambre, laissant là son verre. Une fois qu'elle disparut dans l'escalier, son regard se porta sur sa sœur. Il lui fit les gros yeux, profitant d'être caché par le journal.

Telle fut la surprise de Sohane de découvrir un paquet posé sur son lit. Elle resta d'abord interdite face à la boîte en carton, se demandant comment celle-ci avait atterri là. Elle se souvint ensuite du tour à l'étage de son oncle après avoir récupéré le courrier. Pourquoi ne pas l'avoir prévenue directement, au lieu de faire ça dans le secret ? Incapable de réfléchir convenablement, sa réponse resta en suspens.

Le chagrin lui avait même fait oublier sa commande. De plus, la rapidité de la réception ne l'aidait certainement pas à s'en souvenir. Ce fut uniquement lorsqu'elle ouvrit le paquet que sa mémoire se reforma, et même qu'enfin, un plaisir vint chasser en partie son mal-être.

Ses couteaux étaient encore plus beaux en vrai. Il y en avait quatre. Le premier était un couteau de chasse entièrement noir, particulièrement épais, et dont le bout pouvait se dévisser, le manche faisant également guise de gourde. Le second avait deux branches manipulables de couleur bleue, la lame en forme de plume bleu et rose n'était tranchante que d'un côté : un couteau papillon. Le troisième était un élégant cran d'arrêt italien. Enfin le quatrième, sans doute son préféré de tous : un couteau imitation griffe d'aigle, plutôt petit mais à la forme très originale. Son attention se porta particulièrement sur celui-ci. Elle l'observa avec fascination, puis resta de longues minutes à contempler les nouvelles pièces de sa collection sans voir le temps défiler.

Soudain, on frappa à sa porte. Surprise, elle plaça rapidement ses couteaux sous son oreiller avant de lâcher un timide « Entrez ». Avec soulagement, elle découvrit Yohan, sa tête dépassant de l'entrebâillement de la porte. Ce n'était pas le moment de supporter sa mère.

— Excuse-moi ma puce, je peux entrer ?

Elle accepta d'un hochement de tête manquant d'assurance à cause de la fatigue. Il lui sourit, entra puis referma la porte derrière lui. Sohane se décala sur son lit du côté de l'oreiller, autant pour lui laisser de la place que pour défendre son nouveau trésor. Il la remercia et s'assit lentement en poussant un soupir de douleur.

— Ton oncle se fait vieux, dit-il surtout pour l'amuser, n'ayant que quarante-cinq ans.

Objectif réussi, elle rit légèrement mais avec bon cœur, sans simuler. Triturant ses doigts contre ses genoux, elle gardait la tête basse.

— Tu n'as pas peur que je sois contagieuse ?

— Ton oncle est solide, il a survécu à la coqueluche, à la varicelle en tant qu'adulte, et à la peste.

— La peste ?

— Ta mère.

Cette fois-ci, Sohane éclata de rire. Yohan en fit de même, ravi de son petit effet.

— L'humour, c'est la politesse du désespoir, comme disait ton arrière-grand-père. C'est un peu déprimant, mais tellement vrai.

— Je suis d'accord, avec toi et avec lui.

Il y eut un long silence, chacun méditant à propos de la phrase de l'arrière-grand-père, entre autres choses. Finalement, ce fut Sohane qui rompit le silence.

— Pourquoi es-tu allé mettre mon colis dans ma chambre sans rien dire, presque en cachette ?

— Décidément, toutes tes questions me ramènent à ta mère ! Je me suis juste dit que tu avais droit à ton intimité, que tes réceptions ne nous regardaient pas. Si je t'en avais parlé devant elle, pour sûr, elle t'aurait embêtée pour savoir ce que c'est. On est tous les deux aussi curieux, mais elle n'aurait pas eu la délicatesse de rester discrète. Soit dit en passant, je meurs d'envie de savoir ce que contenait ton paquet, conclut-il en riant, l'entraînant par la même occasion.

— Tu as bien fait, je te remercie tonton Yohan. Tu veux voir ?

— Oh, tu me ferais honneur.

Sans crainte aucune, dans un climat de confiance et de bienveillance, elle sortit les couteaux de leur cachette et les lui tendit. Après les avoir précautionneusement récupérés sur ses genoux, il les prit un à un pour les observer en détail.

— Ce sont de beaux objets. Tu en fais collection ?

— Depuis peu, oui. Avant eux, je n'en avais qu'un, il est là, prévint-elle en le récupérant dans la housse de son oreiller pour le lui donner.

En disant cela, elle réalisa la fermeté compromise de son matelas suite à son accès de rage d'il n'y a pas si longtemps. Prise d'une panique soudaine, elle pria pour qu'il ne se rende compte de rien. Pour le moment, tout semblait aller.

— Tu fais bien de le cacher, je ne sais pas comment ta mère réagirait.

— Mal, sans doute, comme chaque fois que je fais quelque chose qui sort des normes.

— Ne lui en veux pas trop, on a été éduqué comme ça. Dans le fond, je lui ressemble beaucoup et c'est pour ça qu'on ne se supporte pas toujours.

— Je ne suis pas d'accord, tu es plus gentil qu'elle.

Enchanté par le compliment, il ne chercha pas à la démentir, souriant béatement.

— En tout cas, je ne lui dirai rien de ta collection, je t'en donne ma parole. Et je voulais aussi te dire que je suis là pour toi si tu veux parler, de quoi que ce soit. À ton âge, j'aurais aimé avoir une oreille compatissante, surtout lors de mon premier chagrin d'amour, précisa-t-il en lui offrant un clin d'œil teinté d'une tristesse provoquée par ses souvenirs.

— Merci Yohan. C'est vraiment dommage qu'on se connaisse si peu au final. J'ai l'impression de te rencontrer pour la première fois aujourd'hui, tel que tu es réellement.

— Et moi donc, je découvre qui est ma nièce. On va rattraper ça, tout ce temps perdu, je t'en fais la promesse. Dès que tu voudras parler, je serai là. Ravi d'avoir fait ta connaissance, dit-il en lui serrant solennellement la main pour l'amuser.

Elle la lui rendit en souriant. Pour la première fois depuis longtemps, elle avait pensé à autre chose que Rafael et leur relation d'ores et déjà chaotique. Il se releva. Tandis qu'il arrivait à la porte, il s'immobilisa, se retourna et lui dit :

— J'avais un meilleur souvenir de ce lit, je suis désolé, j'ignorais qu'il était devenu si défoncé et inconfortable...

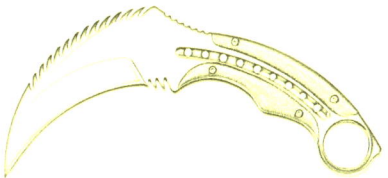

Rafael avait mal dormi. Après sa désastreuse première expérience de l'hôtel, il était rentré chez lui pour s'enfermer dans sa chambre et sangloter. Il avait un terrible sentiment d'échec, l'impression d'avoir tout raté, tout gâché. Il avait même laissé passer une belle occasion de rompre. Il ne savait absolument pas comment sortir de cette affreuse situation dans laquelle il s'était enlisé lui-même.

« *L'amour donne des ailes, tu parles...* », se plaignait-il intérieurement. Il se sentait totalement démuni, mais surtout piégé : quoi qu'il choisisse de faire, il allait faire souffrir quelqu'un. Son choix devait lui paraître évident, mais il n'en était rien. Il ne se sentait pas suffisamment fort pour rompre avec Aude. La preuve en était qu'aux premières occasions venues, il s'était lâchement défilé. Il se maudit pour ça.

Il songeait parfois à se faire mal, avec la lame de rasoir soigneusement conservée à l'abri des regards. Ceci dans l'optique non pas de se prouver qu'il gardait le contrôle ou de se punir (encore que…), mais de lui offrir un peu de réconfort.

Aussi étrange que cela puisse paraître, la douleur lui procurait un plaisir qui, s'il insistait un peu, avait la capacité de l'approcher de l'extase. Il ne savait l'expliquer et ne voulait l'expliquer. Tout ce dont il était certain : que cela était parfaitement anormal et qu'il avait peut-être besoin d'une aide psychiatrique. Chaque chose en son temps, il avait d'autres problèmes ô combien plus importants à ses yeux à régler en priorité.

Il éprouvait parfois le désir d'appeler Sohane également, mais s'abstenait chaque fois. Que pourrait-il lui dire ? Ses derniers mots annonçaient qu'il avait quelque chose à régler avant, alors tant que cela n'était pas fait, il n'avait aucune raison de lui parler, si ce n'est d'entendre sa douce voix pour le réconforter. Mais, peut-être par intuition, quelque chose le lui interdisait. Sans doute poserait-elle des questions sur la situation actuelle, demandant s'il avait parlé à Aude comme il l'avait sous-entendu. Les événements n'en prenant pas le chemin, il préférait s'abstenir de répondre à des questions fâcheuses. Là encore, il se maudit pour son comportement. Malheureusement, culpabiliser et s'apitoyer ainsi sur son sort ne changeait en rien la situation, ce dont il n'était pas encore conscient, trop enfermé dans son propre malheur pour cela.

Après avoir réfléchi la nuit presque entière, il se résolut à parler à Sohane en premier, exposer les faits et s'excuser pour le temps d'attente, précisant qu'il cherchait le bon moment pour annoncer sa rupture. Il lui devait bien ça, il ne pouvait pas la laisser ainsi dans le flou. Pas celle qu'il aime. Cela allait être difficile, mais l'amour le guiderait, pensait-il.

Puisqu'elle paraissait particulièrement active sur Instagram, il lui écrit par le biais de cette application. L'avantage était qu'il saurait dès lors qu'elle aurait consulté son message. Très vite, elle l'ouvrit. Après quelques secondes interminables, il y en eut d'autres bien plus longues durant lesquelles l'application signalait qu'elle rédigeait sa réponse. Finalement, il ne reçut qu'un message très court malgré la durée de rédaction, lui disant simplement qu'elle n'avait pas le temps. Le cœur battant à tout rompre, il comprit très vite que quelque chose n'allait pas, mais quoi ?

En retombant sur le fil d'actualité, il comprit : Aude avait posté une photo d'eux prise la veille. Parmi les likes, on trouvait celui de Sohane. Ainsi avait-elle vu le post. Rafael fut soudain envahi par la panique. Jamais il n'aurait pensé qu'une chose pareille se produirait. Fichus réseaux sociaux ! Comment allait-il rattraper le coup maintenant ? Certainement qu'elle était dans tous ses états. Il redoubla de violence intérieure, s'injuriant de tous les noms au point de lui en donner la migraine.

Tentant de consulter son compte et ses stories à la recherche d'une indication sur son état d'esprit, dans le but d'en savoir plus et de se préparer psychologiquement à lui parler en fonction, il constata avec surprise qu'il n'y avait rien… à moins qu'elle ne lui ait bloqué l'accès, car il y avait des éléments disponibles la veille qui ne pouvaient avoir disparus par hasard. Cet état de fait l'angoissa d'autant plus. Jamais il ne s'était senti aussi nerveux de toute sa vie, il croyait perdre pied ou approcher dangereusement de l'infarctus.

Il se retrouva en pleine crise, tous ses muscles se crispant en même temps, la respiration commençant à lui manquer. Il n'allait pas bien du tout. S'il se laissait faire, il commettrait une terrible erreur, il en était persuadé. Des deux maux, il choisit le moindre : celui d'employer sa lame de rasoir. Fiévreux, tremblant comme un dément, il récupéra l'objet tant recherché et s'installa sur sa chaise de bureau. Se comportant comme un junkie se préparant à ingérer sa dose, il appliqua la lame de rasoir contre son avant-bras. L'entreprise était périlleuse tant il tremblait. Lorsqu'elle commença à entailler ses chairs, la douce souffrance physique chassa celle psychologique. Que c'était bon... Il pleura de soulagement, joie, chagrin et dégoût.

Il fallait qu'il s'explique auprès de Sohane, et vite. Sinon, il était certain de la perdre à nouveau, à peine l'avait-il retrouvée. Si elle ne voulait pas lui parler, il insisterait.

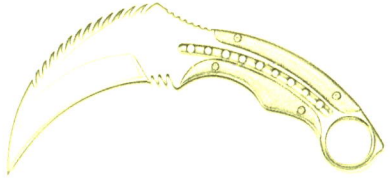

— Sohane ? J'ai invité Pascal au resto, je pars dans une heure, tu seras seule avec ton oncle ce soir.

Pascale avait interpellé sa fille alors qu'elle passait devant elle dans le jardin, en fin d'après-midi, pour le lui annoncer. Sohane fut surprise qu'ils se voient encore aujourd'hui, mais se contenta d'apprécier la nouvelle, s'imaginant seule avec son oncle Yohan. Peut-être pourraient-ils faire quelque chose de sympa de leur côté, puisqu'il semblait bien décidé à s'occuper d'elle et à lui changer les idées.

— Ok, pas de soucis, répondit-elle simplement avec un plaisir dissimulé.

Elle repartit ensuite sous le tilleul, là où elle s'était réfugiée depuis le début d'après-midi, pour y lire ou écouter de la musique sur son téléphone portable. Elle y resta jusqu'au départ de sa mère. Lorsque Pascal était arrivé, elle avait craint que Rafael ne l'ait rejoint, or elle se rassura bien vite.

Une fois qu'ils furent partis, elle se permit de rentrer à nouveau dans la maison. Telle fut sa surprise de découvrir un plateau de jeu, des pions et des cartes à jouer qu'elle ne connaissait pas disposés sur la table de la salle à manger, Yohan en train de disposer des dés multicolores qu'il récupérait dans une boîte de jeu. La découvrant immobile à observer son installation, il sursauta imperceptiblement.

— J'espère que tu aimes les jeux de société ?

— Ben... à part le Uno et le Monopoly, je ne connais pas grand-chose.

— Le Monopoly ? Mais quelle horreur, ce n'est pas un jeu de société ça, ironisa-t-il. Tu aimais bien ?

— Le Uno, oui, même si ça tourne rapidement en rond et que je n'ai jamais vraiment eu l'occasion d'y jouer, et le Monopoly je déteste ça, surtout avec maman dans la partie.

— Alors je vais te faire découvrir un vrai jeu de société, je suis sûr que ça va te plaire. Et en plus, tu as de la chance, je ne suis pas mauvais joueur. Approche, viens choisir ton personnage, je vais t'expliquer les...

Il fut interrompu par la sonnerie de la maison. Son cœur fit un bond. Mettant une main à sa poitrine, il rit de la situation avant d'annoncer qu'il allait ouvrir. Il fit le chemin jusqu'à la porte d'entrée. Lorsqu'il tomba nez à nez avec la source supposée du chagrin supposé de sa nièce, il ne sut plus où se mettre.

— Bonsoir monsieur, excusez-moi de vous déranger, est-ce que je peux parler à Sohane ?

Il semblait tendu, prêt à faire une connerie à la moindre contrariété, se tenant plutôt loin comme pour conserver une distance de sécurité. Yohan devait réfléchir et vite. Pouvait-il se permettre de lui amener sa nièce ? Il avait des doutes. D'autant plus qu'il ne savait pas ce que Rafael avait pu faire pour la rendre aussi malheureuse, il valait mieux se montrer prudent. Cependant, alors qu'il s'apprêtait à mentir ouvertement en offrant un faux prétexte, Sohane apparut à ses côtés, courageusement. Elle fixa Rafael avec des yeux emplis de tristesse et de colère.

— J'ai choisi mon personnage, tu peux terminer l'installation du jeu, prévint-elle en s'adressant à son oncle sans toutefois le regarder.

Comprenant qu'il devait les laisser tranquilles, il s'éclipsa, posant au passage une main affectueuse sur l'épaule de sa nièce comme pour lui transmettre du courage. Dès qu'il fut suffisamment loin, Sohane prit la parole :

— Qu'est-ce que tu veux, Rafael ?

— Je... j'aurais besoin de te parler.

— Bah vas-y, répondit-elle, agressive, s'avançant et refermant la porte d'entrée derrière elle.

— Comment vas-tu, déjà ?

— Bien, très intelligent de ta part, prétexter vouloir me parler mais attendre que ce soit moi qui prenne la parole. Tu as donc fait tout ce chemin pour savoir comment je me sens ? Hum... je vais te le dire : trahie. J'ai découvert votre petite escapade en amoureux d'hier. Je peux savoir à quoi tu joues avec moi ?

— Je...

— Laisse-moi terminer, puisque tu voulais que je réponde à ta question ! J'aurais dû me douter que tu tenais encore à elle... C'est vrai ça, pourquoi tu m'aurais caché son existence sinon ? Tu voulais jouer sur les deux tableaux, c'est ça ?

— Écoute, je sais que tu es en colère, je le comprends, mais ce n'est pas ma faute.

— Ne raconte pas de conneries.

— Je n'essaye pas de te mentir ! Je n'ai pas voulu cette photo, ni cette sortie.

— La belle affaire...

— Mais enfin, je ne t'ai rien promis non plus.

Tant d'effronterie la laissa quelques secondes sous le choc, abasourdie et profondément triste. Ce fut à cet instant qu'elle se rendit compte qu'elle ne le connaissait pas aussi bien qu'elle le croyait. Depuis leurs premières années, il avait changé, ou bien apparaissait-il désormais sous son vrai jour. Ce qui était sûr, c'était qu'elle ne le savait pas aussi lâche.

— Je te demande pardon ? s'étrangla-t-elle, ne pensant nullement au fait qu'ils étaient en pleine rue et que l'on pouvait les entendre.

— Ce... ce n'est pas ce que je voulais dire...

— Tu m'as pourtant dit que tu avais quelque chose à régler ! C'était quoi ça, un mensonge ? Une putain de tromperie pour te foutre de ma gueule ?

— Non, mais...

— Mais mais mais mais quoi ? Ainsi, rien de ce qui s'est passé n'a d'importance pour toi ? Tu as voulu me laisser espérer quelque chose que tu ne comptais pas m'offrir ? Je croyais... j'y croyais, moi. Ta tendresse, les regards que tu posais sur moi, tes mots... J'espérais que cette Aude ne comptait pas vraiment pour toi, mais je me suis visiblement trompée, comme une conne !

— Tu ne t'es pas trompée Sohane ! Je t'aime !

Il l'avait dit. Au plus mauvais moment. Elle était bien avec ça, maintenant, ne sachant trop si ces mots tant attendus étaient sincères ou non. Comme elle restait interdite, il poursuivit :

— Je suis tombé amoureux de toi à la seconde où je t'ai revue chez moi, il y a quelques jours. Je pense à toi tout le temps, je n'arrête pas. Je n'ai qu'une envie désormais : être auprès de toi, à chaque instant. Ton absence me fait souffrir. C'est tout nouveau pour moi, je n'ai jamais ressenti ça pour personne avant toi, pas même pour Aude envers qui je n'éprouve plus que de l'affection. Mais voilà, tout cela est arrivé au mauvais moment, vraiment un très mauvais moment. Je ne suis pas suffisamment bien psychologiquement pour supporter tout ça.

— Parce que tu crois que je le suis, moi ? En découvrant la photo, j'ai eu mal, très mal, tu comprends ça ? Quand tu m'as quittée avant-hier soir, j'étais pleine d'espoir, j'imaginais que nous pourrions vivre une merveilleuse histoire tous les deux. Mais visiblement, tu es trop lâche pour régler la situation.

Les deux adolescents pleuraient, certains voisins curieux assistaient à la scène depuis leur fenêtre.

— Laisse-moi juste un peu de temps…

— Si tu tenais vraiment à nous, tu aurais déjà réglé les choses. Je sais comment ça se passe, la situation va rester telle quelle, tu ne quitteras jamais Aude pour moi, car elle représente ton petit train de vie tranquille et établi, c'est plus simple pour toi de le garder. Vous les hommes, vous êtes tous pareils, je ne me leurre pas. Alors autant que je prenne les devants en coupant court tout de suite.

Elle faisait déjà demi-tour. Impulsivement, dans un violent sanglot, Rafael se jeta sur elle pour lui agripper le bras, se mettant à supplier. Elle lui lança un regard triste, lui intimant de ne pas rendre ce moment plus insupportable qu'il ne l'était déjà. Il comprit le message et s'y résolut à contrecœur. Elle était déjà en train de rentrer et refermer la porte sans lui adresser le moindre regard quand il lui cria qu'il allait arranger les choses. La porte se referma à la moitié de sa phrase, mais Sohane entendit tout de même la fin. Elle s'adossa à la porte désormais fermée puis se laissa glisser jusqu'à atterrir sur le sol, les jambes allongées, de l'eau salée coulant le long de ses joues, une main couvrant ses yeux.

Prudemment, Yohan la rejoignit. Elle sentit sa présence, sans réagir pour autant. Se disant qu'elle avait besoin de rester tranquille, il partit dans la cuisine pour y préparer le dîner. À travers la fenêtre de la pièce, il vit Rafael s'éloigner dans la rue, la tête basse, devinant que ce dernier pleurait lui aussi. Ah, les histoires d'amour...

Pour la deuxième fois de la soirée, Sohane le fit sursauter en apparaissant subitement et sans bruit à l'entrée de la cuisine, tel un fantôme. Cette fois-ci, elle perçut son mouvement de peur et en rit doucement, malgré son lourd chagrin.

— Tu nous prépares quoi ?

— Une petite salade détox, j'ai supposé que tu n'aurais pas très faim. Moi non plus d'ailleurs, alors ça tombe bien.

— Tu as bien fait, merci.

Alors qu'il coupait les légumes avec son beau couteau de cuisine au manche blanc nacré, il l'aperçut du coin de l'œil en train de fixer son outil discrètement. C'est ainsi qu'une idée lui vint : il alla à l'évier pour nettoyer son couteau puis le sécher dans un torchon propre. Il s'approcha ensuite de Sohane, lui tendant l'objet.

— Tiens, un nouveau couteau pour ta collection.

— Quoi ? Mais…

— Boh, c'est pas grand-chose. Enfin, il m'a coûté très cher, quand même, mais… ce n'est qu'un couteau de cuisine après tout, j'en ai plein d'autres ! Ça te fera une belle pièce de collection, et puis tu penseras à ton vieil oncle comme ça.

Timidement, elle saisit l'objet avec soin et l'observa quelque temps, la tête basse. Ce fut toute émue qu'elle releva sa tête et plongea son regard dans le sien, les yeux humides non pas de larmes de tristesse, comme avant, mais de joie.

— Merci beaucoup. T'es un amour.

— Je t'en prie. Par contre, il faut que tu me donnes une pièce de monnaie.

— Ah bon ? Pourquoi ?

— Il paraît que ça porte malheur de recevoir un couteau en cadeau sans donner une petite pièce en retour, c'est ce que me racontait ton arrière-grand-père, encore lui.

— Ah d'accord, je ne le savais pas. Là je n'ai absolument pas de monnaie, mais dès que j'en ai, je te donne, prévint-elle avec un beau sourire.

— Non t'en fais pas, c'est pas grave. Après tout, ce n'est que de la superstition.

CHAPITRE 12

Volonté

Dans son bus l'amenant chez Rafael et son père, le téléphone portable en main, Aude discutait avec Jonas pour lui raconter les dernières péripéties. En apprenant le comportement de Rafael à l'hôtel, son amant numéro 1 avait bien ri de la situation, au point de la mettre mal à l'aise.

> *Il est vraiment bien barge c'type, lol ! Fuis avant qu'il ne t'égorge ! Ahlala Aude, dans quoi tu t'es fourrée en voulant manipuler un psychopathe*

> *Psychopathe toi meme ! On a fais bien pire nous 2...*

> *Ouais mdr* *Mais vu ce que tu racontes, c pas comparable, lui on dirait un mazo...*

> *Je vais essayer de savoir ce qu'il en ai aujourd'hui... je me demande bien ce qu'il veut me dire*

La veille au soir, très tardivement, Rafael lui avait donné rendez-vous pour le lendemain, avec l'espoir de lui annoncer leur rupture, ce qu'Aude ignorait encore, même si elle s'en doutait légèrement. Son but étant bien de le garder sous sa coupe jusqu'à ce qu'elle décide que la chute soit suffisamment forte, elle se devait de garder le contrôle en toute situation. Elle était fière d'elle jusque-là, considérant sa mission rondement menée, mais pas terminée.

Ils devaient directement se rejoindre au parc des Argales, à l'endroit même où ils avaient échangé leur premier baiser d'un amour à sens unique. Rafael avait jugé bon de rompre à cet endroit : sa logique voulait qu'il y trouve la force nécessaire, car ce lieu serait chargé de l'amour qu'il avait porté pour elle et de l'affection toujours présente. D'autres jugeraient la manœuvre extrêmement stupide et maladroite sans doute, Aude la première.

Elle l'y trouva assis sur une nappe de pique-nique à même le sol, au milieu d'un déjeuner. De l'extérieur, on aurait plutôt cru à une préparation pour une demande en mariage qu'à une rupture. Comme il semblait en faire tout un cérémonial, elle se mit automatiquement sur ses gardes. Elle ne perdait pas son objectif de contrôle sur sa personne. Enfin, il l'aperçut et devint blême.

— Bonjour mon amour, dit-elle avec son plus beau et hypocrite sourire.

— Bonjour Aude, répondit-il simplement.

— Mais, pourquoi tu m'appelles par mon prénom ? répliqua-t-elle, sur la défensive, tandis qu'elle s'asseyait auprès de lui.

— Oh, juste comme ça.

Elle l'embrassa comme pour qu'il se taise. La perte des surnoms affectueux était un symptôme des plus révélateurs d'une séparation à venir. Elle le savait très bien, même si elle ne s'était jamais trouvée dans pareil cas : on ne larguait pas Aude, c'était elle qui jetait ses prétendants comme un vieux préservatif usagé, car elle les considérait, métaphoriquement, comme tels.

— Tu vas bien ? demanda-t-il.

— Super bien, d'autant plus que je suis auprès de toi, répondit-elle d'un ton mielleux, venant lui agripper le bras en se collant à lui. Et toi ?

— Je vais bien, merci.

— Je suis contente que tu m'aies recontactée aussi vite, après la façon dont on s'est quittés hier... d'ailleurs, enchaîna-t-elle directement pour l'empêcher de prendre la parole, je m'excuse de mon comportement, je n'avais pas à te laisser comme ça tout seul. Mais j'étais un peu perturbée, tu comprends ? Quand tu as dit le prénom de l'autre, là (surtout, déshumaniser et dénigrer l'ennemi), je me suis sentie immédiatement trahie et blessée. Pourtant, je sais aujourd'hui, avec le recul, que c'était juste de la parano. J'ai pensé à l'amour qu'il y a entre nous depuis le début, et toute inquiétude est partie d'un coup.

Déjà qu'au réveil, Rafael regrettait sa demande de rendez-vous de la veille, son élan de bravoure ayant disparu entre-temps. Mais là, il culpabilisait totalement. Pourquoi ne se passait-il jamais rien tel qu'il l'avait prévu ? Il avait beau tout programmer à l'avance, le sort était décidément capricieux et têtu. Encore fallait-il croire que tout soit déjà écrit – on en revient à la question du prologue. Depuis ce moment, vous êtes-vous fait votre propre avis ? J'aime bien savoir si les romans poussent à la réflexion, s'ils vous remettent en question, et *tutti quanti*... Bref, pardon pour cette longue intrusion. Rafael resta sans voix, ne sachant que dire ou que faire.

— Tu me pardonnes ?

— Bien sûr mon cœur.

Elle l'embrassa à nouveau, avant de lui demander, pour ne pas dire ordonner, de lui servir un verre de soda. Il s'exécuta sans prendre conscience de l'emprise qu'elle exerçait sur lui. Au moins cela allait-il lui occuper l'esprit. Alors qu'il lui tendait son verre, son regard s'arrêta sur son bras couvert.

— Tu n'as pas trop chaud ?

— Non, pourquoi ?

— Parce que je ne comprends pas comment tu peux mettre un tee-shirt à manches longues par cette chaleur, on cuit aujourd'hui.

— Ah... euh... ça ne me dérange pas, et puis ça me protège des coups de soleil, bafouilla-t-il, angoissé à l'idée que l'on découvre son secret.

Il restait le bras tendu, attendant qu'elle récupère son soda. Avec l'attente et l'effort, mais aussi le stress, le gobelet semblait de plus en plus lourd. Enfin, elle sembla vouloir le libérer de son poids. Il ne s'était pas attendu à ce qu'elle agrippe son bras de force et retrousse sa manche en riant, comme une gosse cherchant à se chamailler avec son compagnon de jeu. Avec la panique, le soda déborda et il risqua de lâcher le gobelet. Très vite, il couvrit à nouveau ses cicatrices et ses pansements mis à nu. Trop tard, elle les avait aperçus. D'autant plus qu'il y en avait beaucoup, il n'y était pas allé de main morte.

— C'est quoi ça, Rafael ?

— Rien, rien, je me suis griffé en faisant du jardinage hier…

— Ne me prends pas pour une conne. Tu te scarifies, c'est ça ?

Son ton était humoristique et non moralisateur, ce qui le prit au dépourvu.

— Non, c'est pas vraiment ça…

— Mais attends… hier, tu me demandais… et là… Hum. Merci pour le soda.

Elle prit enfin son gobelet et commença à boire comme si de rien n'était. Rafael resta interdit quelque temps, à l'observer. Elle n'était pas stupide, elle allait vite faire le rapprochement.

— Ce n'est pas ce que tu crois…

— Oh mais tu sais, chacun son truc, hein. On pourra essayer d'autres choses la prochaine fois, à condition que tu ne prononces pas à nouveau le nom de ta copine. Le masochisme, ok, mais pas les plans à trois !

Elle éclata de rire. Son comportement terriblement déplacé remplit Rafael de chagrin et de colère. Il en aurait pleuré. Même si elle ne vit que la partie émergée de l'iceberg, elle tenta de dédramatiser la situation, toujours avec un certain mépris sous-jacent. Abattu, Rafael abandonna l'idée de rompre à ce moment-là, alors qu'il aurait pu profiter de la déception qu'elle lui inspirait à l'instant pour trouver le courage nécessaire. Là encore, il se sentait victime de la fatalité.

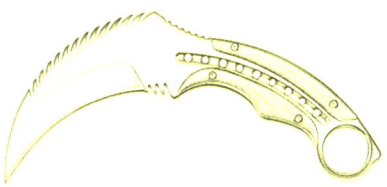

Sa mère était toute guillerette, sans raison apparente, et ce depuis son retour du restaurant. Dans le fond, Sohane l'enviait : les relations amicales étaient visiblement bien plus simples que celles amoureuses. Si elle et Rafael s'étaient contentés de ce qu'ils avaient durant leur enfance, les choses n'auraient pas dérapé ainsi, et elle serait heureuse.

Sohane ne savait pas pourquoi elle faisait cela, mais elle le faisait. C'était, en tout cas, plutôt productif : treize nouveaux abonnements sur Instagram et neuf sur YouTube en l'espace d'une nuit, principalement des passionnés de couteaux mais, aussi, quelques esprits dérangés. Cela, elle ne pouvait pas le savoir, puisqu'ils se cachaient aisément derrière leur écran d'ordinateur ou de smartphone. Elle aurait pu, néanmoins, s'en douter à cause du nouveau contenu de sa chaîne.

Avec son tout dernier couteau au manche nacré, elle avait filmé sa main en gros plan en train de torturer une pauvre poupée Barbie qui ressemblait étrangement à Aude. Plus précisément, elle menaçait d'abord son visage en plastique en glissant doucement le plat de la lame sur la joue, avant de faire une petite entaille, suivie d'une multitude d'autres, puis enfin de francs coups de poignard. Du ketchup ajouté entre les coupes faisait guise de sang. L'image était de très mauvaise qualité, le son aussi, même s'il n'y avait rien à entendre de particulier. La vidéo faisait ainsi affreusement amateur, mais c'était cela qui plaisait aux gens. Sans s'en rendre compte, ils ressentaient la rage qui bouffait Sohane durant le tournage, ce qui rendait le visionnage extrêmement malaisant, voire angoissant. Doucement mais sûrement, elle faisait entrer sa chaîne dans la catégorie des contenus *creepy*.

Tex, du fin fond de la Réunion, se fit beaucoup de soucis pour sa meilleure amie lorsqu'elle découvrit ça. Elle s'y connaissait en contenus étranges et effrayants sur la toile, ayant l'habitude d'en visionner malgré la peur intense qu'ils lui provoquaient. Les creepypastas, du moins leurs résumés, n'avaient plus aucun secret pour elle. En revanche, découvrir que Sohane s'en approchait dangereusement, alors qu'elle ne s'y était jamais intéressée auparavant, la mettait très mal à l'aise. Elle décida de l'appeler.

Sohane, regardant encore sa collection pour ne plus penser à Rafael, décrocha sans joie, agacée d'être interrompue durant sa phase de contemplation.

— Soh-Soh, ça va ?

— Ouais, ça peut aller.

— Qu'est-ce qui ne va pas ? C'est toujours Rafael ?

— Il est venu hier soir. Il m'a dit qu'il m'aimait. Mais comme ça ne change rien du tout et qu'il ne quittera jamais sa pouffe, j'ai préféré lui dire qu'il n'avait rien à espérer de ma part. Point.

Tex ne savait dire si elle restait sans voix à cause de ces révélations, ou de la parfaite indifférence et du ton morne avec lesquels sa meilleure amie les avait annoncées. Sans doute que Sohane essayait de se détacher de tout ça pour ne pas trop souffrir.

— T'en fais pas, ça va ! Je m'occupe en attendant. T'as vu ? J'ai de nouveaux abonnés ! Je pense que ce n'était pas arrivé depuis des semaines, j'avais plutôt des désabonnements jusque-là.

— Ouais j'ai vu ça, et ta vidéo aussi…

— Elle te plaît ? La visite de Rafael m'a, disons, inspirée.

— C'est un peu spécial.

— Aussi spécial que ce que tu aimes regarder ?

— Je te l'ai déjà dit, je n'aime pas vraiment parce que ça me fait vite peur, c'est malsain, répondit-elle en restant sur la défensive.

— C'est ta manière de dire que ma dernière vidéo est malsaine ?

— Un peu, oui...

— Et c'est un compliment ?

— Pour être honnête, pour qualifier ton contenu : non.

— Ben tant pis, que tu sois contente ou non. Mes nouveaux abonnés, eux, ont du goût.

Le ton était cinglant, mauvais. De mémoire, c'était la première fois qu'elle s'adressait à elle de cette façon. Son idéal des meilleures amies du monde en prenait un sacré coup, s'effondrait presque en une phrase. Elle exagérait, certes, sans être très loin de la vérité cependant.

— Tu n'es pas obligée de me parler comme ça...

— T'es vexée ? Là encore, tant pis pour toi, moi je m'en fous.

Et elle raccrocha.

Tex lâcha son téléphone et se mit à pleurer. Pour une hypersensible comme elle, cette conversation l'avait profondément affectée. Heureusement, Sohane finit par la rappeler pour s'excuser. Les deux jeunes femmes pleurèrent chacune de leur côté, s'échangeant des mots d'amour pour panser les plaies ouvertes avant qu'elles ne s'infectent définitivement. Elles ne parlèrent plus des vidéos, terminèrent l'appel sur une note apaisée.

Malgré cette conversation, Sohane ne se remit pas en question. Même si tout était rentré dans l'ordre avec Tex, elle continuait de penser que cette dernière avait tort. Sa vidéo ? Malsaine ? Pas du tout. C'était uniquement une extériorisation de son mal-être, un produit à but cathartique, rien de plus qu'un défouloir.

Elle consulta les récents commentaires postés à propos de sa petite œuvre numérique : « *C'est trop d'la balle !* » ; « *So creepyyyyy* » ; « *Doux Jésus* 💀 » ; « *J'en chie dans mon froc* » ; « *Trop vénère* » ; « *Première étape avant un vrai massacre ?* » ; et beaucoup d'autres relevant de l'admiration. Bien entendu, il y avait aussi de désagréables « *C'est très moche et mal fait* », « *Trooop nuuuuuul!!!* », « *Une vidéo de malade pour les malades »*… Ces derniers, Sohane les prenait personnellement, mais moins négativement qu'avant. Pour la première fois, son travail faisait réellement parler de lui, même à une petite échelle. L'important était qu'on la remarque, enfin. Si elle pouvait se frayer un chemin vers la popularité virtuelle tout en exultant sa colère, sa frustration et son chagrin, c'était l'idéal.

Elle s'arrêta sur un long commentaire d'une personne qui se cachait sous le pseudonyme "Digital7.0". Attentivement, ses yeux lisaient les nombreuses lignes avec un intérêt grandissant, d'autant plus que ce commentaire était des plus mystérieux. Étrangement, elle se sentait captivée par le texte, autant que lorsqu'elle lisait ses romans favoris. Sans même connaître l'identité de son nouvel admirateur, elle se doutait qu'il s'agissait d'une personne d'âge mûr, et non pas l'un de ces éternels adolescents en quête de sensations fortes. De plus, il devait être très charismatique dans la vraie vie.

« *Bravo à toi. Je suis tombé sur ta vidéo par pur hasard, à moins qu'il ne soit simplement arrivé ce qu'il devait arriver, j'étais certainement prédestiné à découvrir ton compte un jour ou l'autre. Par curiosité, j'ai également regardé tes précédentes vidéos : elles étaient pas mal, mais je sens qu'avec* celle-ci, tu touches là à quelque chose de spécial. Tu sembles avoir un certain don pour transmettre de fortes émotions par le prisme de ta caméra, sans même utiliser d'outils professionnels. Ton travail est brut, c'est ça qui le rend si intéressant et attractif. Cela étant, je dis ça, mais peut-être que ce n'était qu'un one shot à tes yeux, que tu comptes reprendre tes précédents contenus, mais franchement je trouverais ça dommage. Ne t'en fais pas, ce n'est que mon avis de fan (car j'en suis devenu un à la seconde où j'ai vu ta vidéo si torturée...). Je ne te dis pas ce que tu dois faire, cela ferait perdre toute sa saveur à ton œuvre. Sache uniquement que je te soutiens à fond dans tes projets et que je serai ravi de découvrir tes prochaines publications. Je vais suivre cela de très près.

Ton humble et anonyme serviteur,

Digital7.0 »

« *Mon premier fan* », pensa-t-elle en premier lieu. Puis elle relut le commentaire encore deux fois. Visiblement, cet inconnu avait su lire en elle uniquement en regardant une vidéo de moins de deux minutes sur YouTube. Elle chercha mentalement qui dans son entourage pourrait se cacher derrière ce profil mais se rendit à l'évidence que personne ne pouvait correspondre au profil.

Fortement intriguée, elle décida de consulter sa page personnelle. Ce Digital7.0 ne postait jamais rien, était inscrit depuis quelques mois seulement et ne suivait qu'une poignée de chaînes, dont la sienne désormais. La rubrique *À propos* était désespérément vide et ne renvoyait à aucun lien. Elle consulta ensuite les quelques rares pages qu'il suivait en plus du sien. Que des contenus considérés comme effrayants ou étranges. De plus, les responsables des chaînes semblaient tous être des personnes dépressives ou perturbées, c'est du moins ce qu'elle croyait remarquer. Elle avait raison mais l'ignorait, préférant ne pas l'admettre : cela reviendrait à dire qu'elle était elle-même dépressive ou perturbée.

Quoi qu'il en soit, Digital7.0 l'encourageait à poursuivre dans cette voie, qu'elle ne parvenait pas encore à définir. Elle voyait en lui une riche source de motivation, au même niveau que ses malheurs et son profond chagrin.

Elle découvrit un énième abonnement, sur Instagram cette fois-ci : encore ce Digital7.0. Là aussi, aucun contenu sur son profil. C'était sûrement lui. Ayant l'opportunité de démarrer une conversation avec lui, elle tenta un « Salut ». Comme il prenait du temps à ouvrir son message, elle passa à autre chose.

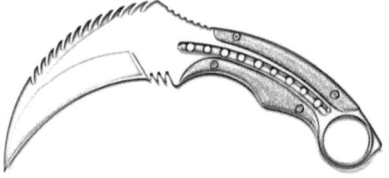

> *Salut ! J'ai vu que tu avais aimé mon commentaire sur ta dernière vidéo YouTube. Permets-moi de te féliciter à nouveau, maintenant que je t'ai en privé.*

Le temps qu'une bonne partie de la journée s'écoule, elle l'avait complètement oublié. D'abord hésitante, elle finit par lui répondre.

> *Merci beaucoup, c'est très gentil*

> *Je t'en prie, c'est sincère. Ton compte m'a tout de suite attiré, vraiment ! En revanche, je ne vais pas te cacher que je me fais du souci te concernant... Tout va bien pour toi ?*

Une personne normale aurait sans doute bloqué le compte. Mais Sohane était très instable et fragilisée par sa souffrance psychique. Cet inconnu semblait lui vouloir du bien, et c'est tout ce qui importait. Alors elle se confia, toutefois modérément.

> *Peine de cœur, hein ? Ce sont les plus violentes... Je comprends mieux maintenant ce que dégageait ta vidéo, ainsi que tes stories, par ailleurs. Mais c'est justement ce qui fait leur force ! Tu parviens à détourner ton mal-être pour en faire une œuvre d'art, et franchement c'est réussi à merveille. C'est avec tes tripes, avec ton âme que tu fais tes vidéos.*

> *Si tu le dis...*

> *Bien sûr que je le dis, car c'est la vérité. On voit que tu crées avec le cœur, peu importe que les gens soient choqués ou non, tu fais ton truc sans être influencée par les regards extérieurs. Tu sais quoi ? Envoie-les tous balader avec leur moral à la gomme, leurs préjugés, et extériorise ton mal !*

Cette dernière partie du message la fit rire, ce qui était le but de la manœuvre. Comme elle ne répondait pas, il poursuivit :

> *Enfin bref, tout ça pour dire que tu fais du bon travail. C'est bien que tu transformes ta souffrance en beauté. Mais je crois que tu peux aller encore plus loin, qu'en dis-tu ? À quand la prochaine étape ? Tu as la volonté nécessaire pour nous offrir du contenu personnel et de qualité, je te fais confiance pour ça.*

CHAPITRE 13

Bravoure ?

Au point où il en était, la douleur ne lui suffisait plus. Il aurait fallu que ce soit Sohane qui la lui procure, mais au physique et non pas au mental comme elle le faisait déjà à distance, à son insu. C'était justement cette distance qui était source de souffrance, il n'avait vraiment pas besoin de ça. L'esprit embrumé par la dépression, il s'enfonçait toujours un peu plus dans les ténèbres. Des idées suicidaires donnaient peu à peu l'assaut.

Il en avait assez, il ne se supportait plus lui-même. Il fallait qu'il réagisse et vite. Tant pis pour les formes. Cela ne servait à rien d'en mettre, puisque les événements ne se déroulaient jamais comme prévu. À mesure qu'il prenait du recul et revenait constamment sur sa situation, il était de plus en plus convaincu de se faire manipuler par Aude. Elle savait sans doute qu'il désirait rompre, alors elle faisait tout pour l'en empêcher. Il en avait vraiment assez.

Un texto était la pire des manières possibles. Il se résolut donc à lui passer un coup de fil.

« — Oui mon amour ?

— Bonsoir Aude.

— Ah, tu m'appelles encore par mon prénom... Décidément, tu ne peux plus te passer de moi ! Tu vas bien ?

— Je suis désolé, Aude, mais je pense qu'on va s'arrêter là tous les deux.

Un long silence s'ensuivit, de nombreuses secondes durant lesquelles Rafael sentait son cœur imploser par l'angoisse et la tristesse. À cet instant, il ne pensait plus à ses soupçons de manipulation, il se reprochait uniquement de la faire souffrir. Mais à cause de la difficulté de l'annonce, il se refermait sur lui-même et son ton en devenait particulièrement froid et distant. Il continua :

— Entre nous ça a été merveilleux, tu m'as beaucoup aidé à affronter ma dépression, car avec toi j'étais heureux. Mais notre relation ne me convient plus désormais, j'en suis profondément désolé.

— T'es sérieux, là ? demanda-t-elle d'un ton sévère et triste après un second silence de malaise.

— Oui je suis sérieux, Aude : c'est fini entre nous.

— Mais... mais... c'est dégueulasse ! cria-t-elle en pleurs, la voix tremblante, jouant la comédie pour bien le faire culpabiliser. Je... c'est de ma faute ? On peut encore arranger les choses.

— Non Aude.

— Mais enfin, pourquoi es-tu si froid avec moi ? hurla-t-elle cette fois, avec des trémolos très convaincants.

— C'est pour que tu comprennes, il n'y a rien que tu puisses faire, je ne changerai pas d'avis. Mais tu sais, on pourra continuer à se voir. J'ai encore énormément d'affection pour toi, nous pourrions rester amis.

Elle avait raccroché avant son dernier mot. »

C'est ainsi que Rafael aurait voulu que leur conversation se déroule. Il n'en fut rien, la lâcheté avait encore gagné la partie. Il se charcuta littéralement le bras en guise de représailles.

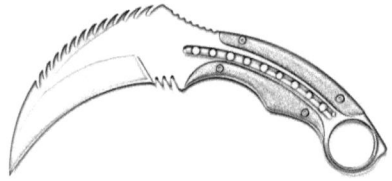

Tandis qu'elle réfléchissait à une idée de vidéo qui ferait suite à la précédente, tout en marchant dans la rue sous le soleil couchant, elle reçut un appel de Rafael, qu'elle refusa. Il insista, alors elle mit son smartphone en mode silencieux. Elle ne voulait plus lui parler, ni ce soir ni jamais. Alors elle supprima le message qu'il lui envoya par la suite sans le consulter. Elle n'avait pas envie de lire des excuses et des promesses en l'air.

Rangeant son smartphone dans la poche arrière de son jean, un mouvement derrière une poubelle attira son attention. Intriguée, elle s'avança doucement. L'espace derrière la poubelle étant plutôt large, ce qui se cachait à cet endroit pouvait être n'importe quoi, ou n'importe qui. Qu'importe, elle se sentait en sécurité avec son plus gros couteau rétractable caché dans sa poche avant. Les mains en dedans, elle aurait vite fait de le récupérer si jamais elle se retrouvait en danger.

Il y avait un attroupement de chats errants affamés. Ce fut la queue de l'un des leurs qui avait attiré son attention. Ils semblaient se disputer quelque chose, essayant tous en même temps d'accéder à un festin. Et quel festin : un rat mort. Quand Sohane l'aperçut parmi la demi-douzaine de chats, elle eut un mouvement de recul. Sa présence était comme invisible aux yeux des félins.

Passé le dégoût, une idée stupide lui vint : et si elle se servait du cadavre du rat pour sa prochaine création ? En tant que fervente défenseuse des animaux, jamais elle n'aurait pu faire de mal à un animal. Mais maintenant que celui-ci était mort... elle n'aurait pas de scrupules, ou très peu. Sans trop réfléchir, elle essaya de gentiment dégager les chats. Ainsi, ils la remarquèrent enfin.

Il était hors de question pour eux qu'elle les prive de leur proie. D'un commun accord, ils se mirent à miauler et à essayer de griffer sa main qui approchait. Le plus âgé et puissant parvint à lui entailler superficiellement un doigt, mais suffisamment pour que Sohane se plaigne de la douleur. Elle s'aida désormais de son pied pour les repousser, toujours en veillant à ne pas leur faire de mal. Elle parvint enfin à se saisir du rat mort, après avoir récolté encore quelques coups de griffes. Contrariés, les chats se dispersèrent, certains en miaulant de mécontentement. Fière d'avoir bravé son dégoût et un troupeau de chats, elle repartit avec sa prise qu'elle avait soigneusement enveloppée dans un mouchoir en papier et placée dans une poche inutilisée de son sac à main.

Une fois chez elle dans sa chambre, après avoir dîné avec son oncle et sa mère, elle fit une nouvelle fois preuve de bravoure en déposant le petit cadavre sur le modeste bureau que la pièce contenait. Une odeur répugnante imprégna la chambre dès lors qu'elle retira le mouchoir : ça sentait les égouts, l'humidité et la charogne. L'odeur avait réussi à imprégner son sac à main. Afin de l'empêcher de se propager dans toute la maison et de pouvoir respirer, elle ouvrit en grand les deux fenêtres de la chambre.

Elle désira commencer à filmer sans prévoir ce qu'elle y ferait durant le tournage. Elle savait juste que le rat crevé et un ou plusieurs couteaux seraient impliqués. De l'art brut, disait son fan anonyme, c'était tout à fait ça. Elle avait confiance : l'inspiration viendrait d'elle-même. Puis il existait la magie du montage, dans le cas où des plans ne lui conviendraient pas.

Il était arrivé, le moment où elle commencerait la prochaine étape.

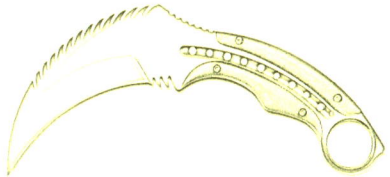

L'expérience aurait été moins éprouvante avec un être humain... du moins le pensait-elle en ce moment, la tête au-dessus de la cuvette des toilettes, en train de régurgiter son repas. Sa prochaine vidéo promettait du sale, encore fallait-il qu'elle trouve le courage de la revisionner pour la monter et la poster. Un goût épouvantable dans la bouche, elle ne s'en sentait présentement pas la force.

Quand son estomac le lui permit, elle se redressa un peu. Son regard se porta sur sa main encore tachée du sang du rat, et elle vomit de plus belle. Un léger tapotement contre la porte des toilettes se fit entendre, suivi par la voix de son oncle lui demandant si tout allait bien. Elle prévint tant bien que mal que ce n'était rien, entre deux haut-le-cœur. Après que ça se fut définitivement calmé, et que Yohan soit parti, elle tira la chasse et se lava les mains au lavabo, puis se rinça la bouche à plusieurs reprises.

Maintenant soulagée, elle rejoignit sa chambre. L'horreur lui sauta au visage lorsqu'elle réalisa que le petit cadavre ensanglanté gisait encore sur le bureau. Il lui fallait s'en débarrasser sans qu'on la voie, affronter une nouvelle fois ce massacre qu'elle avait commis et qui l'horrifiait. Comment un spectacle graphique aussi ignoble pouvait lui avoir provoqué du plaisir à créer ? Cette idée lui était inconcevable, mais vraie. Son vomi n'était pas suffisant pour extérioriser le dégoût qu'elle inspirait à elle-même.

Pauvre petite créature en proie à sa nouvelle lubie.

Il lui fallait un sac poubelle. Afin d'éviter de se faire repérer, elle préféra rejoindre son oncle et sa mère dans le séjour, regarder avec eux la télévision et attendre qu'ils aillent se coucher. En attendant, elle laisserait la pièce bien aérée. Après avoir vérifié que les fenêtres soient toujours grandes ouvertes, elle sortit en refermant la porte derrière elle puis descendit.

— Depuis quand tu aimes les westerns ? demanda sa mère en la voyant s'installer avec eux sur un fauteuil.

— Tu te sens mieux ? s'interrogea Yohan, décidément plus bienveillant.

— Oui ça va, j'ai eu du mal à digérer. Là j'ai besoin de me changer les idées.

En guise de réponse, il lui sourit. Pascale, quant à elle, se contentait de regarder pour la millième fois *Le bon, la brute et le truand* sans s'inquiéter outre mesure de l'état de sa fille. Parallèlement, elle pianotait sur son smartphone de nombreux messages à Pascal, au point où l'on pouvait se demander ce qui captait le plus son attention.

CHAPITRE 14

Rupture

Cela faisait une heure que Rafael restait allongé sur le dos, le regard désespérément dirigé vers son plafond sans saveur, comme sa vie. Le désespoir le clouait au lit. Il ne savait plus quoi faire, le courage lui manquait pour tout.

Il prit son téléphone, prêt à écrire un énième message à Sohane, mais se ravisa : ne toujours pas obtenir de réponse le rendrait plus mal qu'il ne l'était déjà. Il chercha sur ses réseaux sociaux mais ne trouva rien puisqu'il était resté bloqué. Puis il tenta un message de rupture à Aude, qu'il n'envoya finalement pas, sans toutefois l'effacer.

Sa seule envie était de se faire du mal, mais il se faisait violence afin de ne pas reproduire à nouveau cet acte qui le terrifiait. Ses bras avaient déjà bien morflé de ce masochisme précoce. Il fit quelques recherches sur le net afin de se renseigner sur cette déviance sexuelle. Les informations recueillies n'étaient pas très claires, seul un spécialiste aurait été en mesure de lui expliquer vraiment ce dont il souffrait.

Il se résolut à en contacter un et à prendre rendez-vous, le plus tôt possible. Il venait de réaliser qu'il était à bout et qu'il ne pourrait s'en sortir seul. Sa relation avec Aude ne lui permettrait pas d'aller mieux, et l'unique personne à qui il souhaitait se confier ne voulait plus rien avoir affaire avec lui. Alors aux grands maux, les grands remèdes.

Lorsque la force du désespoir arrêta d'écraser sa poitrine, chassée par l'espoir de se sentir mieux après sa nouvelle résolution, il parvint à sortir de son lit miteux. Il s'étira de tout son saoul afin de détendre ses muscles endoloris. Un regard vers son ordinateur lui donna l'envie d'écouter à nouveau sa composition/cadeau pour Sohane, pensant que cela lui donnerait du courage pour affronter cette nouvelle journée, loin d'elle certainement.

À moins qu'il ne trouve le courage de rompre, aujourd'hui. La tâche semblait perdue d'avance, jusqu'à ce que les notes de sa mélodie fassent naître en lui une sorte de motivation nouvelle, un courage qui lui avait cruellement fait défaut jusque-là. Et cette fois-ci, il était sûr de son coup. Sa composition lui donnait la larme à l'œil et l'envie de sortir une bonne fois pour toutes de cette situation.

Il sortit son téléphone, ouvrit la conversation SMS avec Aude, puis appuya sur la touche d'envoi.

Comme s'il venait de commettre la pire erreur de sa vie, il éteignit son téléphone, incapable d'affronter les retombées de son geste. La fuite s'était imposée d'elle-même. Courageux, mais pas téméraire, se dit-il. Concernant l'élue de son cœur, il attendrait que la situation évolue encore avant de lui annoncer la nouvelle – enfin, s'il se décide à se confronter à Aude, ce qui n'était pas gagné.

Il s'attendait à être traité de pire des salauds à cause de sa méthode et des motifs de sa rupture. Mais il voyait cela comme un mal pour un bien qui l'amènerait vers le bonheur et l'amour de sa vie. Il était prêt à subir les foudres de celle qu'il considérait désormais comme son ex. Son futur psychologue saurait l'aider à gérer cette crise, entre autres.

En tapant des mots clefs bien précis, il en chercha un sur internet. Il prit bien son temps, ne prenant pas le sujet à la légère, il lui fallait trouver LE bon spécialiste. Après une bonne demi-heure de recherche, son choix se porta sur une certaine

Cynthia Touillez. Les avis, mais surtout son ressenti, l'avaient convaincu qu'elle pourrait lui venir en aide. Comme il ne souhaitait toujours pas allumer son smartphone, il se résolut à se servir du fixe au rez-de-chaussée, en prenant soin de ne pas être surpris par son paternel. Il obtint un rendez-vous pour le lundi 28 juillet, soit dans trois jours, à 10h. Il avait particulièrement hâte, espérant que cette thérapie lui permettrait de chasser ses démons.

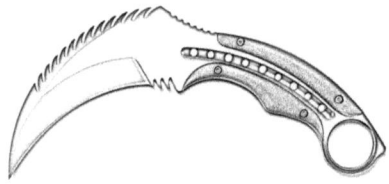

Sohane avait passé sa matinée à visionner des vidéos humoristiques sur YouTube, essayant de se changer les idées, obtenant un relatif succès. Elle avait pourtant besoin d'oublier Rafael et son activité de la veille : tâche ardue, elle en était bien consciente, tant les deux sujets lui tenaient à cœur.

Après un repas en famille silencieux, sans appétit, elle s'isola de nouveau dans sa chambre, découvrant un nouveau message de Digital7.0 :

> *Coucou Sohane. J'espère que tu vas bien. Lors de notre dernier échange, tu m'as confié être en panne d'inspiration pour de prochaines vidéos. Serait-elle désormais revenue ? Si jamais tu as besoin de conseils, n'hésite pas. En tout cas, j'espère sincèrement que tu te sens mieux. Ton fan dévoué.*

Ainsi, elle lui répondit qu'elle avait effectivement eu une idée de vidéo mais qu'elle n'osait pas sauter le pas du montage puis de la diffusion. Elle le rassura également sur son état de santé qui s'était amélioré, bien que modestement. Sur ce, son étrange correspondant lui proposa de visionner la vidéo brute afin de lui en faire un retour, ce qu'elle fit sans trop hésiter. Après quelques minutes, elle reçut une réponse :

> *Je suis sans voix... c'est magnifique ! Enfin, artistiquement parlant j'entends. Avec un petit montage de ton cru, le résultat n'en sera que plus spectaculaire. Tu as une âme d'artiste, tu le sais ? Et non, je ne me lance pas dans une vaine tentative de flatterie, car non seulement tu n'as pas besoin de cela, mais aussi je pense sincèrement ce que je dis. Je ne te cache pas être friand de vidéos dans ton style sur le net, mais ton travail me touche particulièrement, il sort clairement du lot. Tu n'as pas à avoir honte de ton travail.*

> *En revanche, je comprendrais que tu désires garder tout cela pour toi, même si je suis sûr que d'autres personnes comme moi attendent avec impatience de découvrir tout ton potentiel.*

Bien qu'il ne s'agît nullement de flatterie – mon œil, ouais – , Sohane fut soudainement fière comme un coq à la lecture de ce message, gonflée à bloc par une motivation nouvelle. Elle ne pouvait pas contrarier ou faire attendre ses fans, bien sûr, alors elle était désormais décidée à faire son montage et à poster sa vidéo.

Cherchant à créer un effet de surprise chez son mystérieux fan, elle commença son travail sans répondre à son message. Elle préférait s'en occuper une fois seulement la vidéo en ligne. « *Si seulement Rafael pouvait se montrer aussi bienveillant et attentionné que mon correspondant* », pensa-t-elle.

Tandis qu'elle travaillait sur son montage, elle put constater que son plan fonctionnait à merveille : Digital7.0 renvoyait un message, demandant si tout allait bien et s'il ne l'avait pas contrariée d'une quelconque manière. Sans doute était-il étonné par son "vu" lâché sans réponse en retour. Sohane sourit tout en cliquant sur sa souris, préparant sa vidéo. La motivation la faisait avancer particulièrement vite.

Lorsque la page YouTube lui annonça fièrement la mise en ligne de sa dernière œuvre, elle prit enfin la peine de répondre avec un message qui se voulait mystérieux. Son correspondant, malin, décrypta la réponse et consulta immédiatement la page de Sohane. Alors que la vidéo défilait sous ses yeux, un sourire satisfait se dessina sur ses lèvres.

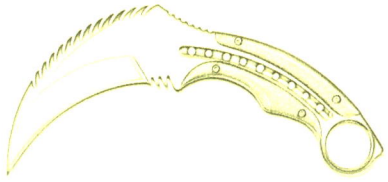

Rafael avait passé une journée en solitaire à la forêt domaniale de Raismes, un bus l'y ayant déposé. Il avait besoin de calme, de nature, mais aussi de fuir les lieux où Aude aurait l'idée de le retrouver. Il n'avait pas encore rallumé son téléphone, de peur de découvrir des messages et appels vocaux de sa part. Il s'était contenté de piqueniquer seul et de se promener, diverses pensées plein la tête, faisant un point sur sa vie avec lui-même.

Environ trois ans plus tôt, des crimes affreux avaient été perpétrés en ces lieux. Cela avait fait le buzz, impossible de ne pas en entendre parler lorsque l'on vivait dans le Hainaut, peut-être même dans le Nord tout entier. Mais depuis le temps, l'engouement des curieux pour l'événement s'était considérablement amoindri, les sorties touristiques clandestines se faisaient rares. Peut-être était-ce psychologique, mais Rafael croyait ressentir les énergies néfastes du passé alors qu'il traversait la partie la plus proche des anciennes scènes de crimes. Il ne s'était pas éternisé dans ce coin de la forêt.

Durant le trajet du retour, installé au fond du bus avec la capuche sur la tête, comme un cliché vivant, il se résolut à rallumer son smartphone. Ses craintes s'étaient révélées fondées : pas moins de trente-six messages écrits sur différents réseaux, onze appels en absence et autant de messages sur le répondeur, neuf messages vocaux sur WhatsApp pour un total de seize minutes d'écoute... et rien de Sohane. Son cœur avait fait un bon lorsque l'intégralité des notifications avait afflué. C'était peut-être pire que ce qu'il avait imaginé au final. D'autant plus que les derniers messages écrits stipulaient qu'elle l'attendait devant chez lui, et qu'elle ne bougerait pas tant qu'ils n'auraient pas eu une conversation sérieuse. Il savait donc à quoi s'attendre en rentrant, et une boule d'angoisse se bloqua dans sa gorge.

Cela n'avait pas manqué. Il la trouva debout, bras croisés, à guetter. Lorsque leurs regards se croisèrent, ils s'immobilisèrent. Visiblement, elle attendait qu'il s'approche de son plein gré pour l'aborder, ou l'agresser. Rafael ne savait dire s'il y avait plus de tristesse ou de colère dans ses yeux humides. Il n'y avait qu'un moyen d'en avoir le cœur net.

La première réaction d'Aude face à lui fut de lui infliger une gifle monumentale. Si cela avait été possible, sa tête aurait fait une rotation à 360° avec la violence du coup. Très vite, il porta une main à sa joue endolorie.

— T'es sérieux ? Tu me jettes comme une vieille chaussette, par message en plus ! hurla-t-elle.

— Rentre chez toi Aude, tu vas manquer le dernier bus, marmonna-t-il comme seule réponse, le regard fuyant vers le bas.

— Explique-moi d'abord.

— J'ai tout dit dans le message…

— Mais putain Rafael ! Tu ne peux pas me laisser comme ça, sans explication.

— Il n'y a rien à expliquer, c'est comme ça.

— C'est à cause de cette salope de Sohane machin ? C'est ça ?

Cette fois-ci, Rafael resta silencieux, trahissant cependant sa réponse avec un langage corporel involontaire.

— Pardon, je n'avais pas à parler comme ça... Tu ne m'aimes plus ? Tout ce qu'on a vécu ne comptait pas pour toi ?

— Si, bien sûr.

— Tu es tellement froid avec moi... Pourquoi tu te comportes comme ça Rafael ? Ça ne te ressemble pas, vraiment pas... On t'a demandé de me quitter ?

— Ne dis pas n'importe quoi.

— Non mais je rêve, c'est toi qui dis n'importe quoi ! Je t'aime Rafael, et je sais que tu m'aimes toi aussi, ça n'est pas possible autrement.

La situation commençait sérieusement à agacer et effrayer Rafael. Il avait l'impression d'être embourbé dans de dangereux sables mouvants. Ainsi, il vit la fuite comme étant son seul refuge. Alors il commença à gravir les trois marches menant à sa porte d'entrée. Mais une poignée de main violente vint lui agripper le bras.

— Ne me laisse pas comme ça !

— Mais lâche-moi enfin !

— Non.

Le ton était ferme, le regard haineux. Lorsque leurs yeux se croisèrent, Rafael ressentit pour la première fois de la peur face à Aude. Elle avait toujours été dure, mais en cet instant il ne la reconnaissait pas. Il agita son bras pour échapper à sa prise mais elle tenait bon, le fusillant toujours du regard.

— En fait, tu es un beau salaud. Tu as joué la comédie avec moi, sinon tu ne me traiterais pas comme ça.

Dans un dernier mouvement désespéré, Rafael réussit à dégager son bras. Ne lui laissant pas le temps de l'agripper à nouveau, il ouvrit sa porte d'entrée et se glissa à l'intérieur. Il la referma derrière lui à temps, avant qu'elle ne force pour entrer. Il se sentit dans l'obligation de donner un coup de verrou, alors qu'Aude l'insultait copieusement en criant. Il sursauta même quand elle donna un violent coup de pied sur la porte.

Transpirant, le cœur battant à tout rompre, il s'adossa le long de la porte et se laissa tomber au sol. Ce fut alors qu'il vit son père au bout du hall, plusieurs points d'interrogation dansant au-dessus de la tête. Puis, ne sachant absolument pas quoi faire, il décida de reprendre ses occupations et partir, sans prendre la peine de se renseigner sur l'état de son fils. S'il avait un problème, il viendrait se confier, non ? Rafael, bien que sous le choc, fut tout bonnement dégoûté par la réaction de son paternel.

Troisième partie

Bienséance

CHAPITRE 15

Point de non-retour

Depuis qu'elle était repartie, plus aucune nouvelle d'Aude. Rafael avait de nouveau éteint son téléphone, pour le rallumer juste avant de s'endormir. Aucune notification n'était venue lui causer de l'angoisse. Il le posa donc sur sa table de nuit avant de rejoindre les bras de Morphée.

Un bruit insupportable de vibreur et une faible lumière l'arrachèrent aux rêves pour revenir dans sa triste réalité. Tout en bougonnant, il saisit son téléphone puis essaya de lire l'écran sans se blesser les yeux avec la lumière. À sa grande surprise, il vit que Sohane tentait de le joindre par appel WhatsApp. Cette fois-ci, il ne réfléchit pas et décrocha sans se poser de questions.

— Sohane, je suis si heureux que tu acceptes enfin de…

— J'ai besoin d'aide Rafi ! le coupa-t-elle en hurlant, obligeant Rafael à effectuer un mouvement de recul.

Dans sa hâte de l'entendre enfin, il n'avait pas réalisé qu'elle sanglotait au téléphone. Maintenant qu'il l'avait bien compris, tous ses sens furent en alerte. Il se redressa sur son lit et lui demanda ce qui n'allait pas.

— Je.. j'ai… j'ai fait des… une chose… ça m'a échappé, je…

Rien de ce qu'elle disait n'avait de sens pour Rafael. Alors il lui demanda gentiment et le plus doucement possible de se poser, prendre une bonne respiration et se calmer. Vaine tentative, elle restait confuse et parlait peu en balbutiant.

— Où es-tu ?

— Aide-moi, s'il te plaît.

— Soh-Soh, je dois savoir où tu te trouves pour t'aider.

— Déjà là…

— Comment ça ?

— Devant chez toi…

— D'accord, j'arrive tout de suite !

Il réalisa qu'elle avait raccroché avant qu'il ne termine sa phrase. Désormais extrêmement inquiet, il sortit en trombe de son lit, enfila un pantalon par-dessus son caleçon et un tee-shirt trouvé à la va-vite puis sortit de sa chambre en courant presque, avant de réaliser que son paternel dormait juste à côté. Afin de ne pas se faire repérer, il ralentit la cadence, d'autant plus que le parquet de l'étage grinçait énormément. L'avantage était que les deux locataires s'y étaient suffisamment accoutumés pour ne pas être réveillés au moindre grincement.

Dès qu'il ouvrit sa porte d'entrée, il tomba nez à nez avec son amie d'enfance. Cependant, son regard se braqua et se figea sur sa main droite et son débardeur, tachés de sang. Il cligna exagérément des yeux, espérant sortir d'un étrange rêve. Malheureusement il se trouvait bel et bien dans la triste réalité. Recouvrant ses esprits, il plongea son regard dans celui de Sohane, les yeux plus rouges, humides et gonflés qu'il ne les avait jamais vus.

— Mon Dieu, tu es blessée ? s'inquiéta-t-il.

— Ce n'est pas mon sang... articula-t-elle à peine, tremblante comme si elle mourait de froid.

— Qu…

— Aide-moi.

Cette demande implorante l'obligea à l'amener doucement vers lui afin qu'elle se réfugie dans la maison. À l'instant où il eut fermé puis verrouillé la porte, elle se blottit contre lui en l'entourant de ses bras, dans son dos. Rafael ressentit qu'elle tremblait. Abasourdi, il resta immobile un long moment. Sohane finit par desserrer son étreinte tout en laissant ses bras autour de lui. Comprenant le message corporel, il se retourna pour la prendre à son tour dans ses bras. Ce moment d'étreinte tant attendu ne fut pas aussi romantique que ce qu'ils avaient espéré auparavant.

Après un long câlin qui permit à Sohane de se calmer et de mettre un terme à ses tremblements, Rafael l'invita à se rendre dans le salon. Alors qu'elle s'asseyait, il lui proposa à boire. Comme elle déclina l'offre d'un simple signe de tête, il s'installa auprès d'elle avec une distance de quelques centimètres. Personne n'osa parler pendant un temps qui lui sembla une éternité. Il constata que ses mains tremblaient de nouveau et qu'elle jouait avec ses doigts ensanglantés, la tête basse. L'angoisse montait chez Rafael qui s'imaginait des scénarios plus improbables les uns que les autres.

— Sohane, qu'est-ce qui se passe ?

Elle ne répondit pas, continuant à trifouiller maladivement ses doigts. Rafael s'attendait définitivement au pire. Pour le moment, il avait l'impression de se trouver devant une folle telle que celles caricaturées dans les films.

— Sohane ? Réponds-moi, s'il te plaît. Je suis vraiment inquiet.

— Désolée, je... j'ai du mal à parler.

— Ce n'est pas grave. Prends le temps qu'il te faut.

— Tu peux me prendre dans les bras ?

Il s'exécuta sans broncher, inutile de répondre. Ce contact avait le mérite de la détendre, et lui aussi au passage. Il attendrait qu'elle soit prête à se confier.

— Je ne savais pas vers qui me tourner. J'étais perdue. J'ai merdé, Rafi.

— Tu peux tout me dire, Soh-Soh. Quoi que tu aies à me raconter, ça restera entre toi et moi. Tu peux me faire confiance.

— Je n'en suis pas si sûr, mais tu es mon seul espoir.

Il prit cette remarque sur lui, bien qu'elle lui soit difficile à avaler, surtout venant de sa part. Mieux valait attendre qu'elle poursuive en respectant sa parole, histoire de remonter dans son estime.

— Comment dire… je ne sais pas par où commencer.

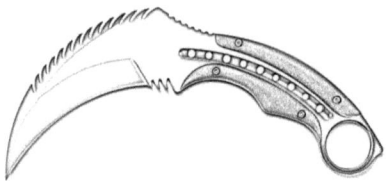

Au fond d'elle-même, elle savait qu'il s'agissait d'une très mauvaise idée. Pourtant, elle fonça tête baissée vers celle-ci, motivée par sa dernière conversation avec Digital7.0. Il ne la lui avait nullement soufflée, mais malgré la dangerosité et la bêtise de cette idée, elle était convaincue qu'elle plairait à ses abonnés.

Elle avait attendu 2h du matin pour se permettre sa petite escapade nocturne, dans le but d'augmenter ses chances de réussite. À défaut d'une personne consentante, elle trouverait une personne endormie – qui ne dit mot consent, paraît-il. Elle avait marché une bonne demi-heure pour quitter la ville de Vred pour se rendre à Rieulay. Une fois qu'elle eut dépassé le panneau d'entrée d'agglomération, elle tenta d'ouvrir une porte d'entrée au hasard. Avec un peu de chance, une personne n'aura pas verrouillé son logement pour une raison ou une autre. Justement, la chance semblait lui sourire car elle trouva ce qu'elle cherchait après seulement trois essais.

Munie de son couteau préféré, celui en forme de griffe d'oiseau, elle pénétra dans une maison, sans être gênée par cette intrusion illégale. Elle referma derrière elle le plus silencieusement possible puis prit le temps d'observer son nouvel environnement. Aveuglée par son objectif, elle se sentait sereine. Comme il n'y avait ni son ni lumière allumée, elle en conclut qu'elle ne rencontrerait personne durant son trajet jusqu'à l'étage.

À pas de loup, elle monta les escaliers du hall d'entrée. En haut des marches, elle prit une autre pause et regarda partout autour d'elle. Trois portes étaient à sa disposition. Elle ouvrit la première, pour trouver un bureau vide. Comme rien ne l'intéressait ici, elle tenta sa chance avec la deuxième porte. Bingo : elle débouchait sur une chambre dans laquelle quelqu'un dormait, confortablement installé dans son lit, un bras dépassant de sous la couverture. D'après la pilosité élevée et le niveau sonore du ronflement, il s'agissait d'un homme. Ce bras nu tombait à pic.

Sohane s'approcha prudemment, son couteau à la main, tenu si fermement qu'elle en avait les phalanges blanchâtres. Le stress commençait à monter, à n'en point douter. Une fois tout près du propriétaire des lieux, elle s'arrêta, prise d'un terrible doute. Et s'il se réveillait ? Dans la précipitation, elle ne s'était pas posé cette question, pourtant évidente, en amont. Finalement, une après-midi et une soirée n'avaient pas été suffisantes pour élaborer un plan au point. Ce dernier s'était réduit à du fantasme et du hasard, rien de plus. Mais maintenant qu'elle y était, elle n'allait pas rebrousser chemin.

L'hésitation passée, elle récupéra son smartphone de la poche arrière de son jean, ainsi qu'une petite lampe-torche. Le faisceau de cette dernière éclairerait la zone de peau à inciser, tandis que son téléphone filmerait la scène. Voici la seule chose qu'elle avait préparée mentalement, oubliant même de prendre sa caméra pour un meilleur rendu ou de camoufler son visage, ce qui était plus grave encore. Tant pis, elle irait vite, la personne n'aura pas le temps de se rendre compte de quoi que ce soit. Elle alluma sa torche et démarra sa prochaine vidéo.

Lorsque la lame se trouva à quelques millimètres de la peau, elle stoppa son mouvement, à nouveau hésitante. L'idée qu'il s'agissait d'une terrible erreur se fit plus insistante que jamais, enfin elle semblait la ramener à la raison. Blesser quelqu'un pour faire le buzz ? Risquer le couperet de la justice pour des likes ? Perdre beaucoup pour gagner uniquement en popularité ? Rien ne semblait valoir réellement le coup.

Le temps qu'elle se pose les bonnes questions – bien trop tardivement, vous en conviendrez –, l'homme fit un mouvement en grognant. Sohane constata avec horreur que le faisceau de sa lampe visait directement les yeux de l'endormi, le réveillant progressivement. Dans ses pensées, elle n'avait pas réalisé l'affaissement de sa main et la nouvelle trajectoire de la lumière. Totalement pétrifiée par la peur, elle ne réagit pas alors que les paupières de l'homme se soulevaient péniblement, la luminosité lui piquant les yeux.

Comme elle ne bougeait toujours pas, l'inconnu dérangé dans son intimité remarqua Sohane, sans toutefois la discerner tout à fait, et retira vivement sa main, en proie à la panique. Ce geste furtif et maladroit lui valut de se couper le dos de la main contre la lame affûtée. Il cria de peur et de douleur, saisissant son poignet en observant sa plaie profonde et coulante de sang, repérable malgré l'obscurité.

Réagissant enfin, Sohane lui répéta « chut » à de nombreuses reprises en secouant les mains, dans l'espoir que cela suffirait à le calmer et à réparer son erreur. Le propriétaire fit un mouvement brusque de sa main valide en direction de sa lampe de chevet, souhaitant l'allumer. Mais l'esprit affolé de Sohane interpréta ce geste comme une attaque contre sa personne. D'un réflexe presque animal, elle frappa violemment de son couteau la main dans son élan. Un doigt fut tranché net, provoquant de petits jets de sang. Cette fois-ci, l'homme hurla. Impulsivement, comme si elle souhaitait qu'il se taise, elle réitéra son coup en direction de sa gorge.

Elle laissa son couteau planté dans le corps de l'homme agonisant et fit un mouvement de recul, mettant sa main désormais libre à sa bouche, choquée par la disproportion de ses actes. Elle éclaira l'homme qui s'agitait faiblement en faisant des gargouillis épouvantables, s'étranglant dans son propre sang. Il retira le couteau de son cou qu'il jeta, un jet puissant éclaboussa Sohane d'hémoglobine sur son débardeur. Bien qu'il comprimât sa plaie, il ne parvint pas à arrêter l'hémorragie. Ses forces le quittèrent peu à peu, jusqu'à ce que son corps se transforme en vulgaire cadavre.

Une fois le spectacle macabre terminé, Sohane se mit à pleurer et à sortir de la pièce en trombe. Dans sa course jusqu'au rez-de-chaussée, elle trébucha à la dernière marche et tomba à plat ventre. La douleur à la poitrine fut terrible, mais la peur lui donna la force de se relever immédiatement.

Sanglotant, elle sortit de la maison et courut quelques mètres dans la rue, s'arrêtant contre un lampadaire, essayant de se calmer et de reprendre son souffle.

La pression baissant, elle tomba par terre, adossée, se laissant aller à pleurer toutes les larmes de son corps. Qu'avait-elle fait ? Elle avait l'impression de se trouver en plein cauchemar. Aucun retour en arrière possible désormais : cette idée la terrifia, la fatalité l'écrasa de tout son poids. Si elle ne faisait rien, sa vie était foutue. Que pouvait-elle faire ? Il lui fallait de l'aide, mais à qui en réclamer ?

C'est alors qu'elle réalisa qu'elle se trouvait à proximité de la maison de Rafael et son père. Elle interpréta ce fait comme un signe du destin. Réalisant qu'elle tenait toujours fermement son téléphone et sa lampe-torche, elle observa l'écran qui indiquait que la vidéo tournait toujours. Elle la coupa et chercha dans son répertoire le numéro de son ami d'enfance.

La fin, il la connaissait.

Rafael était sur le cul. Il avait été à mille lieues d'imaginer une histoire pareille. Sans doute par un mécanisme d'autodéfense inconscient, préférant nier ces événements, il s'imagina qu'elle se jouait de lui pour le punir de son comportement envers elle. Oui, il aurait préféré qu'elle se foute de sa gueule. Malheureusement, il devait se rendre à l'évidence qu'elle ne simulait aucunement.

— Que puis-je faire pour t'aider ?

Elle lui lança un regard surpris. Elle ne s'attendait pas à une réaction aussi simple que celle-ci. Et pourtant, il avait simplement décidé de faire ce pour quoi elle l'avait contacté. Il l'aimait, alors il n'allait certainement pas la laisser seule face à sa détresse.

— Ben quoi ? C'est bien pour ça que tu es venue me retrouver, et tu as eu raison.

— Oui d'accord, mais je ne m'attendais pas à ce que tu te proposes aussi facilement... Bref. En vrai, j'attendais de toi que tu m'aides à trouver quoi faire maintenant que je suis dans cette situation catastrophique.

— Je crois qu'avant tout, il faut se rendre à nouveau sur les lieux, au cas où... l'homme serait encore en vie.

— Je ne peux pas retourner là-bas ! s'emporta-t-elle soudain. Et puis je suis certaine qu'il est mort, je l'ai tué Rafi !

— Calme-toi Soh-Soh. Si tu paniques, ça risque de mal se passer, il nous faut rester lucides. Vivant ou mort, nous devons en avoir le cœur net, à moins que tu ne préfères prévenir la police d'abord ?

À cette question, elle baissa la tête, se caressant l'avant-bras. L'idée de tomber sous le coup de la justice la terrifiait. Finalement, celle de retourner sur les lieux de son crime lui parut préférable. Alors elle hocha doucement la tête.

— Bien. On y va tout de suite, ne perdons pas de temps. C'est loin d'ici ?

— Difficile à dire, j'ai couru… Non, pas si loin que ça, c'est à Rieulay en tout cas. Je vais tenter de nous y emmener.

Sans attendre, elle se dirigea vers la sortie, Rafael sur ses talons. Toutefois, il la coupa dans son élan pour lui conseiller de passer d'abord faire un tour à la salle de bain, afin de se débarbouiller un peu. Tandis qu'elle s'exécutait, il rejoignit sa chambre le plus discrètement possible afin d'y récupérer un jean et un tee-shirt à prêter.

Il pénétra dans la salle de bain en oubliant de frapper. Il trouva son amie d'enfance en sous-vêtements devant l'évier. Leurs regards gênés se croisèrent durant une fraction de seconde avant que Rafael ne détourne la tête en tendant ses affaires. Elle les saisit en le remerciant. Malgré l'urgence de la situation, ce moment avait été troublant pour l'un comme pour l'autre.

Une fois qu'elle fut débarrassée du sang et habillée de vêtements propres, elle rejoignit Rafael dans le hall d'entrée puis ils sortirent ensemble.

CHAPITRE 16

Confidences

Dans la salle d'interrogatoire, deux lieutenants de police hurlaient sur Sohane, crachant un flot continu de questions sur son crime de la nuit, ne lui laissant pas le temps de répondre. L'un des deux lui donna même une violente gifle. Le second, quant à lui, sortit l'arme du crime encore couverte de sang frais du sachet de pièces à conviction. Menaçant, il s'approcha de Sohane et lui demanda quel plaisir elle trouvait à découper les chairs. Prétextant avoir besoin de comprendre en se mettant à sa place, il lui trancha la gorge.

Bien que se sachant à l'abri, du moins pour le moment, le subconscient de Sohane n'eût de cesse de lui infliger des visions d'horreur durant ses rêves. En se réveillant de ce dernier cauchemar, elle se redressa vivement en portant une main à sa gorge. Bien sûr, il n'y avait aucune plaie. Cela ne suffisait pas à la rassurer, elle prit quelques minutes pour s'apaiser.

Elle consulta son téléphone, constatant que Digital7.0 lui avait envoyé un message. Considérant que tout était de sa faute, elle préféra ignorer le message pour le moment et en écrire un à Rafael. Elle n'oubliait pas que son cœur était brisé par sa faute, cependant il représentait son seul repère au milieu de cette terrible situation dans laquelle elle s'était fourrée.

> *Coucou. Merci pour cette nuit*

C'était tout. Finalement, face à son écran, elle avait perdu ses mots, hésitant entre lui écrire un monologue digne d'une pièce de théâtre tragique ou bien un message sobre. Maintenant qu'il était envoyé, elle attendait la réponse avec une certaine appréhension. Cette dernière arriva plutôt rapidement.

> *On peut se voir en fin de matinée ?*

C'était vraiment loin de la rassurer. Mais puisqu'elle était disponible et qu'elle souhaitait en terminer au plus vite, elle lui répondit favorablement, précisant que cela pouvait être tout de suite si ça lui convenait. Comme il confirmait, il lui donna rendez-vous chez lui. Ses messages étaient froids, il paraissait distant. En même temps, elle l'avait rendu complice de meurtre, elle pouvait difficilement s'attendre à un élan d'enthousiasme de sa part.

En proie à différentes angoisses, celles-ci s'exprimaient corporellement, ce qui n'échappa pas à l'œil avisé de son oncle Yohan lorsqu'elle arriva au rez-de-chaussée.

— Tout va bien ma puce ?

Comme elle n'avait pas fait attention à sa présence, elle sursauta. Il s'excusa de lui avoir fait peur tandis qu'elle portait une main à sa poitrine.

— Ce n'est rien. Oui je vais bien.

— Tu vas voir ton ami ? l'interrogea-t-il, inquiet pour elle mais absolument pas pour la bonne raison.

— Oui… mais ce n'est pas ce que tu crois. Ça va mieux entre nous. On est juste amis.

Même s'il n'en pensait pas moins, Yohan lui fit un petit sourire en hochant doucement la tête. Il ajouta que si elle avait besoin de parler, il serait là. Sohane le remercia, osa même venir lui déposer un baiser timide sur la joue, puis prit le chemin de la sortie. Il l'observa s'en aller jusqu'à ce que la porte d'entrée se referme, songeant aux ravages d'un chagrin d'amour.

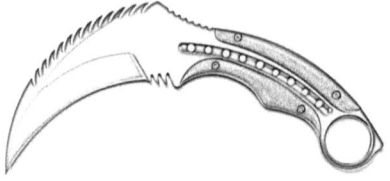

De son côté, Rafael n'avait absolument pas dormi. Après leur activité illicite de la nuit, il s'était senti terriblement coupable. Dans un même temps, il avait pris sa décision en faveur de l'amour de sa vie. La savoir en prison loin de lui aurait été pire que tout, alors il lui avait proposé de faire disparaître toute trace de son passage sur les lieux. N'ayant aucun lien, direct ou indirect, avec la victime, personne ne serait amené à la soupçonner. Ils avaient également récupéré le couteau à terre, à quelques mètres du corps. Rafael l'avait conservé pour le nettoyer, Sohane ne se sentait pas prête à récupérer l'objet de son crime. Pour finir, ils avaient dérobé quelques affaires afin de faire croire à un cambriolage qui aurait mal tourné, avant de s'en débarrasser dans des poubelles publiques.

Il se sentait fier et brave d'avoir pris cette décision difficile d'aider son amie malgré tout ce que cela impliquait. Toutefois, le poids de la culpabilité était particulièrement écrasant. Complicité de meurtre. Il ne parvenait toujours pas à y croire, ne se sentant absolument pas prêt psychologiquement à prendre une telle responsabilité. Il espérait que comprendre la raison des actes de Sohane lui permettrait de se sentir mieux et d'y voir plus clair, d'où la raison du rendez-vous. Car pour le moment, elle avait manqué de se justifier.

Bien qu'il se soit montré distant dans ses messages, il ne lui en voulait pas. S'il était mal avec ce qu'elle avait fait, ce n'était pas sa faute à elle. Il refusait de la faire se sentir coupable, puisqu'il avait choisi seul de s'impliquer de cette manière. Alors, pour extérioriser son mal-être, il s'était infligé plus de douleur physique qu'il n'en avait éprouvée jusque-là. Sauf que cette autopunition lui avait procuré un plaisir qu'il ne souhaitait pas ressentir. À terme, elle était devenue un moyen pour lui de se soulager.

Cette fois-ci, il s'était attaqué à la cuisse, seul endroit toujours à couvert alors que c'était la saison des tenues légères. L'idée étrange qu'il était désormais lié à la victime de Sohane en tête, il s'était servi du couteau en forme de griffe pour se scarifier. Des entailles plus longues et profondes que les précédentes. Le plaisir procuré l'avait poussé à se masturber en même temps. Après avoir éjaculé sur lui-même, horrifié, il avait jeté le couteau au loin et s'était mis à pleurer toutes les larmes de son corps jusqu'à l'aube, en boule sous les draps.

Il resongeait à ça lorsque Sohane lui envoya un message afin de signaler sa présence. Alors il sortit de ses souvenirs pour revenir dans la réalité. Il cacha son drap-housse et ses mouchoirs usés tachés de sang et de sperme à l'aide d'une couverture, ainsi que son désinfectant et ses pansements dans un tiroir de sa table de nuit, avant de la rejoindre. Une fois devant elle, ses yeux ne purent supporter son regard alors il détourna le sien.

— Salut Rafi.

— Salut... on va monter dans ma chambre si tu veux bien, je ne préfère pas sortir.

— Ça me va, confirma-t-elle malgré sa surprise.

Fuyant toujours son regard, il la laissa passer et referma derrière elle, les plongeant dans l'obscurité naturelle du hall sans fenêtre. Elle monta la première car il ne se décidait pas à bouger. Ils parvinrent à sa chambre le plus silencieusement possible afin de ne pas réveiller Pascal toujours endormi. Rafael lui proposa de s'asseoir sur sa chaise de bureau, plus confortable que son lit. La raison principale était pourtant qu'il ne souhaitait pas qu'elle découvre ce qui se cachait sous la couverture.

— Mon père ne s'est visiblement rendu compte de rien. Une vraie larve, ce type, je ne comprends pas ce que ma mère lui trouvait.

Le ton était donné, Rafael ne semblait pas du tout de bonne humeur. La tension était palpable, Sohane en devenait encore plus mal à l'aise. De plus, Rafael laissa place à un silence pesant, regardant le sol comme s'il observait un insecte se promener. Ce fut donc à Sohane de briser le silence.

— Voilà, je suis là. De quoi voulais-tu qu'on parle ?

— À ton avis ? répliqua-t-il sèchement.

Comme elle ne répondit pas, il soutint son regard pour la première fois de la journée et poursuivit :

— J'aimerais comprendre, Sohane. Je crois que tu me dois bien ça, après ce que j'ai fait pour toi.

— Je sais... d'ailleurs, je ne t'ai pas encore remercié.

— Non, en effet.

— Pardonne-moi, et merci Rafi. J'étais complètement perdue, je ne savais plus quoi faire ni vers qui me tourner, et tu m'as aidée plus que je ne l'aurais imaginé. Je ne sais pas ce que j'aurais fait sans toi. Tu mérites des explications, même si je ne sais pas vraiment expliquer ce qui m'a pris.

— Essaye toujours, se voulait-il rassurant.

Mise plus à l'aise, elle reprit depuis le début, parlant tout d'abord de son premier couteau. Puis de leur conversation au parc, sa nouvelle passion naissante, ces nouveaux achats, le nouveau contenu de sa chaîne YouTube et comment son idée lui était venue, en insistant sur le fait qu'elle ne souhaitait tuer personne. En revanche, elle garda sous silence ses conversations avec Digital7.0, sans trop savoir pourquoi elle omettait ce point capital de son récit. Peut-être craignait-elle qu'il ressente de la jalousie, ou bien qu'il lui fasse la morale à propos de ses fréquentations. S'il le fallait à l'avenir, elle lui en parlerait, mais pas pour le moment.

— C'est grave ce que tu as fait. Très grave. Et malgré tout ce que tu viens de me dire, j'ai encore du mal à comprendre comment tu as pu en arriver là, juste pour une passion des couteaux.

— Je sais... Moi non plus je ne comprends pas, et ça me dégoûte. Je suis profondément écœurée. Mais le pire, c'est...

— Oui ? insista Rafael face à sa phrase en suspens durant de trop longues secondes.

— C'est qu'en y repensant, je me dis que j'ai adoré ça, et que je pourrais recommencer...

Alors elle fondit en larmes. Elle ne savait pas si le pire était le fait de ressentir de telles choses ou bien de l'admettre. Quoi qu'il en soit, Rafael se leva du lit afin de s'approcher d'elle. Comprenant qu'il venait pour lui offrir un câlin, elle se leva et se laissa prendre dans les bras, pleurant contre son épaule.

Pendant qu'ils s'étreignaient en tournant lentement sur eux-mêmes, Sohane parvint à distinguer son couteau à terre dans un coin reculé de la chambre. Elle se décolla donc légèrement de lui.

— Qu'est-ce qu'il fait là ? Ah, tu ne l'as pas encore nettoyé on dirait.

Elle se dirigea vers le couteau et le récupéra, alors que Rafael réalisait qu'il avait oublié de le cacher. Sohane tourna son objet entre ses doigts avec précaution, ne constatant aucun dégât. En revanche, le sang ne recouvrait que la partie tranchante de la lame et non pas l'entièreté. Ainsi, elle comprit que le sang qui s'y trouvait n'était pas celui qu'elle avait fait couler.

— Je vais l'éloigner de ta vue, prévint-il en le lui prenant des mains, très mal à l'aise.

— Rafi, c'est quoi ce sang ?

— Ben... tu le sais bien, dit-il en rangeant le couteau dans un tiroir.

— Je n'en suis pas si sûre...

Rafael resta devant son bureau, en appui sur les coins lui faisant face. Il réfléchit, décidant s'il allait se confier à son tour ou non.

— Rafael ? dit-elle, très inquiète.

— Je me suis fait du mal. J'avais besoin de faire sortir ma culpabilité, mais aussi de me soulager.

— Je ne comprends pas...

Il se tourna vers elle puis, sans hésiter, releva son bermuda jusqu'en haut de la cuisse droite, laissant apparaître des cicatrices mais surtout des pansements, dont certains étaient légèrement colorés de sang dégorgé. Puis il retroussa ses manches pour montrer le reste. Choquée, Sohane porta une main à sa bouche.

— Mon Dieu, Rafael... Pourquoi tu as fait ça ?

— J'ai pris un rendez-vous chez une psy, j'espère qu'elle pourra m'apporter une réponse à cette question, car je ne sais pas y répondre moi-même. Tout ce que je sais, c'est que ça me fait du bien. Mais c'est mal, très mal. Tu vois, je crois que je peux te comprendre : on partage tous les deux un je-ne-sais-quoi que nous ne savons pas expliquer. J'ai peur, Sohane.

— Moi aussi, Rafael, conclut-elle en revenant lui faire un câlin.

Ils se serrèrent très fort. Après quelques secondes, Sohane lui dit qu'elle devrait également consulter, afin de comprendre et de se soigner. Ils en conclurent que chacun d'entre eux avait un sérieux problème et qu'ils pouvaient se soutenir l'un l'autre, toujours en restant collés. D'un accord tacite, ils se regardèrent, longuement. Un désir ressenti quelques jours plus tôt s'imposa de nouveau à eux. Il la trouvait si belle, elle le trouvait si attirant. Mais le moment semblait mal choisi, alors ils se séparèrent.

— Je vais y aller, maintenant. Merci pour cette conversation, je pense que nous en avions besoin. Nous sommes toujours amis ?

— Bien sûr, Soh-Soh, confirma-t-il avec émotion, venant lui déposer un baiser sur le front en prenant sa tête entre ses mains. Je ne veux jamais te perdre. Si jamais tu ressens d'autres... pulsions, appelle-moi, d'accord ?

— Si tu promets d'en faire de même, alors c'est d'accord.

— Je te le promets.

Les deux adolescents avaient envie de pleurer face au flot de sentiments différents, parfois contradictoires, qui les submergeaient. Mais ils se continrent le temps qu'ils se trouvaient ensemble. Sohane prit le chemin de la sortie, Rafael sur ses talons. Une fois à l'extérieur, elle se retourna et lui fit face, peut-être ayant ressenti qu'il avait quelque chose à ajouter.

— Je tenais à te dire que j'ai rompu avec Aude. C'est fini entre nous.

— Oh... Je suis désolé.

— Tu n'as pas à l'être, c'était la meilleure chose à faire.

Il ne savait pas ce qu'il espérait en lui annonçant cela, mais au moins les choses étaient claires entre eux. Pour sa part, Sohane sentit s'envoler la barrière qui la séparait de lui et de leur possible idylle. Cela lui fit un bien fou, mais avant d'être certaine de leur avenir, elle préférait rester le plus neutre possible. Alors elle hocha simplement la tête, se retourna et prit la direction de l'arrêt de bus le plus proche, sous le regard attentif de Rafael qui aurait préféré plus d'enthousiasme de sa part.

CHAPITRE 17

Protéger ses arrières

Que les voisins se plaignent du tapage, ce n'était absolument pas son problème.

Aude hurlait de plaisir sous les violents et réguliers coups de bassin de Jonas. Les bruits qu'il faisait n'étaient pas mal non plus question décibels. Elle aimait lorsqu'il la pénétrait brutalement en léchant ses deux petits seins et en mordillant les tétons. L'orgasme approchait.

Elle avait ressenti le besoin de se défouler, après l'affront que Rafael avait osé lui faire. Ce devait être à elle de le larguer comme une vieille chaussette au moment où il s'y attendrait le moins, pas l'inverse. On ne pouvait faire de mal à Aude. Seule elle avait le droit de jouer avec ses semblables et de les blesser. Jonas avait accepté avec plaisir de lui offrir le défouloir dont elle avait besoin : le sexe sauvage.

Pour une partie de jambes en l'air plus tendre, son choix se portait plus volontiers sur Étienne, le meilleur ami de Jonas. Dans le dos de ce dernier, cela allait de soi, sinon il ne resterait plus grand-chose de reconnaissable chez le pauvre Étienne. Avec Louis, c'était tout aussi brutal que Jonas mais encore différent. De toute manière, ce qui intéressait réellement Aude, c'était le contrôle dont elle abusait sur les trois jeunes hommes à son profit. Et voilà que Rafael lui avait totalement échappé.

Elle poussa un ultime cri strident au moment de l'orgasme, accompagné d'un grognement satisfait de Jonas. Il se retira et s'allongea à côté, sans prendre la peine de s'essuyer, Aude non plus. Ils étaient tous les deux transpirants et hors d'haleine.

— Juste ce qu'il me fallait !

— Au plaisir, ma belle. Je comprends que tu avais besoin de te défouler.

— Je voulais surtout profiter de ton corps en priorité, baby, mais c'est vrai que ça défoule. Non mais quel enfoiré, ce Rafael !

— Je te l'ai toujours dit que c'était un petit merdeux. Après, c'est clair qu'il a osé l'impensable. Je crois qu'il n'a pas du tout conscience d'à qui il a affaire.

— Ah ça non, sinon il n'aurait jamais osé me défier ! Il ne perd rien pour attendre...

— Tu vas faire quoi ?

— Me venger, c'est évident. Mais comment ? Tu as une idée, toi ?

— L'humiliation en public, ça marche bien. Ou bien faire circuler de fausses rumeurs.

— C'est bien gentil tout ça, mais justement, c'est beaucoup trop gentil ! Il lui faut une punition à la hauteur de sa faute. Prenons notre temps, ne nous précipitons pas. À nous deux, on finira bien par trouver une idée qui vaille le coup. On peut toujours demander à Étienne et Louis de nous aider à trouver, quatre cerveaux valent mieux que deux. Je veux le détruire.

— On va trouver, ma poulette, fais-nous confiance. Je n'hésiterais pas à m'en prendre physiquement à lui.

— Carrément. Lui et sa pouffe aussi, car je suis sûre qu'il m'a quittée à cause d'elle. Les deux méritent de souffrir au même niveau. Que cette pute retourne sur son île de merde !

— Ça m'excite quand tu parles comme ça.

— On va les punir, ces deux merdes. Ils vont payer, je vais les écraser. On va les faire souffrir, leur faire regretter leur misérable existence.

Plus excité que jamais, Jonas lui sauta dessus.

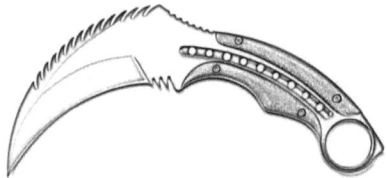

Seule dans sa chambre après avoir soupé, Sohane déprimait. La situation inédite dans laquelle elle se trouvait avait de telles proportions qu'elle avait l'impression que sa vie était foutue. Elle ne parvenait même pas à profiter de l'idée que Rafael ait rompu avec Aude. Elle resta allongée sur son lit, de crainte que sa tête tourne comme durant le restant de la journée. Une terrible migraine achevait son mal-être.

Elle se décida finalement à ouvrir et lire le message de son étrange correspondant. Ce dernier écrivait :

Coucou Sohane, tu vas bien ? J'ai honte d'ainsi faire preuve de tant d'impatience, mais je souhaitais savoir si tu étais parvenue à réaliser la toute dernière idée que tu as eue hier.

> *J'ai réellement hâte d'en savoir plus. Peut-être prends-tu le temps du montage ? Si ta vidéo a autant d'envergure que tu le laissais présager, je comprends que cela prenne du temps.*

Ses exploits macabres de la veille lui revenant en pleine gueule, elle laissa le message en suspens. Toutefois, elle consulta sa page YouTube par curiosité, revenant sur sa dernière vidéo pourtant déjà limite. Son attention se porta rapidement sur les commentaires, étrangement nombreux en comparaison à sa moyenne. Encore plus étrange, la plupart l'encourageait, surtout depuis l'un d'entre eux : « *Tout cela promet un ARG de fou !* »

Sans surprise, Digital7.0 était derrière ce commentaire plutôt malin : avec ça, les internautes soupçonneront moins une activité illégale et dangereuse. Ils se laisseront prendre dans la spirale descendante de Sohane tout en pensant qu'il s'agit de pure fiction. Cela, Sohane ne le comprit pas tout de suite, étant totalement ignorante de ce qu'était un ARG.

Ses recherches sur internet lui donnèrent rapidement la réponse : *Alternate Reality Game*, soit un jeu en réalité alternée. Après la définition, elle chercha des exemples. YouTube se révéla être une surprenante source de tels jeux en tout genre.

Sohane regarda une vidéo explicative de l'un de ces ARG dans les détails, et ce dernier faisant réellement froid dans le dos. Elle devait admettre que le scénario était vraiment bien construit, faisant croire qu'une personne atteinte d'une maladie mentale, un créateur de tutoriels étranges, se retrouvait abandonnée dans la nature avant de se faire kidnapper. L'histoire se concluait de façon particulièrement malsaine et folle, dont l'interprétation restait à débattre. Sohane fut fascinée par cette histoire.

Suite au commentaire, le nombre d'abonnés avait augmenté et beaucoup y allaient de leur grain de sel. Sohane comprit où Digital7.0 avait voulu en venir après avoir lu en réaction : « *Je me disais bien que la meuf avait un comportement trop dérangé pour être crédible. YouTube aurait eu vite fait de la signaler si tout cela avait été réel.* ».

Son fan numéro 1 cherchait certainement à l'excuser auprès des autres afin de lui permettre de continuer ses vidéos en toute impunité. Afin d'en avoir le cœur net, elle lui écrivit afin de connaître clairement la raison de son commentaire, alors qu'il savait très bien qu'il ne s'agissait pas d'un ARG. Sans tarder, il lui confirma ses soupçons, ajoutant qu'il était normal pour lui de soutenir celle qui lui proposait le meilleur contenu YouTube depuis sa création – un peu dérangé le mec, non ? Peut-être que, vous aussi, vous aimeriez un tel ARG ?

Sohane eut d'abord du mal à réaliser le niveau d'engouement pour son contenu vidéo. Elle s'étonnait de l'intérêt aussi grand de la masse pour le morbide, la violence, le gore. Pourquoi ces sujets intriguaient-ils autant ? Cela la dépassait, bien qu'elle soit mal placée pour juger avec ses propres créations sensationnalistes et sanglantes. Cela avait le même effet que les drogues dures, et elle sombrait peu à peu dans l'addiction la plus nocive. En témoignait ce qu'elle comptait désormais faire, un acte d'une bêtise et d'une dangerosité sans nom.

En premier lieu, elle transféra la dernière vidéo de son portable sur son pc, ce qui était bien plus pratique pour effectuer le montage souhaité. Puis elle coupa les parties les plus compromettantes à ses yeux, soit celles qui permettraient de savoir où elle se trouvait ou bien l'identité de la personne impliquée. Cela imposait l'amputation d'une bonne partie, mais au moins elle se sentait plus rassurée.

Le résultat fut à la hauteur de ses espérances : effet chaotique, mouvements de caméra rapides et saccadés, aucun plan fixe. Le tout devenait plus suggestif qu'autre chose, même s'il était facile de deviner que l'on entaillait des chairs. Les observateurs croiront à des effets spéciaux peu réussis, à mille lieues de se douter de l'horreur à laquelle ils assisteraient. Désormais, elle prit son téléphone et se filma dans le but d'intégrer une première partie à sa vidéo.

Afin de construire un mythe autour de son ARG, sans pour autant attirer les soupçons sur elle, une idée lui était venue. Elle allait faire croire que les dernières vidéos étranges et gores postées sur sa chaîne n'étaient pas de son fait, mais d'un inconnu ayant inséré des coordonnées GPS dans son dernier colis de couteaux. Elle se serait par la suite rendue à l'endroit indiqué pour y découvrir les vidéos, qu'il y en avait encore beaucoup d'autres particulièrement sordides. Et que si elle les avait postées sans donner d'explications jusqu'à présent, c'était à cause d'instructions bien précises, sous menace de mort.

Voilà ce qu'elle expliqua face caméra. Pour une personne ayant souhaité faire du théâtre, elle aurait été une grande comédienne, tant son jeu était persuasif. Elle comptait ajouter cette vidéo à son montage, précisant qu'elle devrait continuer à mettre en ligne les vidéos trouvées selon les indications car elle n'avait pas d'autres choix. Après plusieurs essais pour choisir la meilleure prise, elle fit ce qu'il faut et posta sa nouvelle œuvre.

Loin d'être inquiète, Sohane se sentait comme une toxicomane venant de recevoir sa dose. Son cœur battait anormalement vite sous le coup de l'adrénaline. Elle attendit les premières réactions, rafraîchissant régulièrement sa page internet. Son regard se porta sur l'heure : déjà trois heures s'étaient écoulées depuis qu'elle avait ouvert le message de Digital7.0. Ce dernier ne tarda pas à réagir à son nouveau travail.

Son mystérieux correspondant glorifia son travail, tous les défauts apparents étaient détournés en compliments, comme autant d'éléments perfectionnant l'ensemble. Visiblement, le fait qu'elle ait causé du tort à autrui pour obtenir ce résultat ne le dérangeait pas, ou bien niait-il cette sombre réalité, berné par son scénario. Dans tous les cas, l'emprise qu'il exerçait sur elle ne faisait que s'accroître. Chez Sohane s'opéra une irrésistible envie de pousser la barre encore plus loin. Sa culpabilité avait été jetée aux oubliettes.

Elle eut du mal à trouver le sommeil, l'esprit plein d'idées perverses l'empêchant d'être au repos. Elle resongeait aussi aux nombreux commentaires qu'elle avait pu lire. Les réactions étaient partagées mais la moyenne était positive. Certains se prêtaient au jeu, élaborant des théories sur les vidéos "trouvées". Peu de monde se préoccupait réellement de ce qu'il était advenu de l'inconnu sur la vidéo, de trop basse qualité pour permettre de l'identifier. Après tout, il s'agissait d'un acteur consentant ou bien d'un mannequin sous la houlette d'effets spéciaux, non ? Ceux qui se posaient la question en étaient persuadés. Sohane chercha ce qu'elle pourrait proposer par la suite, avant que le sommeil n'ait finalement raison d'elle.

CHAPITRE 18

Mme Cynthia Touillez

Le week-end de Rafael avait été le plus long de toute sa vie. Il n'avait fait qu'attendre que ses angoisses passent et que son rendez-vous avec la psychologue commence. Pas de nouvelles ni d'Aude ni de Sohane, ce qui l'arrangeait, bien qu'il eût la crainte constante d'en recevoir, le faisant stresser pour rien. L'appétit lui avait manqué, il était resté enfermé dans sa chambre malgré le temps magnifique à l'extérieur.

La peur de voir la police débarquer pour l'interpeller lui avait également collé à la peau, et cela perdurait encore. La pensée la plus récurrente dans son esprit était le fait indéniable que l'on ne pouvait pas faire machine arrière. Jamais il n'aurait imaginé se rendre responsable de complicité de meurtre. Vivre avec ça allait être très douloureux, il en était bien conscient.

Il prit soin de se laver convenablement, se parfumer et s'habiller de façon correcte. Il ne voulait pas paraître négligé pour son premier rendez-vous chez une spécialiste des troubles mentaux, se disant qu'il devait donner une bonne première impression. Il était un peu méfiant face à l'inconnu et savait qu'il n'était pas fou, alors autant mettre toutes les chances de son côté.

Pour la fréquence à laquelle il prenait le bus, même en dehors des périodes scolaires, heureusement qu'il bénéficiait d'un abonnement à tarif réduit. Rafael aimait particulièrement ce mode de transport, par habitude. D'autant plus que la conduite brusque de son père ne le mettait jamais bien à l'aise. Il arriva bientôt au centre de Valenciennes où il put prendre un train pour Lille-Flandres. La distance était le petit sacrifice qu'il s'obligeait afin de consulter le meilleur spécialiste.

Une fois arrivé au chef-lieu du Pas-De-Calais, Rafael ne put s'empêcher d'être impressionné par la grandeur de la ville. D'une nature plutôt rurale, s'aventurant rarement aussi loin de chez lui, il n'avait pas l'habitude des grandes villes. Il regretta de ne pas avoir découvert cette ville plus tôt, pourtant intéressante sur différents points.

Rafael ouvrit une application lui servant de GPS afin de trouver son chemin. Vingt bonnes minutes à pied étaient nécessaires pour se rendre à son rendez-vous, d'après les estimations. En avance et aimant la marche, il préféra faire tout le chemin sans emprunter de nouveaux transports en commun. De plus, un magnifique soleil dominait le ciel de ses lumières. Il faisait chaud, toujours un peu plus chaque été depuis que le dérèglement climatique ne pouvait plus être nié – bien que cela arrive encore, à mon grand étonnement.

Il parvint à destination, non sans s'être pris un bubble tea en terrasse sur la place de l'opéra et avoir admiré le monument où devaient régulièrement se dérouler de fameux concerts. Rafael aimait tous les genres musicaux, y compris la musique maladroitement nommée "classique". Malheureusement, le terme approprié de "musique savante" possédait une connotation élitiste et réductrice, surtout en tant qu'opposition à la musique populaire, de son point de vue – et du mien.

Le cabinet de la psychologue se trouvait dans un bâtiment de quatre étages. Il suivit les instructions précédemment envoyées par mail pour taper le bon code à l'entrée et déverrouiller la porte principale. Ensuite, il prit l'ascenseur qui l'envoya au dernier étage. Au bout du couloir qui s'offrait à lui, il y avait une porte avec différents interphones en fonction du psychologue demandé. Il appuya, entendit la sonnette assourdie par l'isolation et attendit.

Une grande femme blonde, étonnamment mince avec des lunettes bien trop larges pour la finesse de son visage, lui ouvrit la porte avec un beau sourire. La trentaine, peu maquillée et haussée de talons hauts. Rafael s'imaginait qu'elle le jugeait déjà à son physique, bien que ce ne soit pas exactement le cas. Les rôles étaient même inversés : c'était plutôt lui qui portait un jugement de prime abord – vous et moi aussi.

Après l'échange de politesse classique, elle le guida vers une salle d'attente pour patienter quelques instants, le temps qu'elle finisse sa séance en cours et remette de l'ordre dans son cabinet. En attendant, Rafael l'entendit raccompagner quelqu'un vers la sortie, revenir sur ses pas, puis elle vint enfin le chercher. En fin de compte, elle s'était montrée très ponctuelle.

Telle fut la surprise de Rafael de ne trouver aucun canapé dans le cabinet. Seuls un fauteuil en osier en face de trois autres faisaient guise de places assises. Une bibliothèque, un meuble de rangement, une table basse en verre au centre et deux grandes plantes vertes ornaient la pièce. Madame Touillez, constatant son trouble face aux fauteuils, lui indiqua où se placer. Ils rirent avec complicité alors qu'il allait s'asseoir.

— Je m'attendais à trouver de quoi m'allonger, je me suis fait avoir par les clichés, partagea-t-il.

— Vous n'êtes pas le premier à me le faire remarquer, conclut-elle d'un nouveau rire. Rafael Seguin, c'est bien ça ? Alors, dites-moi, que puis-je faire pour vous ?

Bien que la question soit très simple, Rafael ne sut que répondre, comme lorsque l'on vous demande "quoi de neuf ?" en début de conversation : la réponse existe mais ne vient pas spontanément – et c'est particulièrement agaçant, surtout quand la personne qui nous pose cette question s'en fiche royalement. Après quelques bafouillages, il conclut qu'il ne savait par où commencer.

— Prenez votre temps, nous ne sommes pas pressés. Je suis à votre écoute, peu importe ce que vous avez à me dire, et rien ne sortira jamais de cette pièce. Pour commencer, je vous propose de me dire ce qui vous passe par la tête, ou bien simplement de vous présenter. Vous verrez, la suite viendra naturellement.

Parmi les propositions, Rafael opta pour la présentation personnelle. Cela le mit en confiance. Il se surprit à parler très tôt du décès de sa mère, sans toutefois entrer dans les détails. En revanche, pour en arriver à ce qu'il soupçonnait être un masochisme naissant, il prit beaucoup de temps. Cynthia Touillez, en bonne professionnelle, comprit qu'il tournait autour du pot mais ne souhaitait pas le brusquer pour autant, surtout pas pour une première séance.

— ... et là où j'en suis, j'ignore si je suis en mesure de construire une relation durable avec Sohane. D'autant plus qu'elle devrait retourner à La Réunion d'ici la fin de l'été.

— Cette idée n'est pas définitive. Les choses peuvent changer. Des personnes ont déjà changé de domicile par amour, pour se rapprocher de l'être aimé.

— Je ne sais pas si elle m'aime vraiment... Non, je retire ce que j'ai dit, enfin... Je n'en sais rien. La seule chose dont je suis certaine, c'est que je ne la mérite pas.

— Pourquoi cela ? Je ne comprends pas.

— Voyez déjà comment elle a souffert par ma faute. Et comment j'ai rompu avec mon ex. Elle pourrait souffrir encore davantage à mes côtés. Je me sens mal dans ma peau, je suis donc logiquement inapte à rendre heureux mon entourage, ça me paraît évident.

— Vous avez l'habitude de vous dénigrer ainsi ? On ne soupçonne pas toujours suffisamment le pouvoir d'auto-suggestion. Et malheureusement, il est souvent présent lorsqu'il s'agit d'idées noires. Il est plus facile de se convaincre que tout va mal plutôt que tout va bien. Bien entendu, c'est rarement aussi tranché, mais vous voyez ce que je veux dire.

— Vous sous-entendez que je me convaincs d'être mal dans ma peau, et donc que ce n'est pas vrai ?

— Pas exactement, c'est à propos de l'idée implicite que rien de bien ne pourrait sortir de vous que je vous dis cela. Pour ce qui est de vous sentir mal dans votre peau, pourriez-vous préciser davantage ce que vous ressentez, ce qui vous fait dire cela ?

— Je ne sais pas réellement expliquer. C'est comme ça, c'est tout. Je ne me sens pas heureux, ou en tout cas éligible, entre guillemets, au bonheur.

Rafael marqua une pause, dans ses réflexions et sa tristesse. La psychologue profita de ce laps de temps pour écrire sur la fiche patient de son porte-bloc. De toute manière, elle sentait qu'il avait encore besoin de lui parler, alors elle le laissa reprendre la parole.

— C'est drôle, car ce que je vous dis là maintenant, je n'y avais jamais songé auparavant. Pourtant, si j'ai souhaité venir ici, c'est bien parce que j'éprouve le besoin d'être aidé. Je ne comprends pas tout ce qui m'arrive, mais le triste résultat est là. Je me sens perdu. Et jusque-là, la seule aide que j'ai trouvée a été… de… de me faire du mal.

La bombe lâchée, Rafael ne dit plus rien. Des larmes insidieuses se frayèrent un chemin jusqu'à ses paupières. À son mal-être s'ajoutait la honte de pleurer devant quelqu'un, surtout une inconnue. Madame Touillez lui indiqua avec bienveillance la boîte à mouchoirs en papier sur la table basse centrale. Rafael la remercia d'une faible voix en épongeant ses yeux, tandis qu'elle ajoutait de nouvelles notes sur sa fiche.

Une fois ses larmes séchées, il se moucha puis s'excusa d'avoir pleuré, elle le rassura. Comme il restait désormais silencieux, elle se permit de lui demander quand il éprouvait le besoin de se faire du mal.

— Difficile à dire. La première fois, c'était le jour anniversaire de la mort de ma mère. Je suis rentré plus tôt que mon père, j'ai préparé la cuisine puis… Ah non, au temps pour moi, ce n'était pas la première fois.

— Plus tôt, donc ?

— Non… En fait, cette première fois était un accident, pas un besoin. Cependant, j'ai… j'ai éprouvé une sensation étrange à ce moment-là.

— Vous saurez m'en dire plus ? Mettre des mots sur cette étrange sensation ?

Il lui raconta donc son passé avec la douleur et essaya tant bien que mal de décrire à sa demande ce que l'incident avait provoqué en lui. Il ne voyait pas d'autre mot que celui de "plaisir", ce qui l'effrayait particulièrement. Ensuite, il se lança dans l'énumération des différents moments où il s'était fait du mal volontairement, décrivant chaque fois ce qui l'avait amené à le faire et ce qu'il avait ressenti. Toutefois, il aurait préféré garder sous silence le plaisir sexuel, encore trop honteux de cela. Suite à des questions habiles de la psychologue, il avait pourtant dû se résigner à en parler.

À ce moment de ses confidences, Madame Touillez crut comprendre que Rafael portait en lui une profonde et envahissante culpabilité. Peut-être en lien avec le décès de sa mère, sujet déjà intervenu à quelques reprises au cours de leur séance ? Elle chercha à en avoir le cœur net.

— Vous me parlez beaucoup de votre mère, mais toujours en surface. Puis-je me permettre de vous demander précisément ce qu'il s'est passé lors de l'accident, ou tout du moins des souvenirs que vous en avez ?

Rafael ne répondit pas tout de suite, son regard porté sur le néant. Bien malgré lui, une nouvelle larme coula sur sa joue. La gorge nouée, il poussa un profond soupir en espérant se soulager un peu, sinon il ne parviendrait pas à sortir un seul mot.

— C'est ma faute si elle est morte.

Il s'arrêta, un long moment. Afin de ne pas le brusquer, la psychologue laissa le silence, seulement troublé par des petites notes qu'elle inscrivait sur sa fiche patient. Elle regarda Rafael qui semblait toujours ailleurs. Enfin, il reprit la parole.

— On a beau m'avoir répété cent fois que je n'y étais pour rien, je sais que c'est faux. Mon père le sait aussi, sans doute, en tout cas il ne m'a jamais dit le contraire. Peut-être que venant de lui, à l'époque, j'aurais fini par m'en convaincre. Maintenant, je pense qu'il aurait préféré que ce soit moi à sa place.

— Si vous ne souhaitez pas poursuivre, je comprendrais tout à fait.

— Non, il faut que j'en parle. Je crois que… ça me ferait du bien. C'est difficile de tout porter constamment sur ses épaules. Il n'y a aucune communication avec mon père, et mon ex ne me prenait jamais vraiment au sérieux. J'aimerais l'avis d'une professionnelle : suis-je responsable de sa mort, si par ma faute elle s'est retournée et qu'elle ne regardait plus la route ?

— Quoi qu'il en soit, vous vous considérez comme étant responsable.

— Bien sûr ! J'ai insisté pour qu'elle me regarde, j'étais à l'arrière et je voulais lui montrer le Rubik's cube que je venais de terminer. Pourtant, elle m'avait prévenu qu'elle ne pouvait pas quitter la route des yeux, elle m'avait demandé d'attendre. Mais j'ai insisté. Il n'a pas fallu plus d'une seconde. Une putain de seconde ! C'est injuste. Si j'avais été patient, on n'aurait pas percuté ce camionneur qui, lui, n'était responsable de rien. C'est maman qui ne roulait plus droit, déconcentrée par ma faute.

Le flot de larmes fut impossible à contenir. Il s'équipa rapidement de nouveaux mouchoirs pour éponger ses yeux. Pour la deuxième fois de sa vie, il racontait cette histoire. Les premières semaines suivant le drame, il n'avait rien dit. Puis finalement, il avait éprouvé le besoin de se confier à son père.

Depuis, ce dernier était tombé dans l'indifférence. Pas un mot de réconfort, pas un seul de blâme non plus, juste le silence. Il s'était levé de son fauteuil pour vaquer à d'autres occupations et était devenu encore plus distant qu'il ne l'était déjà à cause du deuil. Rafael avait dû vivre avec ça jusqu'à aujourd'hui. Ce fut la dernière chose qu'il raconta à Madame Touillez.

— Voilà, maintenant, vous savez tout. Résultat, je suis devenu un petit taré de masochiste, conclut-il avec un ton colérique qu'il ne s'expliquait pas.

— Ce que je vois, c'est un jeune homme en détresse, qui a vécu un traumatisme de jeunesse et qui fait face à différentes épreuves de la vie. À votre âge, nous vivons d'importants bouleversements qui peuvent être perturbants, surtout si l'on est seul pour les affronter. D'après ce que vous m'avez dit, votre père est peu impliqué dans vos ressentis, votre bien-être. Il ne vient pas de lui-même vers vous. Je pense que vous souffrez surtout d'un manque d'écoute et de soutien durant cette période de changement. Si vous souhaitez poursuivre cette thérapie judicieusement commencée, je ferai partie des personnes là pour vous. Ou bien l'un de mes confrères, à votre convenance.

— C'est certain que j'ai besoin de soutien, de conseils... Je me sens totalement perdu. Aidez-moi, s'il vous plaît.

— Vous pouvez compter sur moi. Notre séance touche à sa fin. Comme vous le savez peut-être, n'étant pas psychiatre, je ne peux vous faire de prescription médicale, bien que je pense que vous n'avez pas besoin d'un quelconque médicament. Toutefois, si vous ressentez un stress important, une angoisse, je vous conseille la prise de ce calmant naturel et disponible sans ordonnance, indiqua-t-elle en lui tendant un post-it dont elle venait d'inscrire le nom du produit. À quand souhaitez-vous un second rendez-vous ?

— Le plus tôt possible.

— Très bien. J'ai un créneau même jour et même heure la semaine prochaine, cela vous conviendrait-il ?

— C'est parfait.

— Très bien, je note cela. La semaine prochaine, donc, nous aborderons plus en détail certains points d'aujourd'hui qui me paraissent importants. En attendant, je vous suggère de garder de quoi écrire avec vous et d'y annoter tout ce qui vous semble pertinent, comme des émotions, des événements marquants ou des pensées. Cela pourra éventuellement nous servir de base.

Elle lui demanda ensuite son moyen de paiement. Comme il payait en liquide, elle lui indiqua la table basse où il pouvait déposer la somme. Puis elle le raccompagna à la sortie. Rafael la remercia, sincèrement soulagé d'avoir enfin pu se confier totalement à quelqu'un, sans filtres. Cette séance lui avait offert un apaisement comme rarement atteint auparavant, comme s'il avait enfin pu être lui-même. Satisfaite de déceler cette gratitude, signe d'un travail réussi, Madame Cynthia Touillez le laissa repartir en lui souhaitant une bonne semaine, avec ce même sourire qui l'avait accueilli à l'arrivée.

CHAPITRE 19

Solution indécente

Le week-end de Sohane s'était, quant à lui, passé rapidement. Elle était restée renfermée sur elle-même, cherchant des idées innovantes pour poursuivre son travail. La tâche était ardue, elle était bien consciente qu'elle ne pourrait se débrouiller seule. Quoi qu'il en soit, la fièvre inspiratrice l'avait tellement enthousiasmée qu'elle n'avait pas vu le temps passer. De plus, une myriade de commentaires encourageants sur sa nouvelle vidéo n'avait fait qu'accroître son euphorie. Qu'ils pensent son histoire réelle ou fictive, les internautes jouaient le jeu.

La veille au soir, après avoir essayé de se mutiler sans succès, Sohane en était venue à la conclusion qu'elle réclamerait de l'aide à Rafael, que ce dernier lui devait bien ça après le chagrin qu'il lui avait causé. Elle avait attendu qu'il soit ce jour pour le faire. Ainsi elle lui donna rendez-vous le soir devant chez lui, par SMS. Rafael, inconscient de ce qui s'apprêtait à lui tomber dessus, accepta d'une réponse sommaire.

L'après-midi passée, durant laquelle Sohane avait imaginé mille-et-une variantes de leur conversation à venir, elle prit un bus et se rendit devant la maison de Pascal, envoyant un message à son arrivée. Rafael sortit de la maison et accueillit son amie d'un sourire. Elle ignorait que sa séance chez la psychologue lui avait fait un bien fou, et qu'elle s'apprêtait à bousculer un équilibre précaire.

Ils marchèrent silencieusement dans la rue. Rafael se faisait la réflexion qu'elle était extrêmement belle, là où Sohane cherchait ses mots. Il n'y avait pas de phrase miracle, il fallait seulement qu'elle se jette à l'eau mais n'y parvint pas. Finalement, ce fut son ami qui prit la parole.

— Tu avais besoin de me parler de quelque chose ? D'Aude et moi, peut-être ? Ou bien de ce que nous avons fait l'autre nuit ? tenta-t-il, ne voyant que ces explications à son silence.

— Pas tout à fait. Il y a un lien avec l'autre nuit, mais... c'est compliqué.

— Tu peux me dire ce qui te passe par la tête comme ça sans réfléchir, c'est ce que m'a conseillé ma psy ce matin.

— Ah, tu l'as vue ? Comment ça s'est passé ?

— Ne change pas de sujet, Soh-Soh. Je suis à ton écoute, et tu peux me faire confiance. Tout ce que tu me diras restera entre nous, et je me sens prêt à t'écouter.

— Je le sais bien, et j'ai confiance en toi. C'est d'ailleurs bien pour ça que je viens réclamer ton aide. Tu te souviens que l'on s'est promis de nous joindre si jamais de nouvelles pulsions apparaissaient ? Eh bien c'est mon cas Rafi, j'ai envie de recommencer.

Le sourire bienveillant que Rafael conservait sur ses lèvres jusque-là disparut aussitôt la phrase terminée. Était-elle sérieuse ? Cela ne pouvait être qu'une mauvaise blague. Malheureusement, son air grave trahissait une réalité dérangeante. Son discours équivalait à un coup d'éponge sur les bienfaits de sa séance du matin, tout était effacé, disparu. Légitimement, il éprouva le besoin de comprendre.

.— Comment ça, recommencer ?

— Ben… tu vois… utiliser mes couteaux, et…

— Et quoi, Sohane, et quoi ? s'emporta-t-il, sans réaliser qu'il risquait d'attirer l'attention à eux dans la rue.

— Attention Rafi, tu vas nous faire repérer.

— Je n'en ai rien à foutre, ça t'évitera peut-être de faire une énorme bêtise, si tout le monde est au courant !

Par chance pour elle, personne ne se trouvait à proximité. Toutefois, par prudence, elle l'emmena dans une ruelle étroite, à l'abri des regards.

— Rafi, calme-toi et écoute-moi, murmura-t-elle presque.

— Non, Sohane. Est-ce que tu t'es entendue ? Nous avions convenu de nous parler afin de freiner nos pulsions. Mais là, c'est tout l'inverse que tu attends de moi, tu espères que je t'encourage.

— C'est faux, mentit-elle.

— Ne me raconte pas de conneries. Je te connais un minimum, Soh-Soh, et là je sens bien que tu as tout simplement envie de céder à tes pulsions, pas de les contrer. Ose me dire le contraire.

— Je tiens à te préciser que tu ne me connais pas aussi bien que ça. Cela fait des années que nous ne nous sommes pas vus. Tu me juges bien sévèrement, Rafi, je trouve. Attends que je m'explique d'abord, s'il te plaît. Bon ok, je l'admets, je ne cherche pas de l'aide dans le sens que tu voudrais. J'ai mûrement réfléchi durant le week-end. Ce qu'il s'est passé l'autre nuit était une grossière erreur, car j'ai foncé tête baissée sans réelle préparation. Cela m'a... nous a mis dans la merde, toi et moi. Mais je n'avais pas le choix, il fallait que je le fasse. C'est comme, je ne sais pas, un appel qui me pousse à le faire, sinon je me sens trop mal. Je ne peux pas faire autrement.

— Ma psychologue pourrait peut-être t'aider. Elle est très pro, tu sais, et je peux te l'affirmer rien qu'après une seule séance.

— Ce n'est pas ce que je recherche, je ne suis pas folle, moi !

— Non mais tu t'entends parler ? Parce que moi je suis fou, peut-être ? Qu'est-ce qu'il te prend ?

Il lui tourna le dos, croisa ses bras sur sa poitrine et s'appuya contre un mur. Cette conversation lui paraissait totalement surréaliste. Effectivement, il ne connaissait pas aussi bien son amie d'enfance qu'il l'aurait voulu. D'autant plus qu'elle avait changé. Pourtant, amoureux et ouvert au surnaturel comme il était, il avait la conviction profonde qu'ils étaient des âmes sœurs tous les deux. Mais ce lien censé être l'un des plus puissants ne lui causait que de la souffrance pour le moment.

De peur qu'il ne la laisse tomber, Sohane décida de revenir à la charge, quitte à appuyer là où ça fait mal pour obtenir gain de cause. Elle s'approcha doucement de lui et se permit de poser une main délicate sur son épaule.

— Je suis vraiment désolée que tu le prennes comme ça, Rafi. Mais j'ai réellement besoin de toi. Je ne souhaite absolument pas tuer des innocents, si c'est ce qui t'inquiète. Quand nous étions petits, nous nous étions promis de toujours nous entraider, quoi qu'il arrive. Tu te souviens de ça ?

Rafael décroisa ses bras et se retourna afin de lui faire face. Cependant, il gardait le visage baissé, de peur qu'elle ne voie les maigres larmes qui s'accumulaient à ses paupières.

— Oui, je m'en souviens. Mais je crois que tu as surtout besoin d'une aide psychologique, je ne suis absolument pas qualifié pour ça.

— Non Rafi, ce n'est pas ce dont j'ai besoin. Et puis, si je me confie à un psy machin-chose, je serai dénoncée, et il en est hors de question ! Tu as envie que je croupisse en prison ?

— Bien sûr que non.

— Alors aide-moi, je t'en supplie. Je te promets que plus personne ne mourra. De toute manière, je ferai ce que je dois faire, avec ou sans ton aide.

— Si tu le prends comme ça, vas-y, dis-moi clairement ce que tu attends de moi.

— Je veux... non, j'ai besoin d'utiliser mes couteaux, couper de la chair, planter ma lame dedans. J'ai pensé, par exemple, aux sans-abris pour ça, personne ne fait attention à eux et...

— Non mais tu entends ce que tu dis ? C'est ignoble ! La Sohane que je connais ne penserait jamais à faire du mal à autrui, surtout pas pour assouvir une pulsion égoïste et malsaine, grogna Rafael, au bord de la crise de nerfs face à cette conversation aberrantes.

— Je ne suis plus celle que tu as connue. Et arrête de me parler comme ça, je ne suis pas un monstre, je cherche juste des solutions à mon problème ! C'est extrêmement blessant ce que tu dis là. Je me confie à toi car tu es la seule personne que je crois capable de me comprendre, tout du moins de m'écouter. Je me suis peut-être trompée.

— Si c'est vraiment ce que tu veux, faire joujou avec tes couteaux, eh bien tu en as, de la chair ! Vas-y, ne te gêne pas, tu ne feras de mal à personne de cette façon.

— J'ai déjà essayé, figure-toi, mais j'en suis incapable ! La douleur m'empêche d'aller jusqu'au bout.

— Alors sers-toi de moi !

C'était sorti tout seul, dans un cri salvateur. Rafael était incapable de dire s'il pensait sincèrement ce qu'il venait de dire. Sur l'instant, cela semblait l'unique solution pour sortir de cette situation pénible qui n'en finissait pas. Bien qu'il soit terrifié par ses envies, il ne désirait pas qu'elle se fasse interner ou arrêter. Il l'aimait trop pour accepter ou ne serait-ce concevoir cette idée.

Sohane écarquilla les yeux, choquée par ce qu'elle venait d'entendre. Lui faire du mal, à lui ? Il était prêt à se sacrifier à ce point ? Tout compte fait, elle avait eu raison de croire qu'il serait en mesure de l'aider, mais avait-elle l'accord moral d'accepter son offre ? D'autant plus qu'il l'avait peut-être dit dans le seul but de mettre un terme à cette conversation singulière.

Puis le fait qu'il se faisait déjà du mal lui-même lui revint en mémoire, chose qu'elle avait oubliée, trop obnubilée par ses propres problèmes. Peut-être que se servir de lui pour assouvir ses pulsions destructrices de chair ne serait finalement qu'un service rendu. Voilà l'idée qui devint dominante, uniquement parce qu'elle avait besoin de se trouver des excuses pour accepter.

— Qu'est-ce que tu viens de me dire ?

— Tu as bien entendu. Sers-toi de moi. J'accepte de te servir de cobaye. De toute façon, je suis fou, moi, comme tu l'as laissé sous-entendre. Tu pourras me faire tout ce que tu veux, tant que tu ne fais de mal à personne d'autre en retour.

Sur ce, il passa devant elle en lui bousculant l'épaule au passage, les larmes aux yeux. Face à cette situation, seule la fuite pouvait l'aider. Il rejoignit le chemin de sa maison en essayant ses yeux d'un geste rageur de la manche, laissant Sohane seule avec ses propres démons et une culpabilité naissante.

CHAPITRE 20

Apaisements

Les yeux rongés par les pleurs, Rafael rentra chez lui en claquant violemment la porte derrière lui, sous le regard étonné de son père.

— Tout va bien fiston ?

— Tu t'intéresses à mon sort maintenant ? C'est nouveau. Qu'est-ce qui te met si en joie pour m'appeler à nouveau de cette façon ?

— Mais enfin, que se passe-t-il ?

— Oh, arrête avec tes questions ! Finalement, c'était mieux quand tu faisais comme si je n'existais pas. Maintenant, reprends ta vie de merde et laisse-moi tranquille !

Pascal n'eut pas le temps de répondre. De toute manière, il était sans voix face à tant d'agressivité, d'autant plus que ce n'était pas le genre de son fils. Il se contenta de le regarder gravir furieusement les marches de l'escalier et entrer dans sa chambre, claquant à nouveau sa porte.

Il vint s'affaler sur son lit et laisser toutes les larmes de son corps s'écouler. La conversation qu'il venait d'avoir avec son amie d'enfance avait sans aucun doute été la plus éprouvante de toute sa vie. Vis-à-vis de sa séance matinale, c'était pour lui un pas en avant, deux pas en arrière. De plus, il se sentait lâche d'être ainsi parti sans lui laisser une chance de répondre et s'en voulait terriblement de lui avoir parlé ainsi.

De son point de vue, rien n'était réellement de la faute de Sohane. Elle souffrait juste, comme lui, mais d'une autre manière. Ce qu'elle faisait et, pire, ce qu'elle souhaitait faire, n'étaient que la traduction d'un mal-être intérieur qui avait besoin de s'exprimer. Il se croyait la personne la mieux placée pour la comprendre et, par conséquent, lui venir en aide. Même si cela impliquait de replonger dans ses propres travers qu'il avait fraîchement entrepris de réduire à néant.

Une idée nouvelle germa dans son esprit : s'il acceptait qu'elle entaille sa chair à lui, peut-être se rendrait-elle compte d'elle-même que cela était malsain au possible, qu'elle ne pouvait moralement pas faire ça. Cet espoir l'encouragea à accepter. Il craignait toutefois d'aggraver son propre cas, la douleur qu'elle lui procurerait risquant de le faire basculer à nouveau dans une spirale infernale. Il se devait de prendre le risque, pour elle.

Malgré tout, il lui en voulait terriblement pour ce qu'il se sentait obligé de faire. Durant l'heure qui suivit, il ne fit que penser à tout et son contraire, ne sachant où diriger sa haine. Mais la pire des idées, par ailleurs la plus persistante, était celle qu'il méritait ce qu'il lui arrivait. Désirant comprendre comment il en était arrivé là, il en était venu à cette terrible conclusion. Pourtant, aucun élément objectif ne pouvait l'affirmer.

Quand il était au plus mal, la douleur l'appelait, lui promettant de le soulager. Après tout, cela lui paraissait normal de souffrir, puisqu'il croyait le mériter. Alors il sortit de sous son lit un simple couteau de cuisine et commença à s'entailler les cuisses. Cela lui servirait d'entraînement pour quand Sohane s'occuperait de lui, se disait-il. Une part de lui espérait toutefois qu'elle change d'avis et revienne à la raison. Lui, passait au second plan. Le bonheur de l'amour de sa vie était tout ce qui comptait à ses yeux désormais.

Sohane ne lui donna aucune nouvelle de la soirée. Il s'inquiétait de savoir si elle était bien rentrée et éprouvait le besoin de s'excuser de la façon dont ils s'étaient quittés. Alors il rédigea un message, ne se sentant pas encore prêt à entendre sa voix.

> *Pardon si je me suis montré rude avec toi. Je ne savais pas comment réagir, j'ai pris peur au lieu de te soutenir comme tu en avais besoin. J'espère que tu es bien rentrée. Je retire les dernières choses que je t'ai dites, sauf ma proposition. Si tu es toujours partante, tu peux venir demain, à n'importe quelle heure. Je ne compte pas sortir de ma chambre.*

Il aurait bien ajouté qu'il l'aimait, mais cela lui semblait mal placé. À moins qu'une forme de lâcheté l'en eût dissuadé. Dans tous les cas, il attendit sa réponse en désinfectant ses plaies. Heureusement, elle ne tarda pas à venir :

> *Je te dois des excuses aussi, j'ai été maladroite et je comprends ta réaction. Je vais réfléchir à tout ça et revenir vers toi au plus vite. Quel que soit mon choix, merci pour ta proposition, ça me touche de savoir que je peux compter sur toi. Je t'aime* ♥

Ces trois derniers mots, formant l'une des plus importantes combinaisons de mots que l'on peut entendre dans sa vie, lui procurèrent un violent coup au cœur. Une fois le choc passé, ils lui firent un bien fou. Sohane avait su que cela le soulagerait certainement de le lire, surtout en vue des circonstances. Elle espérait aussi, inconsciemment, qu'il serait plus enclin à accepter ce qu'elle voulait et à lui pardonner. Heureusement, cela ne retirait en rien la sincérité de ses mots. Ils eurent le mérite de lui stopper toute envie de se blesser. Cependant, il restait ouvert à l'idée que ce soit Sohane qui le fasse.

« *Je l'ai fait !* », songea-t-elle après avoir appuyé sur la touche tactile d'envoi.

Cela lui faisait bizarre. D'autant plus qu'elle ne l'avait dit qu'à son père dans sa vie. Même sa mère n'avait jamais eu droit à ce traitement de faveur – cela était malheureusement réciproque, et pourtant ça aurait peut-être pu changer beaucoup de choses.

Assise en tailleur sur son lit, son téléphone en main et sa collection de couteaux entre ses jambes, elle porta son mobile contre sa poitrine et poussa un soupir de soulagement. Cela faisait du bien de pouvoir lui avouer clairement ses sentiments, sans passer pour une briseuse de couple comme elle aurait pu l'être il y avait de cela trois jours à peine.

S'attendant à recevoir une réponse, elle fut déçue que ça ne soit toujours pas le cas au bout de cinq minutes. Peut-être n'avait-il pas vu son message, ou bien prenait-il le temps de digérer la bombe. Elle retira le mode silencieux, posa son smartphone et prit un temps pour admirer les pièces de sa jeune collection.

Elle se rappela qu'il lui en manquait un, son préféré, toujours chez Rafael. Celui qui l'avait accompagnée dans ses premières expériences artistiques. En effet, ses actes ne représentaient rien d'autre que cela pour elle – bon, ok, pas tout à fait, elle savait au fond d'elle-même qu'elle avait un problème étant un danger pour elle et les autres. Mais cette réalité était bien trop difficile à accepter pour son équilibre déjà précaire, alors elle préférait se convaincre qu'il n'y avait pas de mal.

Elle rangeait ses objets lorsque la sonnerie de notification retentit. Elle lâcha presque le couteau qu'elle tenait à ce moment-là pour foncer sur le smartphone et lire le message. La déception s'inscrivit sur sa figure en découvrant le nom de Digital7.0. Elle lut tout de même ce qu'il avait à lui dire.

> *Coucou Sohane, tu vas bien ? Je préfère demander, je suis étonné de ne pas avoir de nouvelles de ta part depuis samedi. Mais je ne voudrais pas me montrer intrusif, je suppose que tu as d'autres occupations. Peut-être prends-tu du temps pour nous concocter une nouvelle merveille audiovisuelle ! Si jamais tu as besoin de conseils ou d'idées, je serais honoré d'être celui qui t'en apporterait. Ton fan dévoué et number one, Digital 7.0*

> *Coucou Digital7.0 (il faudrait qu'un jour je connaisse le nom réel de mon fan n°1). Je vais bien, ne t'en fais pas. Pas de nouvelle vidéo prévue mais je vais très bientôt m'y remettre, merci de t'être proposé de m'aider. Tu peux toujours m'envoyer une ou deux suggestions si cela te fait plaisir ;) Je dois être prudente, même si j'ai désormais une solution pour me protéger. Tu auras mon prochain travail en exclusivité. Passe une belle soirée ! Amicalement, Sohane*

Et deux minutes plus tard, après une autre sonnerie, elle s'attendit à lire la réponse de son correspondant anonyme, ainsi elle ne vérifia pas l'expéditeur. Telle fut sa surprise de découvrir un message très court :

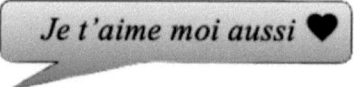

CHAPITRE 21

Enquête indépendante

Très tôt le matin, Walter Casterman débarqua au commissariat de Douai et réclama poliment la personne chargée de l'affaire Morgan Paulin à l'accueil. Après s'être présenté, on le fit patienter quelques minutes. Finalement, une femme d'une quarantaine d'années vint à sa rencontre et l'invita à son bureau.

— Je suis la capitaine Sandrine Durieux. Je suis ravie de faire votre connaissance, Monsieur Casterman. Votre réputation vous précède.

— Ah oui ? Vous me gênez, confia-t-il.

— Il n'y a pas de quoi. Dites-moi tout. Vous souhaitiez vous entretenir à propos du décès de Monsieur Paulin, c'est bien cela ?

— C'est exact. Je ne m'y intéresse pas par hasard, je dois vous avouer que j'ai été engagé par la sœur de la victime, résident au Valenciennois et cherchant un soutien supplémentaire pour retrouver l'assassin de son frère.

— Je comprends sa démarche. Je dois bien admettre que l'enquête piétine, nous n'avons aucune piste. Le criminel n'a laissé aucun indice, et ce Morgan Paulin n'avait visiblement rien à se reprocher. Cela ressemble à un meurtre gratuit. Nous sommes actuellement dans une impasse.

— Aucun ennemi potentiel non plus, j'imagine ?

— Exactement.

— Quelle profession exerçait-il ?

— Il exerçait en tant que cuisinier à la cantine de l'école primaire Le Colombier, à Rieulay. D'après les nombreux témoignages récoltés, il s'agissait d'une personne sans histoire, appréciée de tous. La qualité de ses préparations dépassait même les préjugés peu flatteurs de la bouffe de cantine, c'est peu dire, conclut-elle en riant doucement.

— Ce n'est pas vraiment le profil d'une victime ciblée. Avez-vous recensé des meurtres similaires dans la région ?

— Non, question criminalité c'est plutôt calme en ce moment. Pas de *modus operandi* décelé. Je suppose que vous voudrez un exemplaire du dossier ?

— Je n'en attendais pas tant.

— C'est cadeau ! Vous y trouverez le rapport du médecin légiste. Ce dernier n'exclut pas la piste de l'accident.

— Comment ça ?

— Eh bien, le coup fatal, porté à la carotide, n'a pas été donné avec puissance. Les blessures à la main prouvent que la victime s'est débattue, alors qu'elle se trouvait dans son lit tardivement dans la nuit, donc certainement endormie juste avant. Deux hypothèses : soit le meurtrier a été surpris que la victime se réveille et a perdu son avantage, soit il n'avait pas l'intention première de la tuer. On peut imaginer un cambriolage qui aurait mal tourné, surtout que quelques affaires ont disparu du domicile, bien qu'elles ne soient pas d'une très grande valeur.

— D'accord, je vois.

— Rieulay est une petite ville, vous savez. *A priori* sans histoire, jusqu'à ce week-end. Beaucoup d'habitants se connaissent déjà. De plus, c'est une ville relativement pauvre. Personnellement, je ne suis pas convaincue par l'hypothèse de l'accident. Je crois que le meurtrier avait l'intention de nuire à Monsieur Paulin, mais j'ignore pourquoi. En tout cas, l'acte était maladroit. On peut espérer un événement isolé et unique. En tout cas, je serais curieuse de connaître votre opinion au plus vite.

— Pas de souci pour ça, laissez-moi juste le temps de feuilleter le dossier au calme et d'enquêter de mon côté.

— Bien sûr, je vais de ce pas vous en faire une copie, attendez-moi ici.

Pendant qu'elle s'en allait à la photocopieuse, Walter réfléchissait déjà aux premiers éléments en sa possession. Pour le moment, il ne souhaitait négliger aucune piste. Il savait qu'il pourrait avoir le soutien du commissaire Georges Hublot ou du capitaine Adam Soho, tous deux au commissariat de Valenciennes, s'il en éprouvait le besoin.

Sandrine Durieux revint à sa place avec le dossier soigneusement rangé dans une pochette cartonnée dans les mains qu'elle lui tendit.

— Il est plus mince que ce que j'espérais... Quoi qu'il en soit, mon équipe d'enquêteurs est sur le coup. Si jamais vous avez une piste, une idée, vous pouvez me joindre à tout moment. Je vous ai glissé mes coordonnées dans le dossier.

— Merci beaucoup, c'est très aimable à vous. Les personnes qui m'accueillent avec bienveillance malgré mon choix de carrière ne se bousculent pas au portillon.

— Moi, tant que votre démarche est honnête et utile, je ne vois aucune raison de vous maltraiter. Merci pour cet échange, dit-elle en lui serrant fermement la main. Je vous raccompagne ?

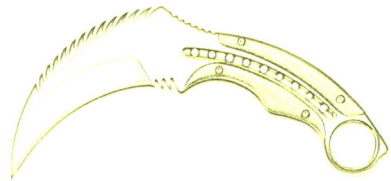

Professionnel, mais également curieux et impatient, Walter avait commencé la lecture du dossier dès qu'il s'était retrouvé seul derrière son volant. Effectivement, ce dernier était bien trop mince pour présager une réussite dans l'enquête. Des affaires classées sans suite comme celles-ci, il en existait bien trop.

Comme il avait du temps à perdre, et comme il aimait le faire, il se rendit à Rieulay d'abord, afin de prendre connaissance des lieux, s'imprégner de l'atmosphère et découvrir où évoluait la victime lorsqu'elle n'en était pas encore une. Il s'octroyait une bonne heure d'observation, en voiture ou à pied, avant de procéder de même aux villes et villages limitrophes. Parfois, il se permettait de poser des questions à des passants ou des propriétaires au hasard, quand on acceptait de lui répondre.

Ainsi, il se retrouva à Vred, sa dernière destination, aux alentours de 14h. Après s'être acheté un sandwich et un cookie dans une boulangerie, il s'installa sur un banc à la tourbière de Vred pour manger. La vue était agréable et ressourçait Walter qui avait besoin d'une bonne pause après sa longue matinée.

Une fois son repas terminé, il fit un petit tour de l'espace naturel avant de rejoindre sa voiture. Sur son chemin, il s'arrêta, attiré par un bruit. Il s'agissait seulement d'une adolescente qui sortait de chez elle, son sac à dos suspendu à une seule épaule. Sur son visage, Walter décela un subtil mélange de joie et d'appréhension. Il s'imagina qu'elle partait retrouver son amoureux pour un premier rendez-vous.

D'ailleurs, elle s'installa sur le banc d'un arrêt de bus, attendant le prochain.

Son regard croisa celui de Walter. Ce dernier lui fit un sourire franc accompagné d'un léger hochement de tête, avant de rejoindre sa voiture, prêt à reprendre du service et à commencer un nouveau porte-à-porte hasardeux.

CHAPITRE 22

1ère *fois à 2*

« *Qu'est-ce qu'il me veut, celui-là ?* », pensa Sohane, surprise qu'un étranger lui fasse un sourire sans raison. Même s'il paraissait gentil, elle restait sur ses gardes.

Le bus eut vite fait de l'amener chez Rafael. Ce fut Pascal qui l'accueillit. Ce dernier demanda si sa mère était avec elle et sembla déçu que ce ne soit pas le cas. Il prévint Sohane que son fils était d'une humeur de chien et enfermé dans sa chambre depuis la veille au soir, prévenant qu'il refusera peut-être sa visite. Après lui avoir dit qu'elle se débrouillerait, elle monta les marches et s'annonça à sa porte à l'aide de sa voix et de petits coups sur le bois.

Lorsque Rafael lui ouvrit, la première chose qui la frappa fut qu'il vivait dans une obscurité marquée, ses stores fermés ne laissaient entrer que peu de lumière du soleil. Ensuite, ce fut bien évidemment son visage : il semblait avoir pleuré une bonne partie du temps, ses yeux rouges et cernés le vieillissaient d'une dizaine d'années. L'odeur de la pièce n'était pas très bonne, et quelques déchets d'emballages de biscuits, chips et autres produits industriels peu nutritifs jonchaient le sol. Avec moins de vingt-quatre heures enfermé dans sa chambre, il avait réussi à donner l'impression d'y être depuis plusieurs jours sans jamais en sortir, comme s'il souffrait d'Hikikomori – si vous ne connaissez pas ce trouble mental, je vous invite à le découvrir, c'est passionnant.

L'étonnement devait se lire sur son visage, car Rafael regarda derrière lui puis lui-même, s'imaginant avec une tache de gras sur son t-shirt à longues manches. Ensuite, il comprit qu'il se présentait de manière peu accueillante. Il l'invita à entrer, lui priant de ne pas prendre en compte le désordre. Très vite, il alla ramasser les emballages et les mettre à leur place dans la poubelle, mais il ne toucha pas aux stores.

Sohane restait debout, mal à l'aise de se retrouver ici en sachant ce qu'ils allaient certainement y faire. Maintenant que ça devenait concret, l'angoisse lui nouait l'estomac. Rafael lui proposa de s'installer sur son fauteuil de bureau tandis qu'il irait sur son lit. En s'asseyant, il constata avec embarras qu'une boule de papier essuie-tout usagé traînait par terre. Son premier réflexe fut de tenter de le dissimuler d'un coup de pied vers le dessous de son lit, mais comme Sohane le remarqua, il le saisit pour aller le jeter avant de se rasseoir, le rouge aux joues.

Les deux adolescents restèrent muets pendant un certain temps. Un malaise évident les saisissait, aucun des deux n'osait prendre la parole, ne sachant pas quoi dire, de toute manière. En venant ici, Sohane avait l'intention d'accepter la proposition de Rafael, mais maintenant qu'elle s'y trouvait, un terrible doute la tiraillait. Rafael, quant à lui, espérait qu'ils discuteraient de leur relation afin de la définir précisément, mais il avait peur de s'engager, surtout en raison du contexte. La belle relation amoureuse qu'il espérait avec son âme sœur lui paraissait mal engagée.

Finalement, ils entreprirent de discuter simultanément. Cela les fit rire doucement et ainsi relâcher la pression. Après qu'ils eurent déterminé qui prendrait le premier la parole, Rafael se lança. Il se sentait toujours prêt à mettre son plan à exécution, espérant au plus profond de son cœur que Sohane revienne à la raison par elle-même.

— Tu as bien fait de venir. Nous avions besoin de parler, je crois. Même si je te l'ai déjà dit par message hier, je tiens à m'excuser une nouvelle fois. Je n'avais pas à te traiter comme je l'ai fait. Quand tu m'as expliqué... tout ça, j'ai pris peur et j'ai surréagi sur le coup de la panique. Mais j'ai bien réfléchi ces dernières heures, et j'en suis venu à la conclusion que tout ce qui m'importe, c'est ton bonheur. Car je tiens à toi plus qu'à n'importe qui, alors si je peux t'aider, je le ferai.

— Alors c'est vrai ? Tu es d'accord pour que je... que toi et moi...

— Oui Soh-Soh. Je préfère ça que te savoir mal ou en prison. Je suis fort, je saurai tenir, pour toi.

Sohane rapprocha son fauteuil sur roulettes de Rafael pour lui prendre la main. Elle la serra très fort, avant de la glisser sur sa joue. Ils échangèrent un sourire triste, les yeux humides. Gêné, Rafael retira délicatement sa main et fuit son regard.

— C'est à mon tour maintenant, j'imagine. J'ai malheureusement bien conscience que mes envies, mes besoins sont dangereux. Mais crois-moi, j'ai essayé d'y résister. Sauf que cela me fait faire de grosses conneries, car j'agis plus impulsivement et sans réfléchir. C'est ce qui m'a valu le terrible accident que tu connais. Je ne te remercierai jamais assez de tout ce que tu fais pour moi. Tu es la seule personne qui sait me soutenir, me comprendre. Je sais que je peux tout te dire, même le pire.

— Et tu as raison, tu peux me faire confiance. Je ne te laisserai jamais tomber. As-tu d'autres choses à me dire ?

— Non Rafi, rien.

— D'accord. Dans ce cas, je te propose de commencer. Je te promets de ne pas te juger. Nous allons nous entraider et tout va bien se passer.

Sans tarder, il retira son t-shirt, laissant sa peau à nu. Malgré l'obscurité, Sohane put constater les stigmates de son masochisme sur ses bras. Elle aurait voulu être discrète, mais son regard passait des cicatrices au reste de son torse, une partie du corps qui éveilla en elle un double désir, mélangeant sa sexualité et son obsession. Rafael constata son trouble mais s'abstint d'en faire la remarque.

Pour rompre ce regard insistant, elle se leva et se dirigea vers les stores, lui demandant tout de même si elle pouvait faire entrer un peu de lumière. Il accepta, alors elle s'exécuta avant de récupérer le contenu de son sac : son second couteau préféré et sa petite caméra.

— Une caméra ?

— Oui, c'est pour… c'est pour moi, je pense que visionner ce que je ferai me permettra de freiner mes pulsions à l'avenir, mentit-elle.

Cette idée de vidéo n'enchantait guère Rafael, mais il était prêt à faire ce sacrifice supplémentaire pour elle. Bien sûr, il la crut sans hésitation, loin de se douter qu'elle comptait alimenter sa chaîne YouTube. Sohane préférait garder l'information pour le moment, craignant qu'elle soit de trop et que Rafael revienne sur sa décision.

— Prêt ? lui demanda-t-elle en s'approchant de lui.

— Je crois.

Elle vint s'asseoir à côté de lui sur le lit étroit. La forte proximité leur procura à tous les deux un frisson discret. Rafael lui présenta son torse, zone encore vierge de toute marque. Sohane enclencha sa caméra et filma un plan assez zoomé de l'endroit indiqué. Elle resta un certain temps sans rien faire d'autre que filmer son torse se gonflant et se dégonflant au rythme de sa respiration saccadée.

— Vas-y, l'encouragea-t-il.

Avec son aval, donc, elle approcha le manche de son couteau à cran d'arrêt et fit sortir la lame sous l'œil de la caméra. Puis, pour commencer, elle appuya légèrement la pointe pile entre ses deux tétons et fit tourner le couteau sur son axe. Elle arrêta la rotation pour finalement glisser la lame sur la droite, commençant à lentement entailler la chair de Rafael en direction de son téton.

Sous la douleur, il inspira un grand coup en serrant les dents. Sohane arrêta immédiatement son geste, inquiète, tandis qu'un peu de sang s'écoulait.

— Ne t'inquiète pas, ça tiraille juste un peu. Ce n'est pas si désagréable, continue, insista-t-il face à son hésitation.

Jugeant s'être trop approchée de son téton, elle préféra commencer une nouvelle entaille juste en dessous de la précédente, en démarrant plus sur la gauche. Rassurée par Rafael et fascinée par le résultat, elle se permit d'enfoncer son couteau plus profondément. Sentant que son ami d'enfance se crispait de plus en plus, elle s'arrêta à nouveau, réalisant qu'elle allait peut-être trop loin.

— Je ne peux pas…

— Si, tu peux. Je vais m'allonger, ça sera plus facile.

Il s'exécuta, se retrouvant de tout son long sur le lit, avec son ventre et ses bras entiers à disposition de Sohane, toujours assise sur le bord. Ce fut même Rafael qui lui prit délicatement la main pour la diriger vers son abdomen.

— Tu auras plus de place ici. N'hésite pas, vas-y franchement, tant que tu n'appuies pas trop fort.

Il ne comprenait pas lui-même pourquoi il insistait. Peut-être parce que cela lui faisait plus de bien qu'il ne l'aurait pensé. C'était finalement meilleur que quand il le faisait seul. Pour le moment, il ne préférait pas se poser trop de questions et voir où cela les mènerait. Il pensait encore qu'elle pourrait se rétracter.

Sohane prit une grande inspiration et reprit son travail de lacération. Elle approcha encore davantage sa caméra de la chair qu'elle meurtrissait, en gros plan apparaissait la peau qui s'ouvrait pour déverser le liquide écarlate. Il était difficile de gérer la pression avec la respiration de Rafael qui, par ailleurs, se faisait de plus en plus intense.

— Ne t'arrête pas, murmura-t-il dans un soupir.

Son souffle et ses grincements de douleur se transformèrent peu à peu en gémissements. Sohane constata une bosse se former à son entrejambe. La vision de celle-ci, de sa lame et de la chair entaillée se combinèrent aux bruits que produisait Rafael et commencèrent à l'exciter. Une chaleur envahit tout son corps, sa respiration s'accéléra.

La caméra devenant encombrante, elle la posa sur la petite table de nuit. Désormais plus libre, elle se pencha au-dessus des plaies qu'elle avait formées. Une irrésistible envie de lécher cette peau souillée de sang l'envahit, elle laissa ce désir s'exprimer. Lorsque sa langue entra en contact avec la peau martyrisée, une décharge de douleur et de plaisir monta au cerveau de Rafael qui poussa un profond soupir.

Sohane se retrouva les genoux au sol, la tête posée sur le ventre de Rafael qui lui intimait de continuer, totalement envoûté par ce qu'elle lui faisait. Son plan initial avait totalement échoué, au point où il l'avait oublié. Tout ce qui comptait désormais pour lui était de profiter au maximum de ces sensations nouvelles et exquises. Elles l'étaient également pour Sohane qui se retrouva très vite la culotte humide. Elle continuait de griffer sa peau juste devant ses yeux, passant parfois un coup de langue. De sa main libre, elle caressa doucement l'excroissance entre ses jambes.

Totalement excitée, elle se releva pour venir s'allonger contre lui et remonter doucement jusqu'à son visage. Rafael accueillit ses lèvres avec plaisir, ainsi que sa langue chaude. Après ce premier baiser passionnel, il l'aida à retirer son débardeur et fourra son visage entre ses deux seins, n'attendant pas que le soutien-gorge soit dégrafé. Les deux adolescents poussaient de violents gémissements, totalement possédés par leurs sensations dont ils ignoraient encore tout. Les événements avaient pris un tournant parfaitement inattendu, mais ce n'était pas pour leur déplaire.

Tandis qu'il lui enlevait le sous-vêtement pour lui mordre les tétons, Sohane faisait parcourir sa lame sur son dos. Après une griffe involontaire, elle constata que Rafael avait adoré ça, poussant un cri plus prononcé et mordant davantage dans son sein, qui la fit gémir davantage elle aussi. Alors elle lui fit d'autres entailles, plus profondes, nombreuses et éparses.

— Oh oui, vas-y, continue…

Il glissa une main sous son short et sa culotte pour lui palper une fesse avec convoitise, son autre main lui caressait la cuisse. Sohane lâcha son couteau pour saisir sa tête à deux mains et amener ses lèvres sur les siennes. Leurs langues s'entremêlèrent et elle pressa légèrement ses dents sur la sienne. Après ce long baiser bestial, la langue de Rafael désormais en sang, ils retirèrent leurs derniers vêtements.

Bien qu'elle ait très envie de lui, Sohane prit le temps de récupérer son couteau à cran d'arrêt et à parcourir le plat de la lame sur le sexe dur de Rafael. Cette sensation de froid était délicieuse. Il espérait secrètement qu'elle se servirait de son arme contre son engin, mais elle n'en fit rien, renonçant à cette idée trop extrême. Au lieu de cela, elle se plaça sur son bassin, ainsi il entra en elle délicatement. Sohane accueillit ce sexe masculin et la perte de sa virginité avec la douleur que cela implique. Elle eut ainsi un petit sursaut, poussant un gémissement plaintif.

— Tout va bien ? s'inquiéta Rafael.

— C'est ma première fois.

— Je l'ignorais, désolé. Tu veux que…

— Non merci, ça va aller. J'ai envie que ce soit avec toi.

Ému, Rafael lui caressa la joue. Sohane saisit sa main pour en embrasser la paume, puis ils échangèrent un « Je t'aime ». Toujours autant excité l'un que l'autre, ils poursuivirent l'acte, Rafael prenant toutes les précautions nécessaires pour le rendre le plus agréable possible.

Le couteau toujours en main, mais sans intention de l'utiliser cette fois-ci, elle faisait des va-et-vient en gémissant progressivement de plaisir, accompagnée par ses propres cris d'extases. L'orgasme était déjà proche pour les deux adolescents. De sa main libre, Sohane caressait le visage de Rafael, plaçant parfois un index entre ses lèvres.

Soudain, alors que l'excitation arrivait à son paroxysme, il empoigna impulsivement sa main munie du couteau et l'amena vers ses côtes apparentes, comme s'il souhaitait se faire poignarder. Surprise, elle émit une résistance qui évita de justesse un coup sûrement fatal, lui faisant à la place une plaie plus profonde que les autres. Il cria de jouissance, accompagné par Sohane dont l'orgasme simultané envahissait l'intégrité de son corps.

Maintenant que c'était terminé, elle s'écroula sur lui, hors d'haleine et avec le tournis. Pour se soulager, elle laissa sa tête se reposer contre son torse scarifié. Rafael était dans le même état, faisant soulever l'amour de sa vie à chacune de ses fortes respirations. Un rapide coup d'œil de la part de Sohane vers son sexe lui confirma qu'elle avait saigné.

— Tu n'as pas eu trop mal ? s'enquit-il.

— Je te remercie Rafi, ça a été.

Soulagé, il lui sourit et l'embrassa, lui promettant qu'elle n'aurait plus mal à l'avenir. Soudain, une douleur lui rappela la dernière blessure sur son flanc gauche. Comme il tenta de la regarder, Sohane s'en souvint également.

— Oh merde, qu'est-ce que j'ai fait ? s'inquiéta-t-elle en se redressant pour mieux observer l'ampleur des dégâts.

— Tu n'y es pour rien, c'est ma faute. Mais ne t'inquiète pas, je ne souffre pas. J'ai tout ce qu'il faut pour régler ça.

Il tendit son bras jusqu'au tiroir de sa table de nuit et en sortit du coton, du désinfectant et son plus gros pansement. D'un « attends », Sohane prit le matériel et s'occupa personnellement de le soigner, se sentant responsable de son état. Elle en profita pour nettoyer les autres entailles qu'elle avait pu lui faire. Cela prit quelques minutes durant lesquelles Rafael la regardait faire, plein d'amour dans les yeux.

Une fois son soin effectué, elle s'allongea à nouveau contre lui, ce qui n'était pas uniquement justifié par l'étroitesse du lit. Il lui déposa un baiser tendre sur son front et l'entoura de ses bras.

— Tu vas bien ? lui demanda-t-elle.

— Oui, mieux que jamais. Et toi ?

— Moi aussi. Je t'aime Rafi.

— Je t'aime Soh-Soh.

Ils s'embrassèrent tendrement puis laissèrent place à un silence durant lequel ils se reposèrent, profitant de l'instant présent, le cœur apaisé et plein d'amour. Ils étaient conscients aussi bien l'un que l'autre que ce qu'il venait de se produire n'avait rien de normal, mais ça représentait le cadet de leurs soucis. Jamais ils n'auraient cru à une telle intensité. Même sans en parler ensemble, ils savaient qu'ils n'en resteraient pas là et qu'ils retenteraient bientôt l'expérience.

CHAPITRE 23

Intimes pensées

Vendredi. Cela fait quatre jours consécutifs que Rafael et moi nous réunissons pour s'adonner au plaisir et à nos passions respectives, lors de rendez-vous allant de trente minutes à plusieurs heures. Faire l'amour avec lui, c'est tellement intense, à un point que je n'aurais jamais pu l'imaginer. On en devient vite addict, à ces ébats puissants. Difficile de ne pas se faire remarquer par les parents parfois. Je comprends enfin pourquoi Tex est autant portée sur la chose.

Afin d'être plus discrets et justifier nos nombreux rendez-vous chez l'un ou chez l'autre, nous multiplions les visites avec son père et ma mère, particulièrement heureux de passer eux aussi des moments ensemble. Souvent, ils sortent de la maison dans laquelle nous nous trouvons pour balader en extérieur, ainsi nous pouvons laisser notre passion s'exprimer, tandis qu'ils croient que nous passons notre temps devant des films. Que des cons.

La veille, j'ai eu une fâcheuse expérience dont Rafael ignore encore tout. La salope d'Aude est venue me voir, seule, chez moi. Elle a osé pénétrer dans mon intimité. Ce fut mon oncle Yohan qui lui a ouvert, et déjà elle s'était montrée agressive et autoritaire envers lui, ordonnant de me voir. Heureusement que j'ai entendu cette intrusion, j'ai pu les rejoindre et l'éloigner de la maison.

Elle souhaitait juste se défouler sur moi en m'insultant de tous les noms. À l'écouter, j'étais la méchante, une briseuse de couple, la salope qui joue de ses atouts pour charmer Rafael et l'influencer. Au passage, je lui ai répliqué qu'elle voyait en moi des atouts et que c'était un beau compliment, bien sûr elle l'a très mal pris. Je n'avais aucune intention de me laisser traiter de la sorte. Elle jouait l'intimidation et la supériorité ? Alors j'allai lui montrer que ses tentatives étaient vaines.

Avec le recul, je suis étonnée que nous n'en soyons pas venues aux mains, tant la dispute avait été violente. Je crois que le vrai problème d'Aude, c'est qu'elle a horreur de perdre le contrôle. Rafael n'était pas heureux avec elle, il s'est plus facilement confié à ce propos ces derniers jours. À mesure qu'il me décrivait leur ancienne relation, je découvrais une personnalité toxique, profitant de ses faiblesses et ne l'aimant pas réellement, pas comme moi je l'aimais. Bon, ok, peut-être suis-je jalouse, mais je n'ai plus aucune raison de l'être désormais.

Elle a fini par partir, bien heureusement, en proférant d'inutiles menaces. Elle croit me faire peur, celle-là ? Elle est bien pitoyable. Elle aurait beau tout tenter, je sais que Rafael ne reviendra jamais dans ses bras. De toute manière, je doute fortement qu'elle ait déjà éprouvé de réels sentiments à son égard. En tout cas, je ne ressens rien qui va dans ce sens, seule la haine se dégage de ses propos, même ceux concernant Rafael.

Je songe à tout ceci, tandis que je me laisse chouchouter dans ses bras. Nous sommes dans ma chambre, sur mon lit, après avoir fait l'amour et diverses entailles dans son dos. Comme il aime particulièrement cela, je me suis fait livrer des extensions métalliques en forme de griffe pour les doigts et nous les avons inaugurées aujourd'hui. Lui lacérer le dos pendant la pénétration était l'une des pratiques les plus excitantes pour lui que nous avions osé essayer.

Pour continuer d'alimenter ma chaîne YouTube, je nous filmais, souvent en gros plan, mais jamais durant nos ébats et je dissimulais son visage, ce qui n'a malheureusement pas toujours été le cas. En effet, lors de notre première fois à deux, j'avais complètement oublié d'éteindre ma caméra. Ne souhaitant pas rendre Rafael mal à l'aise, je ne lui ai absolument rien dit. Une fois rentrée chez moi, j'ai constaté avec embarras que l'on voyait absolument tout et que poster cette vidéo permettrait de l'identifier, ainsi ai-je décidé de ne plus y toucher, sauf pour la regarder moi-même. La chance de conserver des images de sa première fois ne se refuse pas, n'est-ce pas ?

Concernant ma chaîne, mes nouvelles vidéos sont montées à partir d'extraits faits avec Rafael, dont il ignore toujours l'exacte utilité, ainsi que de parties que je filme de mon côté. Depuis mardi, j'ai récolté assez de matière pour créer deux montages, dont un déjà mis en ligne. Comme il n'y a aucun contexte réel, je voyais les internautes s'acharner dans les commentaires, chacun essayant de comprendre d'où sortaient ces images et quelle trame narrative se cache derrière ce mystérieux ARG. Certaines théories étaient particulièrement cools, comme celle d'un détraqué qui immobiliserait ses victimes avec des procédés chimiques pour qu'ils ne puissent bouger mais ressentir toutefois la douleur, avant de les libérer en leur faisant oublier cet épisode de leur vie grâce à d'autres substances. Un peu tirée par les cheveux, mais cool.

Hormis quelques commentaires de personnes suspicieuses mais qui ne passeront jamais à l'acte de dénonciation, c'est Tex qui exprime le plus d'inquiétude par rapport à mes publications. Elle voit tout d'abord sur Instagram que j'annonce la mise en ligne de nouveau contenu, où je fais toujours croire que je me dois de le révéler au public, fidèle à mon rôle. Puis elle visionne lesdites vidéos. Lorsqu'elle a vu la dernière, elle m'a appelé tard dans la soirée pour me demander des explications. C'était hier et je me souviens parfaitement des propos échangés.

— *Tu vas me dire ce qui ne va pas ?*

— *C'est un ARG, Tex, je te l'ai déjà expliqué ! C'est une histoire fictive.*

— *Pourtant, le contenu de tes vidéos me paraît bien trop réaliste. Depuis quand es-tu une experte en effets spéciaux ?*

— *J'ai pu m'entraîner, tu sais.*

— *Je n'y crois pas une seconde. Tu sais ce que je crois ? C'est que soit ton histoire est vraie, et dans ce cas je te conseillerais d'aller voir la police plutôt que de jouer avec le feu, soit tu fais effectivement une fiction, mais dans ce cas j'aimerais savoir sur qui tu fais ces horreurs, après t'être servi de rats.*

— *Mais enfin, crois-moi Tex ! Je te jure que tout est fictif de bout en bout, et que je fais seulement des effets spéciaux à base de maquillage et de faux animaux. On peut trouver beaucoup de choses sur internet.*

— *Je te connais par cœur, et là je sais que tu mens. Je m'inquiète pour toi, vraiment, mais si tu continues à me prendre pour une cruche, je préfère arrêter là cet appel !*

— *Bon, comme tu voudras.*

Et j'ai raccroché. Cela me fait beaucoup de mal de me disputer avec ma meilleure amie, mais je ne peux tolérer la façon dont elle me traite. Elle a beau avoir raison, j'aurais aimé qu'elle n'insiste pas, par respect pour moi. Si je ne lui dis rien, c'est que j'ai mes raisons. Depuis ce coup de fil, elle ne m'a plus donné de nouvelles.

Je lève la tête pour plonger mon regard dans celui de Rafael, avant que ce dernier ne m'embrasse puis ne me fasse une bien surprenante proposition.

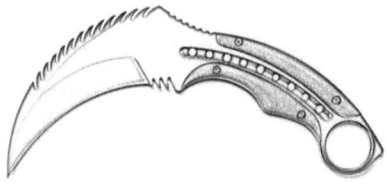

J'adore le contact, le goût de ses lèvres. Elles me provoquent une douce chaleur intérieure, j'ai l'impression d'être de plus en plus amoureux après chacun d'eux, comme chacun de ses gestes, chacune de ses paroles, ce qui pourtant me paraissait impossible tant je l'aime déjà. Je crois que jamais personne ne pourrait comprendre ce que nous ressentons l'un pour l'autre, c'est beaucoup trop puissant. Et je suis convaincu que nous sommes liés depuis plusieurs vies.

Je regrette seulement que l'on se soit retrouvés dans celle-ci, dans ces conditions. Si nos vies respectives ont été si difficiles à gérer pour nous jusque-là, c'est certainement dû à notre séparation. Si les parents de Sohane n'étaient jamais partis pour la Réunion, rien de tout cela ne serait arrivé. J'ose croire même que son père et ma mère seraient encore vivants aujourd'hui. Je déteste sa mère et mon père pour ça, qui en plus les ont rayés de leur vie bien trop rapidement et facilement à mon goût.

Elle est tellement belle. Bien que nous venions à peine d'avoir un orgasme, j'aimerais lui faire l'amour à nouveau. Et qu'elle me... non, pas cette fois, tout compte fait. Bien que ces pratiques décuplent aisément mon plaisir. Je ne comprends pas pourquoi j'étais si mal à l'aise avec tout ça, alors qu'il s'agit seulement d'une envie, je dirais même presque un besoin de mon corps. Bien que cela soit rangé du côté des pratiques sexuelles déviantes, je suis persuadé qu'il n'y a aucun mal à cela, du moment que ça n'implique que moi. Ce n'est pas comme si je mettais la vie d'autrui en péril. C'est juste un sujet très personnel, n'en déplaise aux gens qui se persuadent d'être normaux, alors que ce sont bien souvent eux les monstres.

Et Sohane, ma douce. Comme nous en avons déjà parlé, je n'aborde pas négativement ses penchants pour les couteaux et leur utilisation sur la chair. Cela me plait bien en fin de compte, je dois le reconnaître. Nous nous sommes mutuellement rassurés sur le fait que nous avons uniquement des passions hors du commun et que celles-ci nous réunissent comme personne, faisant de notre relation la plus unique et exceptionnelle qu'il soit. Nous en sommes persuadés, comme du fait que le monde tournerait mieux s'il y avait moins de carcans moraux et que l'on s'acceptait les uns les autres.

Après l'avoir embrassée une énième fois, je lui propose de sceller symboliquement notre amour, à l'aide de son couteau favori qu'elle a souhaité récupérer. Approuvant mon idée, elle grave nos initiales dans mon dos. Cela me paraissait plus original que de le faire sur un arbre, mais aussi et surtout plus personnel, ce qu'elle a approuvé. Elle n'hésite pas à m'entailler bien profondément, afin d'être sûre d'en conserver des cicatrices. Sinon, tant pis, nous recommencerons l'opération. Les occasions ne manqueront pas. Bien entendu, elle désinfecte ses lames avant chaque utilisation, nous prenons nos précautions.

Dimanche, dans deux jours, nous fêtons notre anniversaire commun. Cela explique peut-être pourquoi nos parents s'absentent aussi régulièrement à l'extérieur. Ce qui n'est pas plus mal en fin de compte. Je ne comprends pas comment ils font pour discuter autant tous les deux, ils sont aussi ennuyeux l'un que l'autre. Quoi qu'il en soit, je compte profiter de l'occasion pour lui offrir la musique.

Lorsque je me retrouvais seul le soir, je la retravaillais encore afin de la rendre parfaite. Il m'arrivait d'ajouter quelque chose pour l'enlever le lendemain, effectuer quelques modifications mineures comme de subtiles nuances, des accentuations, des indications de jeu... Aujourd'hui, je peux affirmer qu'elle est parfaitement au point, le résultat me satisfait pleinement. J'ai hâte qu'elle puisse l'écouter.

Le vibreur de mon smartphone s'enclenche, ce qui vient perturber notre moment à deux. Je suis appelé par un numéro inconnu. Je préfère ignorer l'appel, mais Sohane me convainc de répondre, au cas où ce serait important. Alors je décroche tandis qu'elle reste blottie dans mes bras. L'appelant se révèle être Madame Touillez. Nous échangeons les politesses d'usage puis :

— Excusez-moi de vous déranger, mais je suis dans l'obligation de décaler l'horaire de notre rendez-vous, j'ai un empêchement en matinée. Veuillez m'excuser. Auriez-vous des disponibilités dans l'après-midi ?

— Pas de souci, ce sont des choses qui arrivent. Alors, à ce propos, je comptais vous prévenir que j'avais décidé d'annuler le rendez-vous. Je n'en ai plus besoin.

— Comment ça ? Pourquoi ce revirement ?

— Votre aide de lundi m'a apporté beaucoup, je pense que je saurais gérer seul maintenant. Vous vous inquiétez peut-être mais je tiens à vous rassurer, je vais beaucoup mieux.

— D'accord... Très bien, si tel est votre désir. Si jamais vous changez d'avis, n'hésitez pas à me contacter à nouveau. Au revoir, Monsieur Seguin.

— Au revoir madame, et merci pour votre compréhension.

Elle raccrocha la première. Étrangement, à sa voix, elle semblait totalement contre ma décision. Pourtant je sais que je vais bien. Je regarde Sohane, qui me fixe intensément, visiblement surprise.

— C'est vrai, tu penses que tu n'en as plus besoin ?

— Non, plus du tout.

— Ça t'avait fait du bien pourtant, la dernière fois. Tu as bien réfléchi ?

— Mais oui Sohane, bien sûr. Pourquoi tu insistes ? Je croyais que l'on était d'accord, et que nos pratiques n'apportent que du bon.

— Oui d'accord, mais bon. Je me dis juste que ce n'est pas un hasard si ta dernière séance t'a apporté du soulagement. Après, tu fais ce que tu veux, n'en parlons plus.

Je ne comprends pas sa réaction. Pourquoi désapprouve-t-elle mon choix ? Je pensais que les choses étaient claires entre nous. Croit-elle que j'aie un problème qui mérite d'être soigné ? Non, tu t'inquiètes pour rien, Rafael, elle t'aime et approuve ton choix. C'est seulement qu'elle se fait du souci pour toi, car tu comptes pour elle. Oui, c'est sûrement ça.

CHAPITRE 24

Une visite inattendue

Sohane se réveilla d'un étrange rêve, en sueur. Ce dernier était la traduction de l'un de ses plus grands fantasmes enfouis.

Dans ce rêve, elle faisait l'amour avec Rafael. Jusque-là, rien de bien étonnant. Jusqu'à ce qu'elle introduise le manche d'un couteau dans son vagin afin de l'y coincer. La lame dépassant désormais d'entre ses jambes tel un dard tranchant, elle ordonnait à son amant de se retourner. Heureusement pour lui, la lame était en position verticale. Au lieu de la mort assurée et des cris de douleurs de Rafael, seuls des gémissements brutaux et gutturaux lui parvenaient aux oreilles tandis qu'elle donnait ses puissants coups de reins. Les cris étaient si exagérés qu'ils lui auraient donné la nausée dans la réalité, sans compter les jets de sang qui les aspergeaient copieusement.

Le souvenir de ce rêve malsain encore bien présent, ajouté à la grande quantité d'alcool ingérée en cachette avant de s'endormir comme une masse, Sohane eut un violent haut-le-cœur qui l'obligea à se pencher pour vomir par terre. Les remontées acides lui brûlèrent l'œsophage. C'était comme expulser son mal-être et son dégoût d'elle-même. Car, oui, il lui arrivait de se sentir mal en réalisant ce qu'elle faisait, et son envie de faire pire à chaque fois, comme celle apparue la veille.

Avant de commencer à boire, elle avait songé à exécuter l'une de ses idées premières, soit se défouler sur des sans-abris que personne ne défendrait. Étant complètement ivre, ne supportant pas l'alcool car n'en prenant jamais, elle semblait bien décidée. Aujourd'hui, ce souvenir lui valut de vomir à nouveau. Le bruit avait dû alerter Yohan qui vint toquer doucement à la porte en demandant si tout allait bien. Sohane réussit à lui dire que oui entre deux quintes de toux et lui prévint qu'elle nettoierait. Elle entendit ses pas s'éloigner après qu'il lui ait dit de ne surtout pas hésiter à le solliciter.

Toujours transpirante, elle s'assit et s'épongea le front. Son obsession pour les couteaux et mutilations commençait à lui peser sérieusement. Cela influençait sa santé et son état d'esprit. Le fait que Rafael refuse désormais sa thérapie lui avait ouvert les yeux. Malgré toutes les belles paroles échangées au cours des derniers jours, l'envie de mettre un terme à tout ceci avait germé et s'insinuait progressivement. Ce qu'ils faisaient, surtout elle, était mal, très mal. Elle en avait même perdu le désir de consulter sa page YouTube malgré les nombreuses notifications sur son smartphone, souhaitant mettre tout cela de côté pour le moment.

D'abord, il lui fallait nettoyer. Alors elle descendit pour rejoindre la salle de bain sans croiser personne pour y récupérer les outils nécessaires et rejoindre sa chambre. Maintenant accroupie à tout ramasser, Yohan entra, la porte de la chambre étant restée ouverte.

— Coucou ma puce, tout va bien ? Tu es malade ?

— Non tonton, ne t'en fais pas, j'ai juste… trop bu, avoua-t-elle, suffisamment à l'aise avec lui pour avouer.

— Il me semblait bien que je t'avais vu emmener avec toi des bouteilles à l'étage. Tu peux boire en bas avec nous, tu sais.

— Pour la quantité ingérée, il ne vaut mieux pas que ma mère voit ça, répondit-elle en riant jaune.

— Je vois.

Il demanda l'autorisation de s'asseoir sur son lit. Elle accepta et, comme elle venait de terminer de passer un coup de produit nettoyant, s'installa à ses côtés.

— Il y a quelque chose qui ne va pas ? Je croyais pourtant que les choses s'étaient arrangées avec Rafael.

— Décidément, tu es très perspicace.

— Il n'y a que ta mère pour ne pas s'en rendre compte. Je me demande où elle a la tête ces derniers temps... J'espère que ce sont les préparatifs pour ton dix-septième anniversaire qui la préoccupent tant !

— Je n'en suis pas si sûre, on verra bien. Mais oui, ça va beaucoup mieux avec Rafael. Je lui ai pardonné, il a quitté sa copine et maintenant on s'est rapprochés.

— Alors, pourquoi éprouves-tu le besoin de boire ?

Elle ne prit pas son insistance pour de l'intrusion mais de la bienveillance, car il s'agissait bien de cela. Il s'inquiétait pour elle, agissait presque comme le père qu'elle avait perdu trop jeune. Question caractère, il lui ressemblait beaucoup, ce qui la rassurait naturellement.

— Je n'ai pas trop envie d'en parler. C'est... compliqué. Mais je peux te rassurer sur le fait qu'il n'y a rien de grave. Les histoires d'amour, ça prend la tête.

— Ah ça, ce n'est pas moi qui te dirai le contraire. Et ce n'est certainement pas parce que les filles sont compliquées, comme disent les garçons. C'est nous qui ne comprenons rien.

Ils rirent de manière complice. Cela mit du baume au cœur de Sohane qui avait besoin de légèreté, de penser à autre chose. Elle posa une tête sur l'épaule de son oncle, ses larmes de joie devenant petit à petit des pleurs.

— Oh, ma puce...

Yohan lui fit un câlin réconfortant, attendant que ses larmes se tarissent. Il aurait aimé savoir ce qui la mettait dans cet état, n'en ayant personnellement aucune idée. Après quelques minutes, elle sortit de ses bras et lui fit un sourire, promettant que les choses iraient bientôt mieux, qu'elle faisait tout pour. Avant qu'il n'ait le temps de répondre quoi que ce soit, la sonnette de la maison retentit. Ainsi, il s'excusa auprès d'elle et sortit de la chambre.

Quelques secondes plus tard, il l'appela depuis le bas des escaliers. Un "monsieur" souhaitait s'entretenir avec elle.

Comme elle arrivait, elle reconnut depuis l'étage l'inconnu qui lui avait souri en début de semaine.

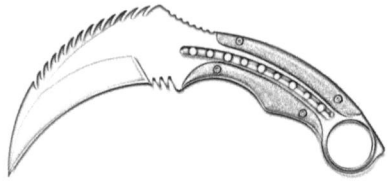

— Comme ton oncle te l'a dit, je suis détective privé. Je sers de renfort à la police nationale de Douai sur une affaire d'homicide. Un appel alarmant a été passé à la gendarmerie de Vred, par une certaine Tex Hoarau. C'est ton amie ?

— Oui, on se connaît depuis des années.

— Visiblement, elle se fait beaucoup de souci pour toi. Les informations qu'elle a transmises ont été transférées à Douai, car il aurait pu y avoir une corrélation avec notre affaire d'homicide, selon les gendarmes. Toutefois, ces informations ne sont pas suffisamment probantes pour envoyer la police t'interroger. Ne faisant pas partie des forces de l'ordre, je me suis proposé afin de te poser quelques questions, si tu le veux bien. Rien ne t'y oblige, toutefois.

— Je n'ai rien à me reprocher, Monsieur... Casterman ? Alors allez-y, posez-moi vos questions.

D'apparence calme, Sohane bouillait de l'intérieur. Qu'avez bien pu raconter Tex aux gendarmes ? Pourquoi la trahir ainsi ? Elle avait l'impression que leur lien d'amitié se dénouait, lui qui lui semblait indestructible par le passé. Elle se contint pour ne rien laisser transparaître.

— Bien, merci beaucoup pour ta collaboration. Donc, tu tiens une chaîne YouTube, c'est bien ça ?

— Oui, c'est exact. C'est plus un passe-temps qu'autre chose, je ne suis pas comme ces influenceuses populaires.

— Tu as quand même une belle petite communauté. Ce qui m'intéresse surtout, ce sont les vidéos inquiétantes que tu as postées. Les trois dernières, plus précisément, ajouta-t-il après avoir consulté ses notes sur un petit calepin.

— Alors je vous rassure tout de suite : je raconte une fiction immersive. C'est un ARG.

— Un quoi ?

— Un ARG, pour *Alternate Reality Game*. En gros, c'est une sorte de jeu de piste, une histoire racontée que les internautes doivent essayer de comprendre. Tout est faux dans ce que vous voyez. Vous n'avez pas lu les commentaires ?

— Quelques-uns, sur la dernière vidéo que j'ai regardée hier. Tu n'as plus rien posté depuis ?

— Non, la dernière date d'avant-hier, donc c'est celle que vous avez vue, probablement.

— Ok. Pour en revenir aux commentaires, j'ai surtout vu des internautes paniqués face à ce spectacle, ils semblent croire qu'un tueur en série rôde dans le coin.

— Ça fait partie du jeu, pour rendre cela plus angoissant et crédible, mais aussi plus immersif. Après, il y a peut-être des gens qui y croient vraiment, c'est que mon travail est bien fait et que je peux m'en flatter, dit-elle en riant.

— Dans ce cas, si tout est faux, tu utilises des effets spéciaux ?

— Oui.

— Avec quelqu'un ?

— Non, toute seule.

— Alors tu peux facilement me montrer le matériel que tu utilises ?

— Malheureusement non, j'ai épuisé tout mon stock, les restes sont déjà jetés, répliqua-t-elle, fière de faire preuve d'autant de sang-froid.

Malgré tout, Walter avait repéré l'hésitation dans son regard, ainsi que les millisecondes de trop précédents sa réponse. D'un autre côté, elle lui paraissait totalement inoffensive. Peut-être était-elle simplement intimidée par cet interrogatoire.

— Dans une poubelle de la maison ?

— Non, à l'extérieur, et elles ont déjà été ramassées.

— D'accord, pas de souci, je te crois, dit-il uniquement pour n'éveiller aucun soupçon, n'étant pas encore certain de la croire totalement. Vois-tu, dans la ville voisine de Rieulay, un meurtre a été perpétré la semaine dernière, dans la nuit du vendredi au samedi. La victime a été attaquée au couteau. Tu comprends donc pourquoi ton contenu YouTube nous a posé quelques problèmes, ça plus l'inquiétude flagrante de ton amie.

— Oui, je comprends. Mais elle s'est juste fait avoir par mon travail, on dirait bien. En tout cas, Monsieur Casterman, je peux vous promettre que tout est faux. Il n'y a aucun malade mental qui m'a donné des coordonnées GPS pour trouver des vidéos glauques, et je ne tue personne. Nous avons terminé ?

— Je crois bien, il est inutile pour moi de vous déranger plus longtemps. Merci, en tout cas, pour vos réponses. Je vous conseillerais de mettre en pause votre activité sur YouTube, le temps que l'affaire se tasse. Personnellement, je n'ai pas confiance en ce genre de contenu, je crains que cela donne de sales idées à certaines personnes mal intentionnées.

— Oh vous savez, ça ne fait de mal à personne, c'est du divertissement. Mais soit, je vais faire attention à l'avenir. J'espère que vous retrouverez le criminel que vous recherchez.

— Je l'espère aussi. Merci mademoiselle. Au revoir.

Walter lui serra la main. Ils quittèrent le salon pour rejoindre le hall d'entrée où Yohan les attendait. Ce dernier raccompagna le détective, tandis que Sohane retournait s'asseoir dans le salon. Mine de rien, cette conversation l'avait secouée. Une angoisse lui noua l'estomac et lui fit prendre conscience d'une chose : elle devait mettre un terme à ses conneries avant que la situation ne dégénère.

Son oncle revint une fois le détective parti, désireux de savoir si elle allait bien. Elle ne remarqua pas sa présence, alors dans ses pensées. Yohan prit le temps de l'observer mais n'osa pas lui demander sur quoi portait leur entrevue qui lui avait parue suspecte. L'inquiétude se lisant sur son visage, il se décida à la laisser tranquille pour le moment. Avec l'idée, toutefois, de chercher à en savoir plus assez rapidement.

CHAPITRE 25

Aude a la joie

À défaut de se voir aujourd'hui, Rafael appela Sohane en fin d'après-midi. Il avait hâte de la revoir le lendemain, d'autant plus que la journée représenterait leur dix-septième anniversaire en commun. Bien décidé à lui offrir la musique qu'il avait composée pour elle, il était excité et impatient de découvrir sa réaction.

Leurs parents avaient organisé un déjeuner au restaurant, les prévenant qu'ils avaient une bonne surprise pour eux, qui célèbrerait dignement leur anniversaire à deux, ce qui n'était plus arrivé depuis plusieurs années. Les deux adolescents bientôt adultes n'avaient qu'une idée expliquant leur engouement : peut-être que Pascale avait décidé qu'ils retourneraient vivre en France. Dans ce cas, Pascal et Pascale ne se seraient pas trompés : une telle nouvelle serait grandiose.

Des papillons dans le ventre, Rafael lui disait de nombreux mots doux, la voix amoureuse. Cependant, il se rendit vite compte que Sohane n'était pas aussi enthousiaste. Inquiet, lui demandant des explications, elle lui parla de la visite du détective. Le fait qu'elle soit interrogée à propos de sa victime collatérale l'avait nourrie d'angoisse, et Rafael aussi par la même occasion.

— Mais, il y a une chose que je ne comprends vraiment pas. Comment ont-ils pu remonter jusqu'à toi ? Nous n'avons pas suffisamment nettoyé les traces de ton passage, c'est ça ?

— Non, pas du tout. En vrai, ils n'ont rien de bien compromettant contre moi.

— Alors quoi, mon amour ?

— Eh bien... c'est de ma faute. Je t'ai déjà parlé de ma chaîne YouTube ?

— Oui... murmura-t-il en réponse, craignant de découvrir où elle voulait en venir.

— Je... Je me suis confiée dans des vidéos, et...

— Et quoi ? insista-t-il, de plus en plus inquiet.

— J'ai parlé de mes penchants pour les couteaux, voilà. Je sais, c'est cruellement idiot, mais j'avais besoin d'en parler. C'était peu de temps avant que je ne te demande l'impossible, lorsque je ne savais plus où j'en étais ni où j'allais avec tout ça. Pardonne-moi Rafi.

Trop soulagé pour pousser la réflexion plus loin, ce mensonge fut facile à croire, plus rassurant, plus réconfortant. Il lui faisait croire que le danger était moindre, que Sohane n'avait pas commis l'erreur tant crainte de diffuser ses méfaits sur le net, ce qui y aurait laissé une trace ineffaçable. C'était plus facile de la croire sur parole.

— Ouf, ce n'est que ça ! Tu m'as fait peur. Ne t'inquiète pas ma chérie, c'est beaucoup trop mince pour que tu sois incriminée. Je comprends que tu aies eu besoin d'en parler, même si nous devions nous appeler pour ça… Mais soit, c'est du passé maintenant. Je ne te juge pas.

— Merci Rafi. T'es un amour.

— Oui je sais, répliqua-t-il d'un ton mielleux, ce qui la fit rire.

Une fois cette fâcheuse affaire jetée aux oubliettes, ils poursuivirent leur conversation – je vous l'épargne, car en fonction de votre situation amoureuse et votre personnalité, vous pourriez la trouver parfaitement ridicule et cucul la praline ; l'important à savoir est que Sohane put enfin se laisser aller au bonheur et en profiter, mettant ses soucis personnels de côté pour le moment.

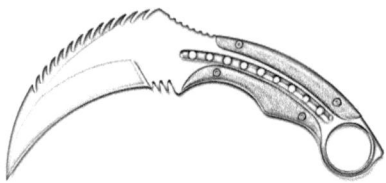

C'était du lourd. Du très très lourd. Et elle n'allait pas passer à côté d'une telle occasion. Après la découverte de ses cicatrices il y avait de cela quelques jours, elle s'était bien doutée que quelque chose clochait, mais jamais elle n'aurait pu en deviner l'ampleur.

Toujours en quête d'un plan de vengeance à la hauteur de l'affront subi – tout cela avec une juste mesure des proportions (#ironie) –, Aude s'était imaginée trouver des informations compromettantes sur le net. Après des recherches poussées – qui lui ont pris quelques secondes à tout casser –, le résultat dépassa grandement toutes ses attentes.

Une personnalité, bien connue sur la toile et différents réseaux sociaux pour ses investigations sur les bas-fonds d'internet, avait déjà jeté son dévolu sur l'affaire, multipliant les théories et recherches sur une page créée spécialement pour son activité. Un geek, ou une, son identité étant restée hautement secrète.

Ce qui avait définitivement bousculé les choses était la dernière vidéo de la chaîne, postée au beau milieu de la nuit. Le détective Casterman et la police n'avaient pas encore connaissance de celle-ci, sinon l'interrogatoire de Sohane aurait été tout autre. Mais cela, Aude l'ignorait et n'en avait que faire de mêler la police à cette histoire. Sa priorité n'était autre que le profit qu'elle pourrait tirer : une superbe idée de vengeance.

Ainsi, elle avait découvert la fameuse chaîne YouTube qui faisait couler beaucoup d'encre numérique. Après avoir visionné l'intégralité des vidéos et une fois la surprise passée, elle prit le temps de réfléchir. Elle avait beau être bête et méchante, comme on dit, elle était maligne. Son esprit tordu et rancunier eut vite fait de trouver un plan, même si celui-ci impliquait un petit sacrifice de sa part. Une fois son projet abouti et bien clair dans son esprit, elle passa à l'action.

Première étape : rendre son histoire crédible. Ce qui l'était moins seraient les moyens mis en œuvre pour appuyer son témoignage, ainsi personne ne remettrait ses propos en doute, surtout pas Jonas. Ce dernier, complètement sous son joug, était capable de tout pour elle, surtout si cela implique la violence et la méchanceté, deux traits de personnalité qui, malheureusement, lui correspondaient tout à fait.

Aude se rendit dans la salle de bain. Face à son miroir, au-dessus du lavabo, elle se parla pour se donner du courage et se persuader que son idée était géniale. Respirant fort, elle leva la tête en l'air avant de la plonger violemment contre le rebord. La céramique entra en collision avec le côté droit de son front. La douleur fut fulgurante, ce qui la fit lâcher de terribles jurons. Malgré ses auto-encouragements, elle avait eu plus mal que ce qu'elle aurait imaginé.

Elle observa son reflet dans le miroir. Une bosse violacée se formait déjà, une petite traînée de sang coulait lentement. Elle jugea que cela était suffisant, d'autant plus qu'elle n'avait pas envie de déformer davantage son si joli minois – selon son propre avis subjectif et narcissique. Elle pouvait désormais passer à la seconde phase de son plan : appeler son sauveur.

Ses doigts pianotèrent sur les touches de son smartphone avec vivacité. Aude était tout excitée à l'idée d'accomplir sa vengeance. Mais avant d'appuyer sur la touche d'appel, elle prit une pause. Il fallait qu'elle se mette dans de bonnes conditions pour que son histoire tienne la route : si elle était toute guillerette, Jonas comprendrait qu'elle se paye sa tête. Ainsi, elle prit une bonne inspiration puis se fit pleurer sur commande avant de lancer l'appel.

— Salut poupée, tu en redemandes ?

— Jonas, viens vite ! cria-t-elle en larmes, ce qui obligea son amant à reculer son téléphone.

— Quoi ? Qu'est-ce qu'il se passe ?

— C'est Rafael, il… il est devenu fou !

— Tu vas bien ?

— J'ai peur qu'il revienne chez moi, je ne suis pas en sécurité ici. J'ai découvert quelque chose sur lui et ça ne lui a pas plu du tout, il a pété un câble !

— Ok, ok, je passe te chercher tout de suite !

— Fais vite !

Ce fut avec une bosse saignante sur le front et un sourire aux lèvres qu'Aude raccrocha. Poussée par son narcissisme, elle se contempla dans le miroir, frottant avec nonchalance une larme sous sa paupière. Elle se gratifia d'un « *T'es la meilleure* » à haute voix, fière d'avoir enfin trouvé une vengeance digne du violent coup porté à son égo. Rien ne pouvait lui faire plus plaisir.

CHAPITRE 26

Cadeau empoisonné

Lorsque minuit sonna, et avec lui le jour de leur dix-septième anniversaire, Sohane et Rafael s'envoyèrent leurs vœux simultanément, chacun ignorant que l'autre avait eu la même idée. Ils prirent la chose avec humour. S'ensuivit un échange de messages enflammés où ils firent part de leur désir de partager le même lit. La conversation eut vite fait de dévier vers un échange érotique, où tous les fantasmes semblaient permis, même et surtout les pires.

Rafael avait fait un tour sur le net à la recherche de pratiques BDSM qui pourraient l'inspirer. Le sodurètre, découvert à l'occasion, lui avait paru particulièrement alléchant – je vous déconseille fortement de rechercher des images de cette pratique, ne commettez pas la même erreur que moi !

Pour plaire à sa bien-aimée, bien entendu, il lui avait demandé d'imaginer une alternative à la traditionnelle tige métallique : la lame de son cran d'arrêt, ayant l'avantage d'être fine. À partir de ce stade du fantasme, Sohane avait perdu toute excitation mais elle entrait dans son jeu, ne souhaitant pas gâcher son plaisir.

Aucun des deux n'avait fait attention à l'heure qui défilait, jusqu'à ce que le soleil matinal pointe le bout de son nez. Alors ils s'étaient arrêtés pour dormir un petit peu, au risque de ne pas savoir profiter pleinement de cette belle journée, ensoleillée une fois de plus. Sauf que cette fois-ci, le seul soleil qui leur importait était celui logé dans leur cœur.

Comme si les parents s'étaient donné le mot, ils rejoignirent leur enfant respectif dans leur chambre pour leur souhaiter un joyeux anniversaire. C'était la première fois que ce jour avait une quelconque importance pour eux, du moins selon le point de vue de Rafael et Sohane. Mais les deux tourtereaux étaient trop heureux de leur amour pour que leurs parents viennent tout gâcher.

Après un petit-déjeuner plutôt copieux avec Pascale, Yohan et Sohane d'un côté, Pascal et Rafael d'un autre, chacun vaqua à ses occupations. Bien que seulement trois heures les séparaient des retrouvailles physiques, les deux adolescents n'avaient de cesse d'échanger des messages.

Depuis leur appel téléphonique de la veille, Sohane n'avait plus pensé ni à la visite du détective ni à sa chaîne YouTube. Pour la première fois, seul l'amour qu'elle éprouvait pour Rafael occupait ses pensées, son cœur. C'était comme s'ils vivaient une relation normale – hormis du point de vue sexuel –, mais surtout qu'elle en prenait réellement conscience. Et pour la première fois depuis bien des années, elle avait l'esprit léger.

Chez Rafael, 11h45 sonnait. S'ils souhaitaient être au restaurant pour midi à Pecquencourt, lui et son père ne devaient pas tarder à partir. Ce dernier n'eut pas besoin d'attendre que son fils lui mette la pression pour démarrer à l'heure, lui aussi semblait tout aussi enthousiaste à l'idée de déjeuner avec Sohane et sa mère. Sans doute en raison de la grande surprise qu'ils leur préparaient.

Ils arrivèrent les premiers. Rafael put admirer la façade de ce petit restaurant charmant qu'était le *Bon Vivant*. L'extérieur donnait envie et offrait de belles promesses culinaires. Pascal l'invita à entrer afin qu'ils prennent de suite la table réservée à son nom. Face au serveur, lorsqu'il précisa une table pour cinq personnes, Rafael fut surpris.

— C'est l'oncle de Sohane, Yohan, il nous a demandé si ça ne nous dérangeait pas qu'il se joigne à nous. D'après Pascale, il s'est pris d'affection pour Sohane et tenait à fêter son anniversaire avec nous.

Les trois retardataires arrivèrent. Père et fils se levèrent de table pour les accueillir. Comme Rafael et Sohane s'étaient mis d'accord en amont, ils garderaient leur relation privée pour le moment, n'ayant aucune envie que leurs parents leur prennent la tête maintenant. Alors ils se firent la bise comme tout le monde.

Les promesses offertes par la devanture du restaurant avaient été tenues. Il fallait avouer que leurs parents ne s'étaient pas foutus d'eux en portant leur choix sur cet établissement. De l'entrée jusqu'au dessert, tous les plats étaient un véritable délice. Seule Pascale regrettait le manque de plats créoles, étant particulièrement difficile en matière de goûts. Un peu plus de sucré-salé ne lui aurait pas été de refus.

Le déjeuner se passait à merveille. Enfin, Sohane n'avait d'yeux que pour Rafael et réciproquement, ainsi ils manquaient d'attention aux conversations. Yohan les avait observés tout du long, ému de les voir complices, seul à le remarquer.

L'attention des deux jeunes adultes se focalisa sur les autres à la fin du dessert, lorsque leurs parents respectifs décidèrent qu'il était temps de dévoiler leur grande surprise. De manière ridiculement solennelle, Pascal cogna son verre de sa cuillère puis ils se levèrent de table, ce qui amusa l'attablée. Pascale prit la parole.

— Ma chérie, nous quittons la Réunion. Voilà, c'est dit, je ne pouvais pas faire durer le suspense plus longtemps !

La nouvelle, si soudainement annoncée, laissa Sohane dans l'incompréhension pendant un temps, bien qu'elle ait déjà envisagé cette éventualité. Elle ne sut comment réagir. La nouvelle semblait trop belle pour être vraie. Et surtout, elle ignorait la raison de ce changement drastique. Ils échangèrent un regard avec Rafael, plein d'interrogations dans les yeux.

— C'est vrai ?

— Bien sûr. Je sais à quel point tu désirais quitter cette île, depuis longtemps. Et puis, tu pourras passer plus de temps avec ton ami d'enfance comme ça.

— Ah ça oui, dit-elle en rougissant, lançant un bref retard gêné à Rafael.

— En plus, vous serez amené à vous fréquenter beaucoup plus souvent à l'avenir, vous allez être obligés de vous apprécier, ajouta Pascal.

— Mais on y compte bien !

— Comment ça ? s'inquiéta Rafael, connaissant son père et ayant compris qu'il y avait un sous-entendu. Pourquoi va-t-on se fréquenter beaucoup plus souvent ?

À ce moment-là, Yohan comprit également où sa sœur et Pascal voulaient en venir. Plus préoccupé par les histoires de Sohane et son bien-être jusqu'à présent, il n'avait pas décelé ce que le comportement de sa sœur révélait sur ses intentions. Si, désormais, il voyait juste, il savait que ces dernières seraient source de problèmes pour sa nièce.

— Vous n'avez rien remarqué ? demanda innocemment Pascale. On en arrive donc à la deuxième surprise, même si pour le coup ça ne changera pas grand-chose à vos vies. Ce n'est pas réellement comme un cadeau d'anniversaire. Quoique… Enfin bref, Pascal et moi avons beaucoup échangé depuis le début de l'été, à propos du passé, de notre amitié… Finalement, nous nous sommes rendu compte que nos sentiments avaient évolué, surtout depuis les retrouvailles. Nous sommes tombés amoureux.

Simultanément, sans qu'aucun des deux ne puisse le contrôler, les visages de Sohane et de Rafael se décomposèrent face à cette nouvelle, avec l'impression qu'elle arrivait comme un cheveu sur la soupe, aveugle aux signes qu'ils avaient reçus jusqu'à présent. Cela compromettrait leur relation amoureuse, ce qui était inenvisageable.

— C'est une blague ? demanda Rafael, s'étranglant presque.

— Pas du tout, fiston. C'est du sérieux entre nous, ajouta-t-il en prenant la main de Pascale, tout sourire. Nous allons même nous marier, car nous ne voulons pas perdre plus de temps. Cela faisait bien longtemps que je ne m'étais pas senti heureux comme ça. Pas depuis…

— Je t'interdis de parler de maman ! s'énerva Rafael.

Cette colère soudaine, incompréhensible pour les parents, allait les faire renchérir et demander ce qui n'allait pas, mais Sohane éleva la voix à son tour, leur laissant à peine le temps d'inspirer. Leurs voisins de table, en revanche, eurent l'occasion de regarder la scène qui commençait à s'animer.

— Vous n'avez pas le droit de faire ça !

— Mais qu'est-ce que tu racontes ? s'énerva Pascale. Tu ne veux pas que ta mère soit heureuse ?

— Non, ce n'est pas ça.

— Quoi alors ?

Sohane prit de force l'avant-bras de Rafael à ses côtés afin de le poser contre sa cuisse et le caresser, presque narquoise, sans décrocher son regard de sa mère. Par ce geste, sans prononcer un mot, elle voulait que sa mère comprenne. Yohan remarqua que la conservation attirait les regards et en fut très mal à l'aise.

— Vous êtes ensemble ? bégaya Pascal tout en se rasseyant.

— Tout à fait, lui répondit son fils, malgré tout stressé par la tournure que prenait la conversation.

— Depuis quand ?

— Quelques jours.

— Mais… et Aude dans tout ça ?

— Nous avons rompu.

— Pourquoi n'avoir rien dit jusqu'à maintenant ?

— C'est notre vie privée, que je sache, répondit Sohane à la place.

— Chéri, ne t'en fais pas, ce n'est qu'une simple amourette d'adolescents.

— Pardon ?

Sohane l'avait presque hurlé, en se levant d'un bond pour faire face à sa mère. Elle la foudroya du regard, espérant la déstabiliser, mais il n'en fut rien.

— Ne prends pas cet air vexé, c'est vrai ce que je dis. Qu'est-ce que tu connais à l'amour, ma fille ? Je ne voudrais pas te manquer de respect, mais tu es encore trop jeune.

— Mais on s'aime, putain !

— Ne sois pas insolente, et calme-toi, tout le monde nous regarde. Pascal et moi nous connaissons depuis très longtemps et nous sommes matures. Vous êtes nos enfants, certes très proches l'un de l'autre, mais vous confondez vos émotions.

— C'est toi qui es insolente ! Tu me manques de respect, tu nous manques de respect, mais surtout tu manques de respect à tes amis d'enfance, Camille et Camille. Qu'est-ce qu'ils penseraient d'une telle union ? Je refuse d'accepter que ce soit le grand amour avec Pascal. Le véritable amour est celui qui unit vos deux enfants.

— Je t'en prie, calme-toi, l'implora Yohan en lui tirant légèrement le poignet.

D'un geste brusque, elle retira sa main de la sienne, fixant toujours sa mère d'un air de défi, la colère déformant ses traits.

— Ma pauvre fille, tu délires complètement, tout ça pour un amour de gosse que tu oublieras bien vite. Tu vas immédiatement changer de ton, ou sinon...

— Ou sinon quoi ? la coupa-t-elle, saisissant furtivement le couteau ayant précédemment servi à découper sa gaufre de Bruxelles.

Voyant ce geste extrême et menaçant, Yohan et Rafael à ses côtés prirent peur et se levèrent en l'intimant de reposer le couteau. Sohane ne les écoutait pas, comme s'ils n'existaient plus. Elle avait un regard de fou, enragé. Pascal et sa mère, quant à eux, eurent un léger mouvement de recul. La mère de Sohane croyait halluciner, jamais sa fille n'avait fait preuve d'une telle violence à son égard. Et elle n'était pas au bout de ses surprises.

— Mais enfin, qu'est-ce qui te prend ?

— Personne ne se mettra au travers de notre amour !

Sur ces mots, elle poussa de ses bras le contenu de la table à sa portée. Couverts et assiettes, ainsi qu'un vase, tombèrent au sol dans un fracas épouvantable qui fit lâcher quelques cris de stupeur dans le restaurant. Consciente du désordre qu'elle venait de provoquer, Sohane prit précipitamment la direction de la sortie en pleurant, sans que personne n'ait le temps de la retenir.

Les regards se portèrent sur Rafael, comme s'il était responsable des actions de Sohane. Après un moment plein de tensions, il prévint qu'il allait lui parler, mais que lui aussi désapprouvait totalement la relation des deux parents et que ça n'était pas la peine de les attendre pour rentrer. Sans attendre de réponse, il sortit du restaurant, mal à l'aise de faire face au regard des autres clients.

Une fois dehors, il retrouva l'amour de sa vie en larmes, totalement honteuse de son comportement, mais surtout dévastée par la nouvelle. Elle connaissait sa mère, savait qu'elle n'hésiterait pas à leur mettre des bâtons dans les roues pour son intérêt personnel. La relation qu'elle entretenait désormais avec Pascal et leur futur mariage allait devenir une priorité, les rendant frère et sœur par alliance. Et cela était hors de question.

— Viens, marchons un peu, l'invita-t-il. Ne restons pas là.

CHAPITRE 27

Cœurs brisés

— Ça ne va pas se passer comme ça, déclara Sohane en essuyant rageusement une larme du dos de la main.

Rafael était d'accord, ils ne pouvaient pas laisser les choses se dérouler ainsi. Il lui fit part de son soutien, mais aussi de ses inquiétudes, n'ayant aucune idée de la manière dont ils allaient s'en sortir.

— C'est bien simple, c'est du n'importe quoi leur histoire ! Ils ne sont pas amoureux, seulement vieux, seuls et cons, en mal d'attention. Plus personne ne les regarde alors ils sont frustrés. Puis quel manque de respect envers ta mère et mon père ! Tous les quatre étaient amis, ils n'ont pas le droit de trahir cela. Ce sont deux frustrés pitoyables.

Bien qu'il la trouvât plutôt dure dans ses propos, il ne la contredit pas. Lui aussi souffrait de cette relation, mais la colère lui semblait mauvaise conseillère. De plus, il devait admettre que sa réaction à table avant de partir en trombe l'avait effrayé. Mieux valait ne pas la contrarier davantage.

— Comment pourrions-nous nous sortir de cette affaire ? Tu as une idée ?

— À part partir loin d'ici où tuer l'un des deux, je ne vois pas de solution dans l'immédiat.

Bien que la phrase soit ironique, Rafael ne fut pas rassuré d'entendre une suggestion aussi expéditive sortir de sa bouche. Visiblement, Sohane semblait prête à tout pour leur histoire. Lui n'était pas certain d'en avoir le cran. Comme des larmes faisaient à nouveau leur apparition dans les yeux de Sohane, il arrêta la marche pour la prendre dans ses bras.

Il sentit son téléphone vibrer longuement dans la poche arrière de son jean. Il préféra ignorer ce qui était visiblement un appel, ainsi que le suivant. Au troisième, Sohane desserra son étreinte et lui permit de répondre, disant que c'était peut-être important. Rafael retira son téléphone et découvrit avec déplaisir le nom de son père apparaître à l'écran.

— Je me dépêche, prévint-il avant de l'embrasser puis de décrocher.

Sohane l'observa pendant un temps, essayant d'entendre ce que lui disait son père et guettant la réaction de son amoureux. Visiblement, Pascal restait calme, mais Rafael répétait plusieurs fois qu'ils ne reviendraient pas, du moins pas tout de suite. Il était nerveux et ne savait pas rester en place. Face à ce spectacle, Sohane baissa la tête et poussa un soupir. Comme s'il ne voulait pas affronter son regard en plus de sa conversation, Rafael lui tourna le dos. Il élevait sa voix petit à petit, en réaction aux paroles de son père.

Le portable de Sohane sonna à son tour, pour l'informer d'une notification en ce qui la concernait. Encore une énième concernant sa page YouTube qu'elle avait tout simplement laissée de côté depuis la veille au matin. Impuissante vis-à-vis de l'appel de Pascal, n'ayant rien d'autre à faire, elle saisit son smartphone en murmurant un juron furieux. Très vite, la colère laissa place à la panique.

Les commentaires s'étaient tout bonnement enflammés, plus d'une centaine sur sa dernière vidéo datant de... Cela n'était pas possible, la vidéo était bien trop récente par rapport au dernier moment où elle en avait posté. Elle ouvrit l'application YouTube afin de consulter sa chaîne et comprendre ce qui se passait. Elle n'en crut pas ses yeux.

Son enregistrement complet de leur première fois était en ligne. Des premières plaies effectuées au câlin sur le lit, jusqu'à ce qu'elle réalise avoir oublié d'éteindre sa caméra et de le cacher à Rafael. Bien que la qualité et l'angle de vue restaient à désirer, on pouvait comprendre tout ce qu'il se passait à l'écran.

Sohane était dans l'incompréhension la plus totale. Jamais elle n'avait publié cette vidéo des plus privées, et elle ne voyait absolument pas comment quelqu'un aurait pu le faire à sa place. La date du post était du vendredi 1er août à 02h31. Elle avait été simplement mise, sans montage préalable, sans coupure, sans description.

Elle parcourut rapidement les commentaires. Ces derniers étaient pour certains d'une extrême violence, humiliants. Certains autres internautes ne comprenaient rien à ce qu'il se passait, doutant du bien-fondé de la thèse d'un simple ARG, d'autant plus que la présence de Sohane dans la vidéo était indéniable. Malgré les réponses de Digital7.0 aux commentaires pour soutenir Sohane, cette dernière était majoritairement traitée de folle ou de déséquilibrée, voire de dégénérée. Son étrange correspondant, justement, lui avait envoyé quelques messages afin de savoir si tout allait bien, messages que Sohane avait ignorés jusqu'à présent.

Après réflexion, elle comprit : totalement ivre au moment des faits, elle avait dû commettre cet acte irraisonné avant de s'endormir et l'oublier au réveil. Une terrible angoisse lui obstrua la gorge. Ses mains furent prises de tremblements, la voix de Rafael se faisait lointaine et bourdonnante, des larmes de peur mouillèrent ses paupières. Une culpabilité comme elle n'en avait jamais ressentie envahissait tout son être. Elle aurait beau supprimer sa vidéo dès maintenant, ce qu'elle ne fit pas en raison du choc, il était trop tard, le mal était fait. La fatalité l'écrasa de tout son poids.

Elle ne remarqua pas que Rafael avait terminé son appel et qu'il s'enquérait de son bien-être. Alors qu'il déposa une main sur son épaule, elle sursauta violemment, faisant lâcher son téléphone. Tandis qu'il s'excusait et essayait de le ramasser, elle se blottit brusquement dans ses bras, le visage pleurant contre son cou. Ignorant tout de son trouble, Rafael mit sa réaction sur le coup de la pression qu'ils subissaient.

— Tout va bien se passer, je te le promets.

— Non… murmura-t-elle trois fois, les mots si étouffés dans ses pleurs que Rafael ne les entendit pas.

— J'ai une idée pour te changer les idées.

Il desserra son étreinte, Sohane en fit donc de même. Les mains désormais libres, il récupéra d'abord son téléphone à terre pour le lui rendre. Puis il prit à nouveau le sien de sa poche et fouilla quelques secondes dessus. Enfin, il brancha ses écouteurs sur la prise jack.

— C'est un cadeau, pour toi, confia-t-il tout ému, le cœur battant à tout rompre de peur que la chanson ne lui plaise pas. Mais tu vas avoir besoin d'écouter avec mes écouteurs.

Délicatement, il les lui plaça directement dans les oreilles. Sohane les réajusta puis regarda étrangement le téléphone tandis qu'il enclenchait la musique – est-ce que, vous aussi, vous souhaiteriez l'écouter ? C'est possible ! En scannant le QR code ci-dessous. Bonne écoute !

Après deux secondes de silence, elle entendit un son de mécanisme de boîte à musique que l'on remontait six fois. Puis un thème musical mécanique plutôt court, le leitmotiv de la chanson, démarra en boucle. Ce dernier, d'abord dans une faible nuance, augmentait en intensité. D'autres instruments s'ajoutèrent jusqu'au climax, avant que la chanson se calme et que les instruments annexes ne disparaissent. Il ne resta que la boîte à musique, qui finit par s'éteindre elle aussi dans un léger ralenti.

Sohane avait tout religieusement écouté, des pleurs ne cessant pas de couler. Elle trouvait cette chanson magnifique. Il s'agissait du plus beau cadeau que personne ne lui ait jamais offert. Paradoxalement, cela la fit souffrir énormément, car elle ne se sentait pas légitime de cet honneur, ne méritait pas que Rafael se donne de la peine pour elle, surtout pas après sa grave erreur. Elle retira les écouteurs et les lui rendit.

— C'était si nul que ça ? demanda-t-il en riant doucement, essayant de détendre l'atmosphère.

— Je dois te dire quelque chose.

— Que tu as aimé ?

— C'est tout bonnement la plus belle chose que je n'ai jamais entendue. Tu as su parler à mon cœur. Mais ce n'est pas ça que je dois te dire. J'ai fait une terrible connerie.

— Que se passe-t-il ? s'inquiéta-t-il soudain.

— Notre première fois, elle est en ligne, sur ma chaîne.

D'abord, il ne comprit rien du tout. Puis il se remémora la présence d'une caméra, qu'il croyait éteinte à ce moment-là. Mais même si tout avait été filmé, elle n'aurait jamais dévoilé ça au public. Cela n'avait pas de sens.

— Comment ça ?

— Jeudi soir, j'ai bu. Énormément. Je n'allais pas bien, je remettais tout ce que je faisais en question, et j'avais des pulsions particulièrement morbides que je voulais faire taire. Alors j'ai picolé, pour oublier que je voulais trouver des gens et les blesser. Pour oublier que je suis un monstre.

— Tu n'as pas fait ça ? Dis-moi que tu n'as pas fait ça…

— Malheureusement si. Je viens à peine de m'en rendre compte.

— Mais bordel, pourquoi t'as fait ça ? s'énerva-t-il soudain, réalisant ce que tout cela impliquait.

Il lui tourna le dos et posa les mains sur son crâne. Son corps nu se trouvait sur internet, mais aussi son secret. Des connaissances à lui avaient peut-être visionné cette vidéo privée. La colère crispa ses membres. Il se retourna vivement pour lui faire face.

— Il y a quoi d'autre en ligne ? Parce que tu nous as filmés plein d'autres fois encore.

— Seulement des montages des entailles que je te fais, mais on ne peut pas t'incriminer.

— La bonne blague, bien sûr que si ! Les gens sont pas cons, ils vont rapidement faire le rapprochement. Tu aurais dû m'appeler plutôt que te rendre minable avec l'alcool.

— Ces montages, je les ai mis consciemment. Jamais je n'aurais voulu montrer notre première fois, ça c'était hors de question !

Tout ce qu'il retint de son intervention était la mise en ligne consciente du reste. Sohane vit à cet instant un voile noir parcourir les yeux de Rafael, un regard haineux qui lui fit froid dans le dos. Elle remarqua également qu'il serrait les poings.

— Alors c'est ça, hein ? Tu n'en as rien à foutre de nous, tout ce que tu désirais, c'était assouvir tes pulsions dégueulasses.

— Ne dis pas ça, Rafi, c'est faux…

— Ne m'appelle plus comme ça ! Tu te rends compte de ce que tu as fait ? Supprime-moi tout de suite tout ça, tu ne dois rien garder sur cette chaîne de merde. Dieu sait ce que tu y as mis d'autre. Je ne te reconnais plus.

— C'est toujours moi Rafi !

— Je t'ai demandé de ne plus m'appeler comme ça ! Tu t'es servi de moi pour faire le buzz.

— Mais pas du tout enfin, je t'aime ! Tu es tout pour moi !

— Alors pourquoi ne pas t'être simplement confiée à moi ? J'aurais pu t'aider, mais visiblement tu as préféré faire tes sales coups en douce. Au final, tu ne m'as appelé que lorsque la situation a dégénéré et t'a échappé, ou pour me demander de t'aider à t'enfoncer de plus en plus dans tes envies morbides.

— C'est injuste ce que tu me dis, répondit-elle en sanglotant, totalement dévastée par la tournure des événements.

— Ce qui est injuste, c'est de te foutre de ma gueule, de te servir de moi pour une page YouTube à la con. Il fallait vraiment que tu aies besoin d'attention pour rendre tout cela public, et visiblement je n'étais pas suffisant pour ça. J'ai peut-être échoué dans mon rôle d'amoureux. Oui, j'ai vraiment échoué, je m'en rends compte maintenant.

— Rafi, je… commença-t-elle en tendant la main vers sa joue, main qu'il repoussa brusquement en lui faisant mal.

— Qu'on laisse nos parents se marier, ce sera déjà bien assez difficile de te supporter en tant que sœur.

Immédiatement, il regretta cette phrase qui n'existait que pour la blesser, pour se défouler lâchement. Il venait de lui briser le cœur. Sohane prit la remarque de plein fouet, ce qui lui donna le tournis, bien qu'elle ne laissât rien paraître.

— Pardon, je ne le pensais pas.

— Je croyais que tu m'aimais, murmura-t-elle en regardant de côté. Mais jamais tu ne m'aurais dit une chose pareille dans ce cas. Tout compte fait, peut-être étions-nous ensemble uniquement par intérêt, pour que chacun assouvisse sa passion morbide.

— Non, ne dis pas ça, c'est faux.

— Regarde où nous en sommes. Je ne sais plus ce qu'il faut croire, je ne sais plus ce que je ressens pour toi. Arrêtons les frais.

Elle tourna les talons et marcha d'un pas pressé sans se retourner. Rafael cria son nom, sans toutefois se lancer à sa poursuite. Quand elle disparut de sa vue, il hurla de rage et cogna son pied contre une canette vide qui se trouvait là.

CHAPITRE 28

Mise en place

Jonas n'y avait vu que du feu. L'effet recherché était des plus réussis et dépassait de loin ses attentes. Cela promettait un beau spectacle, dommage qu'elle ne soit pas là pour y assister.

Il lui fallait uniquement mettre en place une dernière étape pour que se déroule à bien son plan. Car il s'agissait bien du sien, même si Jonas était persuadé qu'il en était maître – qu'il était manipulable, ce garçon, encore un qui pensait avec autre chose que son cerveau.

Elle appela le père de Rafael en début d'après-midi, ce dernier lui ayant donné son numéro par le passé au cas où. Lorsque son fils avait enfin démarré une relation amoureuse, il avait accueilli l'évènement d'un très bon œil, ce dernier lui permettant de se convaincre que son fils n'avait plus besoin de lui. Enfin, quelqu'un s'occuperait de son bonheur, chose dont il était incapable.

— Allô ?

— Bonjour Monsieur Seguin, c'est Aude.

— Oh, bonjour ma puce. Tu vas bien ?

— Ça peut aller. Vous êtes certainement au courant de ce qu'il se passe.

— Malheureusement oui. Tu sais que c'est son anniversaire aujourd'hui, eh bien on a appris la nouvelle et la fin du déjeuner s'est très mal passée. Je suis désolé qu'il ait rompu avec toi, tu es quelqu'un de bien.

— Merci Monsieur Seguin. Ça me fait beaucoup de peine à moi aussi, mais rien n'est perdu.

— Comment ça ?

— Eh bien je pense sincèrement que les choses peuvent s'améliorer entre nous. Lorsqu'il a rompu avec moi, j'ai bien senti qu'il était toujours attaché à moi. C'est triste, mais je crois qu'il avait besoin de découvrir de nouvelles expériences, tester une nouvelle relation. C'est vrai, il n'a eu que moi dans sa vie. Mais je crois en nous, en la force de notre amour.

— J'apprécie ton optimisme. Tu as raison, il ne faut pas baisser les bras. Tu as une idée pour recoller les morceaux ?

— Je me suis dit, si ça ne vous dérange pas, que vous pourriez nous laisser la maison pendant la soirée. Je crois que nous avons besoin de discuter, en plus j'ai une belle surprise pour lui. Je dois avouer que j'ai commis des erreurs dans notre couple, je tiens à me faire pardonner. Nous avons besoin de discuter, et je sais qu'il ne voudra jamais que l'on se donne rendez-vous.

— Effectivement, là il est rentré depuis peu sans dire un mot, je crois que les choses ne se passent pas si bien que ça avec sa nouvelle copine.

— Ah bon ?

— Oui, il était nerveux, speed et avait les yeux gonflés et rouges. Je l'ai entendu pleurer depuis sa chambre, il a besoin de réconfort. Je pense que tu as eu une bonne idée et que tu es la personne idéale pour lui remonter le moral.

— Je suis désolée de l'apprendre. Je veux qu'il aille bien. Merci d'accepter ma proposition. Je compte sur votre discrétion.

— Bien sûr, je profiterai de sortir pour rejoindre une personne chère, vous aurez la maison pour vous tout seuls et je ne dirai rien de ta visite. Tu veux venir pour quelle heure ?

— 18h, si ça ne vous dérange pas.

— Aucun souci. Je laisserai la porte d'entrée déverrouillée après mon départ. J'espère sincèrement qu'il acceptera de te parler, sinon tant pis, tu pourras le laisser seul à la maison. Merci à toi, Aude, et puis à bientôt.

— À bientôt Monsieur Seguin, et merci pour votre aide.

— Avec plaisir.

Ce fut donc avec la conviction que ses problèmes allaient s'arranger que Pascal donnât rendez-vous à Pascale pour la soirée, avec la ferme intention d'en profiter et d'oublier les soucis de la journée.

CHAPITRE 29

À nouveau : l'espoir

Sohane était rentrée à pied chez son oncle. À peine avait-elle dépassé la porte d'entrée que sa mère s'était jetée sur elle.

— Ça y est, t'es calmée ?

— Laisse-moi.

— On peut savoir ce qui t'a pris ?

— Laisse-moi, je te dis !

— Tu me rembourseras les dégâts que tu as causés au restaurant, jeune fille, mais d'abord j'exige des excuses pour ton comportement inexcusable !

— Va te faire foutre !

Après avoir hurlé ces quelques mots, elle sprinta en direction de sa chambre pour s'y enfermer à double tour, empêchant sa mère de rentrer. Cette dernière s'énerva contre la porte en tambourinant pendant quelques secondes, mais Sohane n'en avait que faire. Elle s'étala sur son lit et enfouit son visage hurlant et pleurant dans son oreiller.

Le calme derrière sa porte revenu, elle sortit son téléphone de sa poche et le balança à l'autre bout de la pièce. Le fait qu'il risque de se casser n'était pas son problème, elle ne pensait qu'au fait qu'elle avait appris une mauvaise nouvelle par sa faute.

Il lui fallut deux bonnes heures pour que ses larmes se tarissent. Durant ce temps, elle n'avait fait que se morfondre, maudire sa mère, maudire Rafael parfois, maudire sa vie. Elle s'en voulait cruellement pour son erreur. Mais tous ses reproches n'étaient pas dirigés que sur elle. Tout son entourage avait une part de responsabilité.

Une question essentielle lui revint à l'esprit et elle dut faire preuve de courage pour l'affronter et chercher la réponse, bien qu'elle risquât d'être douloureuse. Rafael et elle s'aimaient-ils vraiment, ou bien aimaient-ils la nature excitante mais malsaine de leur relation ? Son choix avait été catégorique face à la violence des propos de Rafael, mais avec le temps de la réflexion, elle en venait à douter.

Elle se torturait littéralement à essayer de résoudre cette énigme, revenant intérieurement sur chaque moment passé en sa compagnie, ainsi que chaque instant où son obsession des couteaux était entrée en jeu. Ne pouvait-elle ou ne voulait-elle pas admettre qu'ils s'étaient mis ensemble uniquement pour leur addiction ? Était-ce réellement le cas ?

Quelqu'un frappa délicatement à sa porte. Yohan s'annonça, demandant l'autorisation d'entrer et promettant qu'il était seul. Elle sortit de son lit pour la première fois depuis son arrivée dans la pièce, déverrouilla la porte et retourna s'asseoir. Comme Yohan avait entendu le verrou, il ouvrit doucement la porte.

Il ne lui demanda pas comment elle allait, connaissant d'avance la réponse. Il se contenta de s'asseoir à côté d'elle. Très vite, elle laissa sa tête se poser contre son épaule. Des larmes silencieuses coulèrent sur ses joues. Yohan poussa un petit soupir.

— Je suis désolé pour tout à l'heure.

— Tu n'y es absolument pour rien.

— Je sais, mais cela ne m'empêche pas d'avoir mal au cœur pour toi. Ta mère ne sait pas comment se comporter avec toi, elle est maladroite.

— Elle est simplement mauvaise, je la déteste.

— C'est ta mère. Elle est comme ça, on ne la changera plus. Mais ne vis pas avec de la haine envers elle, ce n'est pas bon. Je connais des personnes qui se sont détruites à haïr, cela cause plus souvent du tort à nous-même qu'à la personne haïe. Tu ne me croiras peut-être pas.

— Ça me paraît surtout injuste. Mais je veux bien te croire. Sauf que c'est dur de contrôler sa colère envers quelqu'un.

— Surtout si on l'aime.

En disant cela, Yohan avait Pascale en tête. Mais Sohane l'entendit d'une autre oreille et pensa à Rafael. Alors elle éclata en sanglots, une nouvelle fois.

— On s'est disputés avec Rafael.

— À propos du déjeuner ?

— Non, pire que ça. Disons que le déjeuner n'a fait qu'ajouter de l'huile sur le feu. J'ai fait quelque chose de mal et sa réaction a été si violente que, maintenant, je doute de son amour. Notre relation était vouée à l'échec depuis le début de toute façon, nous sommes trop... compliqués.

— Je ne vois pas en quoi tu es si compliquée. Quand je te regarde, je vois surtout quelqu'un qui souffre beaucoup. Tu approches de l'âge adulte avec tous les bouleversements que cela implique et tu as soif de liberté. Je pense qu'être à la Réunion pendant autant d'années a augmenté en toi le désir d'élargir ton horizon, ce qui est propre aux personnes de ton âge. Je sais par ta mère que tu n'avais qu'une amie là-bas, contre laquelle elle avait de forts *a priori*, et tu as particulièrement souffert de la perte de ton père. Mais maintenant tu es ici, je suis là pour toi et je ne t'abandonnerai pas. Et je suis certain que Rafael tient à toi.

— Tu le penses sincèrement ?

— Bien sûr. Je ne sais pas ce que tu as bien pu faire de mal et je ne veux pas le savoir. En revanche, s'il a si mal réagi, c'est sans doute parce qu'il tient énormément à toi. Vous avez déjà souffert il y a quelques jours, et pourtant vous vous êtes à nouveau rapprochés. Si vous tenez l'un à l'autre, il te pardonnera comme tu lui as pardonné.

— Peut-être. Je l'espère, en tout cas.

— Lui, je ne le connais pas. Et toi, je ne te connais pas encore suffisamment. En revanche, la seule chose pour laquelle je n'ai pas le moindre doute, c'est que tu es amoureuse de lui. Et d'après ce que j'ai vu, il t'aime aussi et ce n'est pas un mauvais gars. Alors je crois que ça vaut le coup que tu te battes pour votre histoire, à condition qu'il te rende heureuse. Peu importe les autres. Ta mère me tuerait si elle l'apprenait, mais je crois davantage en votre amour qu'en le leur.

— Merci tonton.

Elle déposa un baiser sur sa joue. Yohan rougit, toujours content d'être affublé de ce petit nom. Il lui offrit un beau sourire et se leva, signalant qu'il allait maintenant la laisser tranquille et qu'elle pouvait compter sur lui au besoin. Il quitta la chambre en fermant derrière lui, aussi délicatement qu'à son entrée.

Cette petite conversation avait permis à Sohane d'y voir plus clair. Il lui avait suffi de ça pour ouvrir les yeux. Effectivement, elle était bel et bien amoureuse de Rafael. Le fait qu'il accepte son addiction ou non n'y changeait rien. Ses sentiments étaient sincères et l'avaient toujours été, et elle ne doutait plus de la réciprocité. Elle décida de ne pas laisser la situation s'envenimer plus longtemps et de discuter avec Rafael. Ainsi, elle tenta de le joindre.

Malheureusement, il ne répondit pas, sans doute lui en voulait-il trop pour décrocher. La seule solution qui s'offrit alors à elle fut de le rejoindre au plus vite, avant que la rancœur ne s'aggrave et ne ternisse définitivement leur amour. Sans plus attendre, elle quitta la pièce et rejoignit le rez-de-chaussée. Elle croisa uniquement son oncle.

— Où est maman ?

— Elle s'est absentée, elle avait un rendez-vous avec… Pascal. Il est venu la chercher.

— Ok… Si jamais elle rentre et que je ne suis pas de retour, dis-lui que tu ne sais pas où je suis. Encore merci pour tes conseils, tonton. Les choses vont aller mieux maintenant, j'en suis sûre.

CHAPITRE 30

Intrusion

Face à son écran de PC, Rafael se faisait du mal en visionnant, encore et encore, la vidéo à l'origine du drame, pleurant toutes les larmes de son corps. La violence de ce qu'il s'infligeait montait à son paroxysme lorsqu'il épluchait les différents commentaires : moqueurs, humiliants ou purement méchants pour la plupart. C'était plus douloureux que ce qu'il avait pu ressentir jusqu'à maintenant. La souffrance physique ne pouvait rivaliser avec la souffrance mentale.

Mille-cinq-cent-trente-sept vues, et autant de personnes qui pouvaient se repaître du spectacle d'un masochiste en pleine action. Songeant à ceci, Rafael se sentait profondément honteux et sale.

Quand il ne se détruisait pas les yeux et la raison devant son ordinateur, il allait s'allonger sur son lit pour pleurer et hurler dans un oreiller, ou bien se scarifier. Mais l'appel de l'écran le ramenait systématiquement vers la chaîne YouTube, ses vidéos et les commentaires. Ses yeux s'asséchaient à force de parcourir les lignes de texte, certaines l'amenant à se tirer les cheveux.

Pascal était venu à sa porte environ une heure plus tôt, l'informant qu'il se retrouverait seul à la maison pour le reste de la journée. Bien conscient que son père n'en avait rien à faire de lui, la preuve en était qu'il l'abandonnait le jour de son anniversaire, il l'avait tout bonnement ignoré. Pour lui, le lien père/fils était totalement mort, alors cela ne valait plus la peine de discuter. Réalisant cela, Rafael se sentit comme un jeune orphelin sans aucun repère, sans personne à qui s'accrocher pour supporter la vie.

Trop effondré, il n'avait pas pris le temps de savoir s'il pardonnait à Sohane ou non. Elle était allée beaucoup trop loin cette fois, voilà la seule chose dont il était certain. D'un autre côté, elle avait l'excuse de l'ébriété. Mais cette vidéo qui lui torturait l'esprit avait changé définitivement le regard des gens sur l'ensemble du contenu. Rafael se sentait ainsi souillé et jugé par la terre entière, le chagrin rendant disproportionnée sa vision de la réalité.

Et si des personnes de son entourage avaient visionné cette vidéo, que penseraient-ils de lui ? Bien qu'il préférât ignorer la réponse, la question le hantait constamment, tapie dans les recoins les plus sombres de son esprit et prête à ressurgir n'importe quand.

Piégé par ses horribles pensées, les premiers bruits en provenance du rez-de-chaussée n'attirèrent pas son attention. Toutefois, ils s'imposèrent à lui lorsqu'il reconnut le son des pas dans l'escalier et, visiblement, il n'y avait pas qu'une seule personne. Loin d'être discrètes, elles ricanaient. Assis à son bureau à ce moment-là, Rafael se leva et guetta les bruits, essayant de comprendre ce qu'il se passait. Les voix qu'il entendait firent écho à d'anciens souvenirs qu'il aurait préféré oublier à tout jamais.

Il se sentait comme un condamné que l'on venait chercher pour l'emmener à l'échafaud. Même s'il avait fait plus rapidement attention à l'intrusion, cela n'aurait rien changé. Inutile de songer à sauter par la fenêtre, la réception serait trop périlleuse et ils auraient eu tôt fait de le récupérer en bas. Et il n'avait nulle part où se cacher ici. Sa seule option était d'attendre, la boule au ventre.

— C'est là, Aude m'a dit.

Rafael se demanda ce qu'elle avait affaire là-dedans, mais l'ouverture de la porte mit un terme à sa réflexion. Ses craintes se révélèrent fondées : Louis, Étienne, mais surtout Jonas, se tenaient face à lui.

Au collège, les deux premiers en avaient fait leur souffre-douleur, d'autant plus après le décès de sa mère, ayant vu en ce drame un bon moyen de le mettre plus bas que terre. Mais le pire restait Jonas, un lycéen qui avait la fâcheuse tendance à sécher les cours pour traîner à la recherche de mauvaises fréquentations. Bien que de trois ans leur aîné, il les avait entraînés avec lui dans ses sales coups. Et il s'était joint à eux pour martyriser Rafael en dehors du collège. Les choses s'étaient arrêtées lorsqu'un jour, Aude avait pris sa défense. Mais cela n'avait été que comédie.

— Chopez-le, ordonna calmement Jonas, souriant face au regard terrifié de sa proie.

Poussé par l'instinct de survie, Rafael bondit devant lui, espérant les bousculer suffisamment pour leur passer à travers. Mais les deux sbires de Jonas réussirent sans grande peine à le saisir au vol. Rafael se retrouva entraîné vers le rez-de-chaussée, maintenu par les bras, Jonas en tête du petit convoi.

Ils l'emmenèrent dans la salle à manger, tandis que Rafael leur suppliait de le relâcher en se débattant.

Maintenu debout, Jonas put s'en approcher pour lui faire face. Rafael arrêta de s'agiter et plongea son regard dans le sien malgré la peur qu'il lui inspirait.

— Comme on se retrouve... Je t'ai manqué ?

Entre mentir vainement, dire la vérité qui lui vaudrait des ennuis ou se taire, Rafael choisit la dernière option. Comme le lien visuel était émotionnellement difficile à maintenir, il le rompit en détournant les yeux vers le bas.

— Je te trouve bien timide pour quelqu'un qui a osé faire du mal à Aude.

— Lui faire du mal ? Mais de quoi tu...

Le coup de poing que son estomac réceptionna lui coupa le souffle. Il se plia en deux, autant que Louis et Étienne le lui permettaient. Ces derniers riaient comme deux idiots, satisfaits du spectacle violent qui s'offrait à eux. Et ce n'était que le début des festivités promises par Jonas.

— Te fatigue pas, Aude m'a tout raconté. J'ai vu son visage. Tu ne l'as pas loupée.

Rafael n'y comprenait rien du tout. Depuis quand Aude fréquentait-elle Jonas ? Cela datait-il de leur séparation ou d'un autre moment ? Et de quoi l'accusait-on exactement ? Il n'osait pas poser ses questions, n'ayant aucune envie d'être à nouveau brutalisé, bien qu'il n'ait pas grand espoir d'être tranquille.

— Tu sais quoi ? Je comprends que tu aies pété un câble : moi non plus, je n'aurais pas assumé d'être masochiste. Le BDSM, ok, mais pas plus. Toi, tu as atteint un certain niveau de perversion. Du coup, tu ne nous en voudras pas de nous amuser un peu nous aussi. Allez, sois pas égoïste.

Sur ces mots, il lui décocha une puissante droite. Rafael sentit une dent se casser sous le choc. Étourdi par le coup, il ne cria pas. Sa bouche se remplit de sang, et il cracha le morceau de dent cassé dans un jet de salive sanglante.

D'un accord tacite, Louis et Étienne s'occupèrent d'allonger Rafael sur la table, profitant de sa docilité due à l'étourdissement. Jonas récupéra une corde qu'ils avaient déposée en amont dans la pièce. À trois, ils l'attachèrent en liant ses quatre membres sous la table. Jonas prit ensuite un sac à dos amené par leurs soins, plaça une chaise près d'eux et y déversa le contenu de son sac.

— Ce sont des sex toys ! Tu vas bien bander avec ça !

Le regard narquois, plein d'un plaisir malsain, il présenta deux des objets à Rafael : un cutter et un marteau. Bien qu'encore sonné, il reconnut ce dont il s'agissait et son cœur s'emballa. Croyaient-ils réellement que leur agression pourrait lui procurer du plaisir, ou bien cherchaient-ils uniquement à brutalement l'humilier ? Quelle que soit la réponse, le résultat serait le même. Bien qu'il ait trouvé du plaisir sexuel avec des actes masochistes par le passé, il savait que ça serait différent dans ce contexte, surtout avec ces trois types-là.

— Mais d'abord, dévoilons la marchandise.

Sur ces mots, Jonas déposa les objets et les échangea contre une paire de ciseaux. Étienne et Louis prirent également une paire, maintenant que leur prise était bien ficelée, et les trois hommes découpèrent l'ensemble des vêtements que portait Rafael, parfois en lui entaillant les chairs au passage, en prétextant qu'il s'agissait tantôt d'un geste maladroit, tantôt d'une mise en bouche en riant moqueusement. Une fois qu'il se retrouva totalement nu, Jonas s'accroupit afin d'avoir son visage à la même hauteur que le sien.

— Le plus drôle dans tout ça, mon petit Rafael, c'est que Aude ne t'a jamais aimé. Heureusement qu'elle ne t'a rien dévoilé de notre petite supercherie lors de votre dernière rencontre, sinon Dieu sait ce que tu lui aurais fait de plus. Du coup c'est cool, c'est moi qui ai l'honneur de t'annoncer que votre relation n'était qu'une idée de ma part pour te nuire. Elle n'a jamais pris ta défense, on n'a fait que se foutre de ta gueule derrière ton dos. De toute manière, tu es incapable d'aimer quelqu'un d'autre que ta môman morte, jamais tu n'aurais su rendre une fille heureuse, surtout pas Aude et ses exigences. Tout ce que tu mérites, c'est de souffrir, alors heureusement que tu aimes ça !

Ce que Jonas venait de lui dire finit de l'achever. S'il avait pu choisir de mourir à l'instant, il n'aurait pas hésité, car il savait qu'il s'agissait désormais du seul moyen de se sauver de son infinie tristesse. Sa gorge se noua et ses lèvres se mirent à trembler violemment, non pas à cause du froid dû à sa nudité, mais bien du trop-plein de chagrin qui débordait.

Ils ne lui laissèrent pas le temps de pleurer : déjà, un coup de poing américain lui fut porté au visage par Louis, puis un deuxième. Jonas se munissait d'un cutter pour rouvrir les anciennes cicatrices de Rafael. Seul Étienne se contentait d'observer. Ce dernier avait d'abord cru qu'ils ne feraient qu'intimider et humilier Rafael en guise de représailles, pas que les choses iraient aussi loin. En entendant les cris de douleur de leur victime à la réouverture de ses plaies, la nausée le prit et il sortit de la pièce.

— Regardez-le, c'te mauviette. Lui, il n'aime pas la violence. Tandis que toi et moi, on a ça en commun, dit Jonas à sa victime en riant.

Rafael criait, pleurait et leur suppliait d'arrêter. Pour seules réponses, il recevait des coups de poing au visage et encore plus de sévices, ou bien il entendait des rires moqueurs. Le supplice se poursuivait, l'affaiblissant toujours un peu plus, et il n'y pouvait rien. Alors il perdit pied avec la réalité, sans toutefois mourir. Son corps devint un simple objet martyrisé. Sa douleur, extrême, ne lui procurait plus aucun plaisir, là où elle excitait ses bourreaux.

Ses pensées se tournèrent vers sa mère, qu'il attendait de rejoindre avec impatience. Dans sa vision troublée par la souffrance, les larmes et les ecchymoses qui gonflaient son visage, il croyait même la discerner parfois.

Puis enfin, il pensa à l'amour de sa vie. Il n'avait plus aucun doute désormais : il l'aimait d'un amour pur et sincère, qui n'avait rien à voir avec leurs obsessions destructrices, et que cet amour était réciproque. Ainsi, il regrettait terriblement les derniers mots qu'il lui ait dits, et ce regret était la seule chose qui le raccrochait encore à cette vie misérable.

Mais il ne se faisait plus d'illusions : il allait mourir, sans avoir l'occasion de lui demander pardon pour tout ce gâchis. Une ultime larme coula le long de sa joue, meurtrie comme le reste de son corps.

Quatrième partie

Massacre en trois actes

# CHAPITRE 31

Violente découverte

Il approchait 19h30 lorsque Sohane fut déposée par le bus à la station la plus proche du domicile de Rafael et son père. Il faisait encore relativement jour. Ainsi, elle ne fut pas surprise que les lumières soient éteintes dans la maison. Comme elle s'y attendait, la voiture de Pascal était absente de l'allée. Elle espérait que Rafael était bien resté chez lui. Sinon, elle attendrait le temps qu'il faudrait devant la porte, rien ni personne ne l'empêcherait de discuter avec l'amour de sa vie.

Elle s'apprêta à sonner une fois devant la porte lorsqu'un bruit provenant de l'intérieur l'interpella. Stoppant son geste, elle resta immobile, à l'affût d'un nouveau son qui lui permettrait de déterminer ce qu'il se passait. Elle aurait juré que le premier représentait un verre cassé. Prise d'un doute, elle s'approcha d'une fenêtre et regarda au travers. Il lui était difficile de discerner tout en raison des rideaux, mais leur effet occultant était plutôt faible à cause de leur basse qualité.

Elle recula furtivement dès qu'elle vit une personne passer devant la fenêtre. Les deux mains sur la bouche pour s'empêcher de crier, elle fut prise de panique. Elle se souvint d'avoir lu que la plupart des cambriolages se faisaient en plein jour contrairement aux idées reçues. Mais ce qui l'inquiétait dans l'immédiat était de savoir si Rafael était hors de danger.

Un nouveau coup d'œil plus prudent et discret vint malheureusement amplifier son angoisse. Une personne était allongée sur la table de la salle à manger et elle crut reconnaître l'amour de sa vie. Deux autres personnes l'entouraient. Deux jeunes hommes qui lui étaient inconnus, pas beaucoup plus âgés qu'eux d'après son estimation, sauf l'un des deux. Elle ne comprenait pas ce qu'ils lui voulaient, mais elle le savait en détresse. Elle n'eut pas l'idée d'appeler la police, il lui fallait agir vite.

D'abord, elle vérifia que personne ne se trouvait dans l'entrée. Ensuite, elle pria pour que ces trois bandits n'aient pas verrouillé la porte. Son vœu fut exaucé, elle put pénétrer à l'intérieur, en faisant le moins de bruit possible. Une fois dans le hall, elle entendit des pas s'approcher, alors elle alla se cacher rapidement dans une armoire à vêtements.

— Les gars, je ne me sens vraiment pas bien, dit celui qui rejoignait les autres.

— Oh c'est bon, tu me saoules ! cria un autre depuis la salle à manger.

Le reste de la conversation ne parvint pas aux oreilles de Sohane, l'agresseur ayant fermé la porte de la salle à manger derrière lui. Ils semblaient s'embrouiller. Elle profita donc de ce moment pour quitter sa cachette et prendre le bout du couloir d'entrée, où une porte menant à la cuisine l'attendait. Il lui fallait de quoi se défendre et protéger Rafael. Elle devait toutefois faire preuve d'une extrême prudence, la cuisine étant attenante à la salle à manger. Heureusement pour elle, des portes séparaient presque chaque pièce.

Elle entra silencieusement dans la cuisine après avoir vérifié que personne ne pourrait la voir, une porte fermant effectivement l'accès. Elle prit le temps d'observer son environnement. Au-dessus d'une gazinière, des casseroles mais aussi un hachoir étaient suspendus. Ce dernier lui paraissait totalement approprié. À pas de loup, elle vint le saisir, prenant soin de ne pas faire de bruit accidentel. Maintenant armée, elle s'approcha de la porte de la salle à manger et espionna la conversation.

— ... faire une petite pause. Je sais que tu aimes ça, mon p'tit salaud, alors faisons durer le plaisir. Mais là, je crois que tu as besoin de repos. Toi, viens avec moi. Mais ne vomis pas avant qu'on arrive à destination, s'il te plaît. Sinon, tu nettoies toi-même.

— Je le surveille. Il ne risque pas d'aller bien loin, mais sait-on jamais.

Comme il y eut des bruits de pas, Sohane se plaqua contre le mur dans le coin, au cas où les deux malfrats passeraient par la cuisine, ce qui ne manqua pas. La porte s'ouvrit en grand et la cacha. En partant, ils la laissèrent ouverte. L'adrénaline faisait son œuvre, Sohane avait dû se retenir pour ne pas se jeter sur eux de manière irréfléchie. Mieux valait d'abord s'occuper de celui resté avec Rafael.

Elle attendit quelques secondes. Très vite, le jeune homme restant prit la parole.

— Il faut vraiment pas être bien dans sa tête pour aimer la douleur. Remarque, est-ce que tu l'aimeras toujours après tout ça ? T'es qu'un phénomène de foire, il t'en manque juste le look. Compte sur nous pour nous en charger. Ça commence à rendre quelque chose. Eh oh, tu m'écoutes ? Fais pas le mort, allez, c'est pas drôle ! Je sais que tu respires. Tu veux me forcer à te…

Une douleur inattendue et fulgurante lança à la base de son oreille externe gauche. La violence et la surprise du coup l'empêchèrent de hurler. Il plaqua la paume de sa main à l'endroit où était ciblée sa douleur et baissa la tête. Il découvrit avec effroi son oreille gisante sur le sol. Quand il releva la tête, il vit une lame de hachoir fendre les airs et se loger dans sa gorge, pas assez profondément pour le tuer mais suffisamment pour lui endommager les cordes vocales et l'étrangler de son propre sang. Il s'effondra sur le dos, sous le choc, le hachoir tomba avec lui.

Sohane observa Rafael. Les trois salopards s'étaient amusés à lui entailler très profondément les chairs à plusieurs endroits, à l'aide des différents ustensiles disposés sur la chaise à côté. Ils s'étaient également acharnés sur son visage, le rouant de coups de poing américain, de marteau, et même de cutter dans ses deux joues. Il en devenait presque méconnaissable, le visage tuméfié et ensanglanté. Totalement nu, ligoté, elle comprit qu'il avait vécu une véritable séance de torture et d'humiliation. Ses yeux étaient fermés mais il respirait encore, bien que faiblement, ayant perdu beaucoup trop de sang.

Sohane ne pouvait pas le laisser comme ça, elle se hâta de couper ses liens et libérer ses membres.

Elle avait beaucoup pleuré aujourd'hui, épuisant tout son stock de larmes, mais jamais elle n'avait été aussi triste de toute sa vie. Elle pencha son visage au-dessus du sien en l'appelant d'une voix faible et tremblante. Rafael entrouvrit le seul œil dont il était capable. Sohane ne s'en réjouit pas, car elle sut qu'il lui offrait là ses dernières forces. Elle sentait son âme sœur s'en aller, comme si une partie d'elle mourait avec lui. Les trois agresseurs n'étaient pas parvenus à le maintenir en vie, alors qu'ils avaient prévu de poursuivre leurs horreurs encore longtemps. Les scarifications avaient été trop profondes, le supplice trop éprouvant. Rafael fournit un véritable effort pour approcher sa main de son visage.

— Pardonne-moi, lui souffla-t-il en lui caressant les cheveux du bout des doigts.

— C'est déjà fait. Je te demande pardon aussi.

— Tu n'as pas à le faire. Je t'aime Soh-Soh.

— Je t'aime Rafi.

Avant qu'il n'expire définitivement, elle déposa un baiser sur ses lèvres. Il conserva son œil entrouvert, souhaitant que l'obscurité ne soit pas la dernière image qu'il lui reste, mais bien celle de Sohane. Tout en l'observant une dernière fois, des souvenirs de jeunesse resurgirent dans son esprit, limpides, magnifiques. Il pouvait partir en paix. Sa main retomba mais Sohane la saisit afin de la garder contre son visage.

Elle fixa son corps sans vie durant quelques secondes qui passèrent comme des heures. En cet instant, plus rien ne semblait la relier à la vie. Sa seule hâte était de le rejoindre, mais elle avait des choses à régler avant. Ils paieraient tous pour les avoir séparés trop tôt, pour l'avoir traité de la sorte. Bien qu'elle ait promis qu'il n'y aurait plus de morts, sa disparition changeait la donne. Tendrement, afin de lui rendre un minimum de dignité, elle plaça ses deux bras en croix sur son torse et allongea parallèlement ses jambes sur la longue table.

Rassemblant toute sa rage, Sohane s'accroupit auprès de l'homme au sol, toujours en vie malgré l'ampleur de ses blessures. Elle récupéra son hachoir et lui infligea un puissant coup sur son bras gauche à la base de l'épaule, puis un autre, et encore un autre, tandis qu'il s'agitait en produisant des gargouillis immondes. Arrivée à l'os, elle se remit debout et déposa son hachoir sur la chaise où étaient entreposés les objets de torture. Elle s'accroupit pour saisir le poignet à deux mains. Une fois sûre de sa prise, elle posa un pied sur l'épaule de sa victime, se redressa et tira de toutes ses forces.

Malgré une grande quantité de sang dans sa gorge, la douleur fut si intense qu'il réussit à pousser des grognements gutturaux. Sohane tirait par à-coups avec violence, avec le seul objectif de lui arracher le bras. Parfois, elle le tournait légèrement pour aider la désolidarisation de l'os et la déchirure des chairs et des muscles, produisant d'affreux bruits de craquement. Finalement, elle tira une dernière fois pendant de longues secondes, jusqu'à ce que le bras lui reste entre les mains, grognant sous l'effort.

Sohane, épuisée, se retourna. Telle fut sa surprise de tomber sur les deux autres, pétrifiés dans la cuisine face à un tel spectacle. Face à eux, une énergie nouvelle la saisit et elle laissa tomber le bras pour récupérer son hachoir, ainsi qu'un cutter taché de sang se trouvant à proximité. Devant sa hargne et sa haine, les deux hommes préférèrent prendre la fuite, profitant du temps qu'elle prenne ses outils. C'était sans compter sur la rapidité de Sohane. Elle réclamait une vengeance par le sang et ferait tout pour l'obtenir, n'ayant plus rien à perdre. Elle les prit en chasse.

Dans la panique, les deux jeunes hommes se gênaient plus qu'autre chose en se bousculant. Celui qui partait régulièrement vomir trébucha, son front s'aplatit contre la porte devant lui, l'assommant sur le coup. L'autre ne se retourna même pas, tandis que Sohane contournait le corps inanimé. Elle s'occuperait de son sort plus tard. Le plus important était qu'aucun des trois ne lui échappe.

Sa proie croyait être tirée d'affaire alors que sa main entrait en contact avec la poignée de la porte d'entrée. Sauf que Sohane était parvenue à le rattraper à temps et abattit son hachoir sur le dos de sa main, lui provoquant un retrait immédiat en criant. De son coude, il donna un coup en plein dans la face de Sohane qui tomba sous le choc.

Loin de se laisser faire aussi facilement, elle profita d'être à terre pour porter un nouveau coup, cette fois-ci au jarret. Elle n'y était pas allée de main morte, la lame resta plantée dans la plaie. Dans un terrible cri de souffrance, Jonas tomba sur le dos près d'elle. Comme elle n'avait plus son hachoir, Sohane se mit à genoux et empoigna son cutter à deux mains avec l'intention de le poignarder au torse. Sauvé par l'instinct de survie, Jonas lui agrippa les poignets pour retenir son coup.

Les deux mettaient toute leur force dans les bras, Sohane pour enfoncer la lame, Jonas pour l'en empêcher. Les veines de leur front gonflaient. Afin de reprendre l'avantage, croyant son bourreau complètement taré, Jonas joua la carte de la provocation avec l'intention de déstabiliser son adversaire, convaincu de son efficacité après s'être occupé de Rafael.

— On n'a rien fait de mal, il a aimé ça ! Il bandait !

Mais la tactique eut l'effet inverse chez Sohane, décuplant sa hargne. Elle dévia soudainement sa trajectoire. Jonas ne parvint pas à empêcher le cutter de se planter entre deux de ses côtes.

— Putain, salope !

Pour le faire taire, elle retira vivement son arme pour ensuite la lui fourrer dans la bouche. Bien qu'un bout de la lame se soit cassé pour rester encastré dans la plaie entre ses côtes, il en restait un morceau suffisant pour entailler l'intérieur de ses joues mais surtout sa langue. Tout en s'activant à massacrer sa cavité buccale, elle rallongeait la lame de son arme improvisée. Choqué, violenté, Jonas ouvrit de grands yeux effrayés. De ses mains, il tenta de la repousser avec des gestes imprécis.

D'une main qu'elle libéra, Sohane trifouilla dans la plaie entre ses côtes, y enfonçant le pouce. Sous la souffrance extrême, il hurla. La bouche désormais grande ouverte, Sohane eut aisément la possibilité de sectionner le frein de la langue. Sa bouche se remplit instantanément de sang en grande quantité, dégoulinant à la commissure de ses lèvres.

Il pleura de terreur et de douleur en gémissant. Ses deux mains s'occupèrent à maintenir sa bouche endolorie. Sohane ne lui laissa cependant aucun répit : elle s'approcha de son bassin afin de déboutonner son pantalon et ouvrir sa braguette. En y mettant toute sa rage, elle matraqua son cutter sur ses parties génitales à travers le tissu du sous-vêtement, les deux mains sur le manche, après avoir pris soin de rallonger la lame jusqu'au bout. Cette dernière troua ses testicules, écorcha son pénis, humilia son égo.

Bien que sa langue soit endolorie et la bouche pleine de sang chaud, Jonas la supplia d'arrêter tant bien que mal. Mais ses supplices étaient vaines, il faisait face à un mur de haine. Il comprit que seule la mort le libérerait désormais. Si un jugement divin était possible, comme son éducation catholique le laissait croire, il était en ce moment au purgatoire à cause de sa vie de péchés, en particulier ce qu'il avait accompli pour Aude.

La lame désormais totalement usée, tous les fragments dans diverses plaies, Sohane se releva et admira cet homme pour lequel elle n'éprouvait aucune pitié. Jonas se recroquevilla en pleurant, s'allongea sur le côté dans son propre sang. Il en perdait beaucoup trop pour trouver l'énergie de se relever, ainsi elle profita de son état de faiblesse pour récupérer son hachoir et l'abattre sur son cou. Encore. Et encore.

Son acharnement ne prit fin qu'au moment où la lame rencontra le carrelage. Le visage de la tête décapitée resta figé dans une expression de pure souffrance à tout jamais. Satisfaite, Sohane se releva pour admirer la dépouille, laissant son arme au sol, avant de retourner sur ses pas.

Le dernier intrus reprenait peu à peu connaissance tandis qu'elle arrivait à sa hauteur. Encore sonné, il ne réussit pas à l'empêcher de le traîner par le col. Elle l'emmena près du cadavre de Jonas, juste à côté, le déposant dans le sang qui s'en était écoulé. Lorsqu'il réalisa ce qui se trouvait près de lui, il hurla de peur.

— Qui est-ce ? demanda-t-elle d'un ton glacial.

Comme il continuait de pleurnicher, se mettant à supplier à son tour, elle récupéra la tête coupée et la présenta à ses yeux, menaçante, réitérant sa demande. Une fois qu'elle obtint sa réponse, elle balança la tête et lui prit à nouveau le col pour l'entraîner cette fois-ci dans la salle à manger, où elle le lâcha.

— Et lui ?

— Il s'appelle Louis.

— Et toi ?

— Étienne. Pitié, ne me faites pas de...

— Qu'êtes-vous venus faire ici ? Parle ou je te tranche la gorge !

— C'était un plan de Jonas. Il voulait venger sa petite copine Aude.

— Pourquoi ?

— Rafael lui aurait fait du mal. Alors on devait lui faire du mal à son tour, c'est tout.

— Il est mort.

— Oh putain... Pitié, laissez-moi, j'ai rien fait, je voulais pas ça, ce sont Jonas et Louis les maboules, j'ai été entraîné là-dedans mais je ne l'ai pas touché, pitié ! La preuve, je n'ai fait qu'aller vomir aux toilettes ! Je vous en supplie !

Il continua d'implorer, essayant de se décharger un maximum. Après tout, il disait la vérité, il n'avait pas touché à Rafael, trop perturbé par les actes de ses deux amis. Mais cela, Sohane n'en avait rien à faire. Il était coupable au même titre que les autres.

— Où est Aude ?

— Chez elle, elle organise une grosse fête ce soir, ça devait nous servir d'alibi. Je peux vous donner l'adresse si vous voulez, elle est enregistrée dans mon téléphone. Mais par pitié, je vous supplie de…

Comme elle avait désormais toutes les informations nécessaires, Sohane n'avait plus aucune utilité de s'encombrer d'Étienne. Afin qu'il se taise, elle porta un puissant coup de pied sur sa tempe, ce qui lui fit voir trente-six chandelles. Elle récupéra un simple couteau à pain sur la chaise d'accessoires de torture et s'assit à califourchon sur son bassin.

Sa main armée enfonça le couteau dans son torse et entreprit une éventration lente, hachurée et douloureuse jusqu'au niveau du nombril. Ses mouvements étaient saccadés, grossiers, les dents du couteau se prenant dans les chairs. L'acte était fastidieux, le résultat fut barbare. Encore conscient durant un moment, Étienne crachait des flots de sang en criant, les mains baladant le long de la plaie béante et poisseuse de sang comme s'il essayait de la refermer. Il succomba à cette blessure mortelle, les doigts encore mêlés à ses entrailles.

En mode pilotage automatique, Sohane ne ressentait plus rien, pas même du dégoût pour tout ce qu'elle avait fait. La seule motivation qui l'animait était de poursuivre le massacre, et surtout faire payer la principale responsable de ce désastre. Une fois remise debout, elle s'approcha de la dépouille de Rafael. Toujours sans aucune larme, elle déposa un tendre baiser sur son front.

— Ton crime ne sera pas impuni mon amour. Je sais que je t'ai fait une promesse, mais là je n'ai pas le choix. J'espère que tu me pardonneras, comme pour le reste. Je te rejoins bientôt.

Tout en lui caressant les cheveux, des larmes qu'elle croyait avoir taries coulèrent silencieusement. Elle pensa qu'il serait toujours en vie sans elle, qu'alors la moindre des choses serait de le rejoindre dans la mort. De toute manière, rien ne la retenait dans ce monde-ci. D'un coup, elle envoya valser ce qui se trouvait sur la chaise afin de la libérer et s'y asseoir, puis resta plusieurs minutes auprès du corps, la tête vide.

Ses pensées finirent par revenir à Aude. Le téléphone d'Étienne était certainement encore sur le cadavre, alors elle s'agenouilla auprès de lui et fouilla dans ses poches. Bingo. Elle parcourut l'itinéraire virtuellement sur l'application GPS pour constater que le lieu se trouvait à environ trois kilomètres d'ici, ce qui lui valait trois bons quarts d'heure de marche. Tant pis, elle s'en accommoderait. L'air frais du soir ne serait pas plus mal en fin de compte.

Mais avant de se mettre en route, une idée lui traversa l'esprit. Après avoir constaté que Rafael n'avait pas son téléphone sur lui, Sohane se rendit dans sa chambre. Elle l'y trouva. Parcourant les différents fichiers à l'intérieur, elle y trouva ce qu'elle convoitait.

CHAPITRE 32

Murder Party

Visiblement, les nuisances lumineuses et sonores étaient le cadet de leurs soucis, peut-être parce qu'il n'y avait pas de voisins directs. Sohane pouvait entendre les basses insupportables de leur musique depuis l'extérieur, bien malgré ses écouteurs sans fil et sa propre musique dans les oreilles, qu'elle écoutait depuis le portable de Rafael relié à des écouteurs. Elle admira, immobile, la demeure luxueuse d'où sortaient des lumières multicolores depuis les fenêtres. Ces gens-là à l'intérieur, tous autant qu'ils étaient, ne représentaient rien d'autre que de la vermine à ses yeux. Elle n'en ferait qu'une bouchée, avant de savourer la cerise sur le gâteau.

Depuis qu'elle avait quitté le domicile de Rafael, où elle avait retrouvé son couteau préféré en forme de griffe, son très intime cadeau d'anniversaire musical tournait en boucle dans ses oreilles. Elle durait 4'30'', ainsi était-elle repassée dix fois au moins depuis son départ. Et elle ne comptait pas l'arrêter tant que les bourreaux de Rafael resteraient en vie. Elle voyait cette écoute comme un dernier hommage à celui qu'elle aime.

Déterminée, équipée de son arme et de son propre téléphone en mode caméra, filmant depuis la poche d'une chemise légère, elle s'avança fièrement vers la porte d'entrée. Personne ne surveillait, ainsi elle put passer sans problème. Une désagréable odeur de cannabis mélangé au tabac vint immédiatement lui agresser les narines et lui piquer les yeux. Comme la maison manquait d'aération, la fumée des différentes cigarettes formait une fine brume. La fête n'avait pas commencé depuis bien longtemps, et pourtant la plupart des invités s'étaient déjà régalés de substances nocives diverses.

D'alcool, également. Sohane n'avait jamais été très friande de fêtes, mais elle espérait qu'elles n'étaient pas toutes similaires à celle dans laquelle elle venait de pénétrer. En moins de dix secondes d'observation, tout suintait la débauche. De nombreuses personnes étaient déjà éméchées. La piste de danse ressemblait davantage à un groupe de jeunes entremêlés, se touchant et se caressant de façon érotique. Tout cela ne fit que décupler la haine de Sohane envers eux.

Elle chercha sa proie du regard. Un jeune homme titubant vint à sa rencontre, complimentant sa beauté et demandant si elle cherchait quelque chose. Sohane répondit par un coup de couteau planté sous son menton. La lame le transperça, traversa sa langue et finit sa course dans son palais. Lorsque Sohane retira le couteau, l'inconnu mit une main à sa plaie, le regard perdu, et s'écroula. Personne n'intervint.

Imperturbable, elle se dirigea vers une jeune fille fumant un joint, assise sur le canapé. Un garçon lui embrassait le cou tout en parcourant sa poitrine, la main sous son t-shirt. Sohane retourna le couteau pour l'enfoncer au milieu du crâne de la jeune fille. Sa mort vint instantanément et son compagnon ne remarqua rien pour le moment, continuant à faire son affaire avec le désormais cadavre. Dans quelques secondes, il réalisera qu'elle avait cessé de gémir.

Son objectif n'était nullement celui d'éliminer ces fêtards, mais plutôt de se défouler, ou bien de s'entraîner, elle ne savait pas trop. Elle était dans la totale incapacité de réfléchir. Elle se sentait vide, comme déjà morte, une part de son âme s'étant déchirée avec le décès de Rafael. Plus vite elle aurait terminé, plus vite elle pourrait le rejoindre. Ainsi, elle n'éliminait que ceux qui se trouvaient sur son chemin.

Toujours dans la pièce principale, la salle de séjour où les plus drogués et alcoolisés se trouvaient, elle alla à la rencontre de deux types au hasard en pleine conversation et leur demanda où se trouvait Aude. Comme le premier ne comprenait rien à ce qu'elle lui réclamait, elle l'égorgea d'un coup sec. Son voisin leva les mains en l'air, faisant tomber son gobelet qui déversa du whisky-coca partout à ses pieds.

— Oh putain, ne me tuez pas !

— Où est Aude ?

— Je crois qu'elle est à l'étage, je l'ai vue monter avec un...

Elle ne lui laissa pas le temps de terminer sa phrase, son couteau se retrouva dans le bas-ventre de l'inconnu à plusieurs reprises. Gravement blessé, il se laissa glisser contre le mur derrière lui. Au même instant, tandis qu'elle se dirigeait vers les escaliers, le garçon sur le canapé réalisait que sa copine ne bougeait plus. Lorsqu'il comprit ce qu'il s'était passé, malgré la brume dans son esprit, il cria de peur.

Mais Sohane se trouvait déjà en train de traverser la masse humaine de la salle à manger, alors en train de danser, donnant des coups de couteau au hasard. Sous les diverses substances et l'effet de surprise, ceux qui se retrouvaient simplement blessés ne réagissaient pas tout de suite, certains n'avaient même pas conscience de ce qu'il leur arrivait. Quand ils entendirent le cri provenant du salon, un effet de panique commença. Très vite, la petite fête allait se transformer en chaos. L'univers sonore provoqué par la peur se mélangea à la musique sortant des amplificateurs. Mais Sohane n'entendait que sa rage et sa propre musique.

Pleine du sang de différents inconnus sur elle, elle monta les marches de l'escalier. Trois portes s'offrirent à elle, dont l'une d'elles était entrouverte. Étant la plus proche, elle commença par celle-là. Un jeune homme seul était assis sur un lit, plié en deux et en train de vomir. Visiblement, il ne supportait pas bien l'alcool. Proche du but, Sohane passa à l'autre pièce sans s'en préoccuper.

La deuxième, d'où provenaient de sacrés bruits, fut la bonne. Elle retrouva Aude allongée sur le dos le long d'un grand lit rose bonbon, nue. Un homme bodybuildé assis à califourchon sur son bassin la pénétrait brutalement. Les deux gémissaient intensément, sourds et aveugles à ce qui se déroulait près d'eux. Aucun ne remarqua Sohane derrière la porte grande ouverte, immobile face à ce spectacle. Elle comprit que l'orgasme n'était pas loin.

Aude fermait les yeux et criait à chaque coup de bassin, de plus en plus nombreux et réguliers. Parfois, elle les rouvrait pour faire une grimace de satisfaction à son coup d'un soir. Sohane attendit le bon moment pour agir.

— Oh oui, vas-y !

Après avoir hurlé ses mots, pendant qu'elle accueillait l'orgasme salvateur, elle rouvrit ses yeux. Elle eut juste le temps de voir le poing armé s'abattre sur l'œil de son amant. Ce dernier perdit la vie en un instant, la lame ayant aisément transpercé son cerveau. Un liquide chaud et visqueux s'écoula sur le visage d'Aude et une partie tomba dans sa bouche, surtout lorsque Sohane retira vivement la lame de l'orbite. Ironiquement, l'orgasme se déroulait comme si de rien n'était, impossible à retenir.

Le corps de son amant s'écroula de tout son poids sur elle, piégeant un de ses bras au passage. La tête du cadavre reposant sur sa poitrine, le sang s'écoulait entre ses seins. Aude hurlait en agitant son membre libre, essayant de se débarrasser de ce cadavre encore plus lourd qu'il n'en avait l'air. Sohane restait de côté à l'observer se tortiller de façon absurde. En d'autres circonstances, elle aurait ri du spectacle.

Prenant finalement le temps de découvrir l'identité de leur agresseur, Aude n'en crut pas ses yeux et arrêta tout geste. De toute manière, elle était piégée sous cette montagne de muscles.

Une lueur effroyable dans son regard lui fit prendre conscience que son heure était venue.

On dit que notre vie défile dans nos yeux au moment de mourir. Pour Aude, ce furent uniquement les instants qui l'amenèrent là où elle en était en ce moment. Elle se revit parler à Jonas, lui faisant croire qu'elle avait rendu visite à Rafael en apprenant pour la vidéo, ce qui l'aurait mis hors de lui et poussé à l'agresser ; lui avoir suggéré, puisque Rafael était visiblement masochiste, de l'humilier en retournant cela contre lui au moyen de violences physiques et verbales ; l'avoir remercié de s'occuper de cela pour elle, alors que tout ce qu'elle souhaitait était de venger son égo blessé et baiser tranquillement avec sa nouvelle conquête pendant qu'il serait occupé à faire ses quatre volontés.

Sohane n'entendait et n'écoutait que la chanson que Rafael lui avait faite. Elle voyait les lèvres d'Aude bouger, ignorant si elle la suppliait où l'insultait. Elle resta un long instant à l'observer tenter à nouveau de se dégager. Maintenant que son objectif arrivait à son terme, elle ne savait plus quoi faire.

Sa haine lui donna enfin l'inspiration. Ses rêves étaient pleins de désirs inavouables, alors pourquoi ne pas les mettre en pratique à cette occasion ? D'abord, elle vint s'asseoir à proximité de la tête d'Aude. Celle-ci agita fortement la tête de gauche à droite pour l'empêcher de saisir l'arête de son nez, en vain. Une fois qu'elle eut une belle prise, Sohane entreprit la découpe de son nez, en commençant par le bas. Avec l'agitation d'Aude, ce n'était pas chose aisée.

Après le nez, qui suffisait déjà à la rendre méconnaissable, elle s'attaqua aux oreilles. D'une main, elle plaquait sa tête sur le côté afin de lui laisser le champ libre. Prenant son temps, la courbe de sa lame à l'arrière du pavillon, elle découpa à ras. Aude hurlait à la mort et pleurait, sentant l'acier chaud lacérer ses chairs dans un bruit épouvantable. Elle essayait d'agripper les cheveux de son agresseur sans y parvenir. Sohane ne lui laissait aucun instant de répit. Dès qu'elle eut fini, elle tourna sa tête dans l'autre sens avant de réitérer l'opération.

Maintenant, les lèvres botoxées. Sohane dut les faire une à une, les saisissant et les étirant pour se faciliter la tâche. La dentition et une partie des gencives désormais visibles, le visage d'Aude aurait le pouvoir de terrifier n'importe qui. Sauf Sohane, totalement envoûtée. Il était gratifiant pour elle de se laisser aller à ses pulsions les plus enfouies. En entreprenant cette quête, elle ne s'était pas attendue à éprouver autant de satisfaction.

— En hommage à ton Jonas.

Pour parachever son travail, elle força sa victime à ouvrir la bouche. La tâche n'était pas si difficile, Aude étant à bout de force. Elle attendait la mort comme une délivrance à ce supplice infernal. Après que Sohane eut réussi à lui trancher le frein de la langue, elle ne put même plus hurler. L'accumulation de souffrance n'étant plus gérable, elle s'évanouit.

La musique venait de se terminer une énième fois dans les oreilles de Sohane. Il était temps de s'arrêter. Elle se fit la réflexion que la mort serait désormais un cadeau après tout ce qu'elle lui avait fait endurer, ainsi elle préféra laisser Aude à son sort. Elle espéra même qu'elle survivrait, obligée à jamais de vivre avec les stigmates de ses fautes. De toute manière, avec tout le remue-ménage dont elle était responsable, les secours n'allaient pas tarder à arriver.

Avant de quitter la pièce pour de bon, Sohane assouvit un ultime désir. Étirant l'une des paupières supérieures par les faux cils, elle la découpa avant de s'attaquer à l'inférieure. Elle fut déçue que sa victime reste inconsciente après cette dernière mutilation, mais elle n'avait plus le temps d'attendre qu'elle se réveille. Accompagnée d'une nouvelle reprise de sa chanson, elle prit son téléphone pour filmer son œuvre en plan rapproché. Enfin, elle coupa l'enregistrement puis quitta la chambre.

Au rez-de-chaussée, il ne restait plus que de rares personnes trop alcoolisées ou en plein trip qui n'avaient rien compris à ce qu'il se passait malgré le chaos ambiant. Bien sûr, il restait les cinq corps qu'elle avait semés, deux danseurs n'ayant pas survécu à son passage. Les autres fêtards attendaient à l'extérieur, probablement les secours. Quand elle se retrouva dehors, certains trop sous le choc pour s'en rendre compte l'ignorèrent, tandis que d'autres hurlèrent en fuyant dans le sens opposé. Lorsque la lumière et le son des sirènes arrivèrent sur les lieux du crime, Sohane était déjà loin.

CHAPITRE 33

En direct

De retour dans la maison de Rafael, Sohane alla tout d'abord près de son cadavre. Elle s'assit sur la chaise et s'accouda sur la table, devant sa tête. Puis elle lui fit le récit de ce qu'elle venait d'accomplir, comme s'il était toujours en mesure de l'écouter. Elle était convaincue que son âme restait auprès d'elle à chaque instant depuis son décès, attentive et protectrice. Pour finir, elle lui fit part de son ultime projet.

Leur journée d'anniversaire touchait à sa fin. Jamais ils n'auraient cru que cette date serait marquée par l'horreur et la mort. Sohane méditait là-dessus, tandis qu'elle montait dans la chambre afin de récupérer le PC de Rafael. Une fois en bas, munie de ce dernier et d'un câble USB pour son téléphone, elle plaça l'appareil sur un petit meuble de sorte que la caméra intégrée puisse filmer la table où se trouvait Rafael. Quand elle eut vérifié que l'on voyait bien, elle alluma le plafonnier et s'installa en face de l'écran, sur une chaise.

Pendant que le PC s'allumait, Sohane informa sur ses différents réseaux sociaux qu'une vidéo en direct sur sa chaîne YouTube allait démarrer sous peu. Ce temps suffit à l'ordinateur pour afficher l'écran d'accueil. En premier lieu, elle transféra sa musique d'anniversaire sur son téléphone portable afin de l'enclencher en temps voulu.

Puis elle se connecta à sa page. D'abord, pour y poster la vidéo du massacre à la fête depuis son smartphone branché. Ensuite, pour y démarrer le Live annoncé tout en diffusant la musique, le volume poussé au maximum afin qu'elle emplisse tout l'espace.

Bonsoir à tous. Ceci sera mon seul Live de la chaîne, mais aussi la dernière vidéo que vous y trouverez.

Au départ, j'ai commencé cette aventure sans trop savoir dans quoi je m'embarquais, ni pourquoi, ni où cela me mènerait. Sans doute avais-je besoin d'attention. Depuis le décès de mon père, j'ai l'impression de traîner un poids derrière moi à chaque instant. La vie me paraît fade, triste, déprimante. Je suis mal dans ma peau, et ma mère est incapable de me comprendre et de me venir en aide.

C'est peut-être de là que m'est venue cette obsession pour les couteaux et leur effet tranchant, un peu comme un moyen pour moi de me détourner de mes problèmes, penser à autre chose, me donner un intérêt à la vie. Je ne fais que supposer, émettre des hypothèses. Quoi qu'il en soit, je m'en veux d'avoir développé cette obsession qui m'a poussé à faire des choses qui m'écœurent.

J'ai retrouvé Rafael, un ami d'enfance auquel on m'a violemment arrachée il y a de cela plusieurs années. Lorsqu'on s'est retrouvés, nous sommes tombés amoureux l'un de l'autre. Je suis convaincue qu'il est mon âme sœur et que l'on se connaît depuis plusieurs vies. Foutez-vous de moi si cela vous chante, je n'en ai rien à foutre. Ce qui compte pour moi à l'heure actuelle, c'est de le retrouver. Car on me l'a arraché à nouveau, d'une manière bien plus abjecte et définitive.

Un certain Jonas et ses amis Louis et Étienne ont ôté la vie de mon Rafael par la torture, à la demande de son ex petite amie Aude. Je n'en sais pas plus sur eux, mais vous retrouverez leurs corps ici. Ils sont les responsables directs de sa mort. Et pourtant, tout cela est ma faute.

La dernière vidéo avant celles de ce soir n'aurait jamais dû vous parvenir. Je connais votre avidité pour les faits malsains et violents, en témoigne vos commentaires. Je sais donc que vous avez dû injustement juger Rafael à cause d'elle. Lui aussi était mal dans sa peau, il se sentait responsable de tout le malheur du monde et le portait sur ses épaules. Ses tortionnaires n'avaient pas à en jouer, c'est parfaitement ignoble.

Avec mon obsession, je n'ai pas su l'aider, bien au contraire. Il éprouvait le besoin de se faire du mal pour extérioriser son mal-être et se punir, et moi je l'ai entraîné dans mon délire jusqu'à en faire le sien. Je suis moi aussi coupable de sa mort. Je mérite la même sentence que les autres.

Elle arrêta un instant son monologue, les derniers pleurs dont elle était capable l'empêchant de poursuivre correctement. À ce moment, son smartphone sonna, mettant momentanément la musique en pause : c'était Tex, assistant au Live depuis la Réunion. Sohane ne décrocha pas, bien qu'elle ait longuement hésité.

Je suis désolée, Tex. Je sais que tu me regardes en ce moment. Ne sois pas triste pour moi, je n'ai que ce que je mérite. Tu as essayé de me prévenir, mais je n'étais pas disposée à t'écouter. Je tiens aussi à te dire que je te pardonne d'avoir appelé la police. J'aurais même préféré qu'ils soient prévenus au bon moment. Ils n'ont pas eu le temps de voir la vidéo postée par accident, ce qui aurait peut-être changé les choses.

Je vous fais ici un aveu à tous : c'est moi la coupable du meurtre survenu dans la nuit du vendredi 25 au samedi 26 juillet à Rieulay. C'était un accident, je n'avais aucune intention de lui ôter la vie. Pourtant, j'ai éprouvé le besoin de montrer ce que j'avais fait, comme le reste. Il n'y a pas de tueur en série, pas de ARG. Tout ce que vous voyez sur ma chaîne est réel, aucun trucage. Vous avez assisté à un meurtre en direct, comme la découpe du rat ou les entailles sur la peau, Rafael ayant accepté de me servir de cobaye. Il était prêt à ce violent sacrifice pour moi, et j'ai été trop conne pour refuser.

Pour mes autres crimes, je n'ai cependant aucun regret, aucun remords. Ils avaient fait du mal à l'amour de ma vie. Lui était gentil, innocent, il ne méritait pas ça, surtout pas d'être traité comme un monstre de foire et montré du doigt. C'est moi la méchante de nous deux, prête à sacrifier la terre entière pour lui si cela est nécessaire, et ça l'a été. Je devais me racheter, pour l'avoir ainsi mis en danger.

Maman, je m'adresse maintenant à toi : si je ne te cherche pas pour te faire la peau, c'est uniquement pour que la culpabilité te ronge le restant de ta misérable vie. Je te tiens personnellement responsable de tout ce qu'il se passe, c'est de ta faute si je suis devenue ainsi. Tu es une mauvaise mère, incapable, égoïste, tu ne m'as jamais aimé comme il se doit de la part d'un parent. Je te déteste, et j'espère que ta nouvelle vie avec Pascal sera aussi insipide et misérable que possible.

Enfin, j'aimerais te parler, tonton Yohan. Tu te souviens, ce couteau de cuisine magnifique que tu m'as offert ? Eh bien je crois que ton grand-père avait raison, ça porte malheur de ne pas donner de pièce en échange d'un couteau comme cadeau. Je compte rattraper ça, alors voici ta pièce, dit-elle en montrant l'objet bien en évidence. *Je sais que les choses vont aller mieux désormais.*

Vous entendez ? Cette musique, c'est à Rafael que je la dois. Elle arrive à son terme. Il est temps pour moi de vous quitter, je n'ai plus rien à vous dire de toute façon. Si ce n'est adieu aux deux seules personnes restantes sur cette fichue planète qui tiennent toujours une place importante dans mon cœur. Adieu Tex, ma meilleure amie sans qui je me serais écroulée il y a de cela bien plus longtemps, et adieu Yohan, tu t'es montré digne du père que j'ai perdu bien trop tôt. Je vous aime et ne vous oublierai jamais, pas même dans l'au-delà.

Sans couper le Live, Sohane rejoignit tranquillement la dépouille de Rafael, visible depuis la caméra. Elle avait fait fi des nombreux commentaires alarmistes en temps réel, même du nombre de personnes connectées, qui s'élevait à mille-six-cent-trente-six. Un record d'audience pour elle, bien qu'il soit survenu lorsqu'elle n'y voyait plus aucun intérêt. Évidemment, Digital7.0, aussi connu sous le surnom d'Homme en blanc, ne perdait pas une miette du Live, satisfait de découvrir l'ampleur macabre de l'événement. Il considérait y avoir joué un rôle majeur, ce qui le gratifiait particulièrement.

Sohane se retrouva au-dessus de Rafael, à califourchon au niveau de ses cuisses, son couteau préféré en main. Cela n'allait pas être facile, mais paraissait être la seule option possible pour elle. La lame proche de son cou, elle respirait extrêmement fort, luttant contre son instinct de survie. Le regard braqué sur le visage de Rafael, un « je t'aime », comme un murmure, traversa ses lèvres, puis la lame passa d'un côté à un autre en causant d'irréversibles dégâts.

Même en étant décidée d'en finir, ses réflexes naturels restaient actifs. Il était pourtant trop tard, ce qui n'empêchait pas ses mains de contenir un maximum le flot de sang qui aspergeait directement Rafael. Si Sohane avait opté pour cette méthode, c'était pour se punir de ses obsessions en subissant elle-même ce qu'elle avait infligé à d'autres, jusqu'à un point de non-retour. C'était violent, mais elle considérait qu'elle le méritait.

Doucement, elle laissa son corps se poser sur celui de Rafael, déjà froid. La tête au niveau de son épaule, elle lui caressa la joue, joignant les dernières forces qui lui restaient. Depuis le PC, le résultat était très graphique. Malgré tout, plusieurs centaines de paires d'yeux étaient fixées sur leur écran, admirant en direct la dernière étreinte du couple maudit, avec fascination et passion morbides.

ÉPILOGUE

Cicatrices

Sur le site de *L'occiriental*, un article du rédacteur en chef Jun Lacombe parut quelques semaines après la mort des neuf personnes survenue dans cette partie pourtant tranquille du Nord. Le temps nécessaire pour récolter les bonnes informations et les vérifier n'avait pas été chose aisée, la plupart des gens étant dans une totale incompréhension du drame qui s'était produit. Et pour couronner le tout, des sources précieuses avaient définitivement disparu, notamment avec le travail de censure de la plateforme YouTube. Quoi qu'il en soit, malgré la publication tardive, l'article était le plus complet et proche de la réalité que les nombreux précédents, plus sensationnalistes et racoleurs.

Le travail de Jun Lacombe était très dense, ce dernier avait essayé de brosser un portrait exhaustif des événements et des principaux acteurs. Bien entendu, Sohane représentait l'élément principal, mais il était également question de Rafael, d'Aude, des parents, de la police et du détective privé Walter Casterman. Des photos, extraits audios et vidéos, ainsi que des témoignages enrichissaient le travail du journaliste. Pour la longueur, l'exhaustivité et le caractère encyclopédique des articles, *L'occiriental* pouvait être facilement comparé à Wikipédia, un zeste de fiabilité en plus.

Jun Lacombe avait personnellement discuté avec Aude, une fois obtenue l'autorisation de la principale intéressée, ainsi que des médecins et des parents. L'attente de cette entrevue expliquait, entre autres, la parution tardive de l'article. Le journaliste ne se voyait pas parler de "la survivante" sans l'avoir interviewée en amont.

Elle était encore en vie, mais son visage restait méconnaissable. Les multitudes de chirurgies réparatrices et de greffes n'étaient pas venues à bout des sévices subis. Elle devait rester hospitalisée encore une semaine ou deux, avant d'entrer en phase de rééducation. Fatalement, pour avoir pointé du doigt les déviances de Rafael, elle était devenue la cible des regards. Un étrange mélange de compassion envers ce qu'elle avait traversé et de dégoût pour son nouveau visage la fixait constamment désormais, même lorsque personne ne la regardait.

Jusque-là, elle avait toujours refusé de répondre aux accusations proférées par Sohane Ménard à son égard lors du Live désormais perdu. Et pourtant, contre toute attente, elle ne nia aucun des faits au journaliste, avouant tout de sa manœuvre. Par rédemption ? Par je-m'en-foutisme ? Elle ne savait pas trop. Elle restait toutefois consciente qu'elle devrait en découdre avec la justice dès que son état de santé le lui permettrait. Son témoignage était une aubaine pour Jun Lacombe et clôturait en beauté son travail d'investigation.

Pascale et Pascal ne purent jamais se remettre du drame qui les avait frappés, bien qu'ils préfèrent rejeter la faute sur leur enfant disparu. Pascale était retournée à La Réunion, Pascal avait repris le train-train quotidien sans aucun entrain, toujours en train de ressasser les événements et la mort de son fils.

Bien que plus proches de Sohane, son oncle et sa meilleure amie réussirent à se remettre sur pied, alors que la tragédie les avait beaucoup plus marqués. Moins responsables, ils se sentaient pourtant davantage coupables. Ils apprirent à vivre avec ça tout en poursuivant leur vie. Yohan se reconvertit même en éducateur, souhaitant pouvoir apporter son aide à de jeunes personnes en difficulté. Une conséquence qui découlait directement de cette sombre histoire.

Concernant les preuves vidéo des différentes atrocités commises par Sohane, elles étaient pour la plupart devenues introuvables, YouTube ayant rapidement réagi en supprimant sa chaîne et son contenu. Il restait toutefois des extraits plus ou moins longs sur des sites spécialisés dans le contenu choc et gore, ou encore dans le darknet.

Le plus inexplicable restait la disparition pure et simple du Live représentant les dernières paroles puis le suicide de l'instigatrice. Et avec lui, de manière plus étrange encore, la musique composée par Rafael. Elle avait tout bonnement disparu de l'ensemble des appareils, y compris des smartphones et du PC réquisitionnés par la police.

Ce mystère avait bien entendu fait circuler les plus folles rumeurs, allant de la simple confidentialité des enquêteurs à des théories paranormales voulant que la musique soit désormais maudite, prête à ressurgir pour marquer la présence de l'esprit torturé de Sohane. Les mythes entourant les *lost medias* avaient le don de devenir fascinants, bien que peu pris au sérieux.

Dans tous les cas, cette histoire tragique continuait d'alimenter l'intérêt de diverses personnes, curieuses ou malades, se repaissant des malheurs des autres en ignorant pourquoi ils éprouvaient cette attirance. Même si l'article de

L'occiriental se voulait le plus respectueux possible des victimes, mortes ou en vie, cela n'était pas le cas de tout le beau monde d'internet, que ce soit sur YouTube, 4chan et Reddit, pour ne citer que les plus populaires dans le contenu numérique autour de l'horreur.

Les passions morbides s'étendent bien au-delà du drame entourant le couple maudit.

Remerciements

Pas facile tous les jours d'être auteur. On passe par de nombreuses remises en question, des moments de doutes qui mettent un frein à l'inspiration, on a besoin d'être régulièrement rassuré... Eh bien j'ai la chance d'avoir à mes côtés une femme exceptionnelle, à l'origine de la terrible couverture de cet ouvrage et de la mise en page, qui me soutient à fond dans mon activité, mais aussi et surtout dans la vie quotidienne. Merci mon trésor pour ton amour que je m'efforce à rendre réciproque, car tu le mérites totalement. Je t'aime plus que tout ♥

Je remercie également mon ami Florentin, à qui je dois la magnifique composition musicale illustrant ce roman, un projet fou qui pourtant ne l'a pas rebuté ! D'ailleurs, comme pour Sohane, il s'agit d'un cadeau d'anniversaire des plus touchants. Je te dédie ce livre, mon ami aux multiples talents, et te remercie sincèrement.

Un merci tout particulier à vous, chers lecteurs, réguliers ou de passage. Si j'écris, ce n'est pas que pour moi, c'est aussi pour vous offrir un moment d'évasion et de plaisir. Et bravo si vous relevez le défi de démêler le **M**erl'im**M**onde !